U0470964

百年乡愁

中国乡土小说经典大系 20

张丽军 主编

桔梗谣

——当代东北乡土小说

山东城市出版传媒集团·济南出版社

图书在版编目（CIP）数据

桔梗谣：当代东北乡土小说 / 张丽军主编 . -- 济南：济南出版社，2023.6
（百年乡愁：中国乡土小说经典大系）
ISBN 978-7-5488-5712-9

Ⅰ . ①桔… Ⅱ . ①张… Ⅲ . ①乡土小说 - 小说集 - 中国 - 当代 Ⅳ . ① I247.7

中国国家版本馆 CIP 数据核字（2023）第 107383 号

桔梗谣——当代东北乡土小说
JI GENG YAO

张丽军 / 主编

出 版 人 田俊林
责任编辑 贾英敏 胡雨薇
装帧设计 郝雨笙 张 倩

出版发行 济南出版社
地　　址 山东省济南市二环南路 1 号（250002）
编辑热线 0531-86131722
发行热线 0531-86116641 87036959 67817923

印　　刷 济南龙玺印刷有限公司
版　　次 2023年6月第1版
印　　次 2023年7月第1次印刷
成品尺寸 145 毫米 × 210 毫米 32开
印　　张 10.75
字　　数 212千
定　　价 58.00元

编委会

总　序

记录百年中国乡愁　传承千年根性文化

面对急剧迅猛的乡土中国城市化、现代化、高科技化浪潮，我们惊讶地发现，曾被认为千年不变、“帝力于我何有哉”的中国乡村根性文化正面临着从根源深处的整体性危机。“谁人故乡不沦陷？”千百年来，孕育和滋养乡土中国文化、文明的乡村及其根性文化正以某种加速度的方式消逝，甚至被连根拔起。这不仅是乡土中国城市化、现代化的问题，而且是一个全球化、人类性的整体危机。早在 20 世纪 60 年代，法国社会学家孟德拉斯就提出，在工业文明入口处，数十亿农民向何处去的问题。而在 1948 年，中国学者费孝通就在《乡土重建》中提出传统的乡土社会所面临的现代性失血危机，进而提出了“乡土重建”的深邃思考。显然，在 21 世纪的今天，思考乡村、乡土、农业、农民乃至整体性人类向何处去的问题，显得无比重要而迫切。

作为一个从事乡土文学研究二十多年的研究者，我在苦苦思考：中国乡土文学向何处去？乡土中国社会向何处去？乡土中国农民向何处去？新时代乡村如何振兴？……苦苦思考之后，我突然意识到，既然看不清去处，何不回顾自己的来路？未来的道路，并不是冥思苦想来的，而是从过去的来路而来。历史的来路，决定了我们未来的去处，即未来的去处正蕴藏在历史来路之中。这让我重新思考百年中国乡土文学，重新回顾晚清以来中国仁人志士的文化选择和文学审美思考，乃至从更远的历史、文学中寻找智慧和启示。正是在这样一种文化思考中，我与济南出版社不谋而合，立志从众多乡土中国文学中选编一套“中国乡土小说经典大系”，来为21世纪的新一代中国青年提供一个关于百年乡土中国心灵史的文学路线图，慰藉那些因完整意义的乡土中国乡村消逝而无从获得纯粹乡土中国体验的21世纪中国读者。此外，从中汲取智慧和灵感推进新时代中国乡村振兴，也是本套丛书的应有之义。简单归纳之，《百年乡愁：中国乡土小说经典大系》（以下简称“大系”）具有以下特点：

一是强烈的经典意识。文学、文化的传承与经典的建构是由一个个经典化的环节与步骤完成的。从古代文学的“选本”，到20世纪中国新文学大系，在中国文学经典化中，“选本”文化起到了某种极为重要的，乃至核心的作用，为经典化提供了不同时代不断接续的核心动力源。本套“大系”选编了现当代文学史中具有重要影响的作家作品，力图使“大系”具有乡土中国现代化思想史的重要功能，展现中华民族的百年心灵史。

二是浓郁的地方气息。乡土文学是最接地气的文学，是“土气息、泥滋味”的文学，是由不同地域文化包孕、滋养的文学，又是最能显现和表达乡土中国各个地方独特文化的审美形态的文学。本套“大系”就是百年中国各地民俗文化最大、最美、最迷人的表达。齐鲁、燕赵、三秦、三晋、江南、东北、西北、岭南等不同地域的文化，在本套“大系”中得到了较完整的展现。从这个意义上而言，本套“大系”既是一部百年中国民俗文化史，也是一部最精彩的地方文化志。

三是典雅的审美意识。文学是审美的艺术。言之无文，行而不远。文学性、审美性是文学的自然属性。文学应该是美的，是诗，是生命舒展的自由吟唱。正是在这个审美维度上，我们来选编百年乡土中国小说，让读者、研究者在美的文字诗意流动中获得对千年中国乡村根性文化之美的感悟，从而思考人与自然、人与大地、人与世界的精神建构问题。因此，本套“大系”是“乡土中国最后的抒情诗”，是千年乡土中国根性文化的当代吟唱，是具有深厚乡土生命体验的文化乡愁。

乡愁是感伤的，是一种甜蜜优美的感伤。不是每个人都有乡愁的。乡愁是一种深厚的文化情怀，是对大地、故乡、世界的一种深刻的生命眷恋。而《百年乡愁：中国乡土小说经典大系》就是让我们这些具有乡土中国完整经验的最后一代人，以文化传承的方式，把这种纯粹、完整、具有审美意义的文化乡愁，传递给21世纪中国青年，乃至未来的中国青年。我们曾有过这样一种乡土生活，这样一种乡土中国乡村根性文化——这就是我们的文化根基、我们的精神基因，它蕴含未来的路径和种种可能性。

我们常言，越是民族的，就越是世界的。而我想说的是，越是地方的，越是中国的，也越是世界的。中华文化是一个整体，是由一个个具有地方文化特性的地域文化组成的，是千百年来文化交融凝聚而成的。地方性文化的丰富和多样，恰恰是中华文化的活力与魅力所在。《百年乡愁：中国乡土小说经典大系》就具有鲜明的、浓郁的地方性文化特征，不同地域的读者不仅可以从中读到自己家乡的影子，而且可以由一个个乡土文化而建立起丰富、感性、美美与共的中华文化世界。

本套“大系”适合研究乡土文学文化的学者、学生阅读，也适合对中华文化、地域文化感兴趣的读者阅读。事实上，这套“大系”对于世界各国读者而言，是理解和思考千年中国根性文化、百年中国社会变迁的最佳读本，是具有世界性意义、最接中国地气、最具中国民俗文化气息的文学读本。

是为序。

张丽军

2023 年 7 月 1 日凌晨于暨南园

导读

在当代东北大地上，诞生出一大批优秀的乡土小说作家，如迟子建、孙惠芬、王祥夫、老藤、金仁顺、孙春平等。东北地区是他们创作的根基，他们是东北地域文化的书写者。他们守望乡土，用自己的文字呈现出对人与时代的思考。

迟子建，黑龙江省漠河市人。1983 年开始文学创作。她是一个现实主义与浪漫主义交织的作家，以自己的文字演绎东北的百年历史与当代现实，用笔书写东北的欢欣与悲凉。她的作品是朴素而具有灵性的。本卷收录了《雾月牛栏》《清水洗尘》两篇获得鲁迅文学奖的作品。《雾月牛栏》刻写了黑土地上的粗砺生活与本色人性，展现了乡土生活中不可逆转的伤痛、忏悔与质朴的温情。《清水洗尘》以儿童视角，用纯净婉约的诗性话语描述了北方农村祖孙三代人的一个生活细节——洗澡，处处流溢着忧伤的温情之美。

孙惠芬，辽宁庄河人。1982 年开始发表作品。本卷收录的《歇马山庄的两个女人》获得第三届鲁迅文学奖优秀中篇小说奖，小说借女性心理的流动与情感的纠葛表现主人公们对世俗的困惑、挣扎与抗争。

王祥夫，辽宁抚顺人。1984 年开始文学创作。本卷收录其作品《婚宴》。作品中，一对贫穷却厨艺精湛的父子以穿梭在乡里做酒席为生，当他们精心做好了又一场奢侈的宴席之后，结果却让他们大吃一惊。

老藤，现居大连。本卷收录其作品《黑画眉》。他在小说集《黑画眉》自序中称："动物才是文学的富矿。"他笔下的动物不仅仅是自然生物，他笔下的故事亦非寓言故事，而是和人的情感紧密相连。

金仁顺，吉林省白山人。本卷收录其作品《松树镇》《桔梗谣》。作为一名土生土长的朝鲜族人，作家是在鲜明的民族背景下展开关于两性情感的讨论。

孙春平，辽宁锦州人。1975 年开始发表作品。本卷收录其作品《小村"总统"》《乱季》。在《小村"总统"》中，作家塑造了新一代青年农民的典型形象。《乱季》则塑造了一个有头脑、有手段的农村干部形象。

目录

百年乡愁：中国乡土小说经典大系

雾月牛栏

/// 迟子建

宝坠在暗夜中倾听牛反刍的声音。这种草料与唾液杂糅的声音使他陷入经常性的回忆。他总觉得有什么重要的事情就裹在这声音里，可回忆像深渊一样难以洞穿，他总是无功而还。

继父大约是快死了的缘故，这一段他几乎天天都来牛屋和宝坠说话。有时他一言不发地抚摸宝坠的脑袋，眼睛里漫出混浊的泪水。宝坠就说：“叔，你饿了？”因为他饿极了就想哭。

继父摇摇头，青黄的面颊抽搐着，他哆哆嗦嗦地拉住宝坠的手说：“等叔死了，你就回屋里去睡。”

“我乐意和牛在一起。”宝坠嘻嘻笑着，“花儿快生小牛犊了。”

花儿是一头棕白相间的花母牛，它左脸有块形似兰花的白斑，这使它比扁脸和地儿都显得漂亮。地儿是一头三岁的黑公牛，是家里耕田犁地的主要劳力；而扁脸矮矮的个子，深棕色，是头年长的公牛，由于尾巴太粗，拉屎时老是弄脏尾巴。宝坠便埋怨它，夜里往槽子里添食时就拍一下扁脸的肚子，“别贪吃个没完啊，吃东西要有时有晌的。”

这话是母亲经常说给他的，如今他转嫁给扁脸。扁脸可不管这一套，它食量惊人地照吃不误，身后的卫生自然也就每况愈下。宝坠曾试图将它的尾巴用绳子拴起，高高地吊在牛栏上，可他仅仅试验着刚把绳子系在牛尾上，扁脸就拉下一盘屎，用尾巴卷着扬到宝坠的脸上，气得宝坠直想割下它的尾巴。

“割下你的尾巴喂狼！”宝坠威胁着，却把扁脸尾巴上的绳子解了下来。

继父已经好些天不来牛屋了。雪儿每次来给他送饭，宝坠就问：“我叔死了吗？”

雪儿就将洁白的牙齿咬得咯吱咯吱地响，恨恨地说：“你才死呢！”

雪儿是宝坠同母异父的妹妹。她清清瘦瘦的，不爱吃荤腥食物，眼睛又黑又大，有几分倔强。母亲常说雪儿的肚子里长满蛔虫。

牛反刍的声音衰竭了，宝坠咂摸咂摸嘴合上了眼睛。才睡着不久，一道强光刺痛了他的眼睛，一股浓烈的汗酸味袭来，母亲声音嘶哑地吆喝道：“宝坠，你醒醒，你起来看看你叔。他要撒手了，想要瞅瞅你。”

“你别让它刺我的眼睛。”宝坠嘟囔着，指着那道射向他的电筒光。

母亲连忙将那光转向别处，正照在中间的牛栏上。三朵拴牛的梅花扣朵朵清幽，只是没有香气沁出。

宝坠坐了起来。

“你快去呀，你叔等不了多久了。”母亲带着哭音说，“虽然说他是你后爸，可待你多好呀！你一住牛屋，他就把这拾掇得比人住的屋子还暖和，他还天天给你来送饭，宝坠——”

“我不回人住的屋子。”宝坠复又躺下，“我要和牛睡在一起。”

“你就去这一回。”母亲乞求地俯身抚摸了一下儿子的额头，“明天妈给你烙葱花油饼。”

“卷土豆丝吗？”宝坠的胃因为兴奋而跳了一下。

母亲点点头。

宝坠再一次坐起来，他觉得母亲的那张脸跟冻白菜一样难看，她的头发也跟扁脸的尾巴一样脏。他穿上鞋，为着天明后的一顿美味而出了牛屋。外面有些凉，星光像蟋蟀一样在院子里跳荡，他看见了屋子里的灯光。就在开门的一瞬他害怕了，他瑟瑟颤抖着后退，屋子里的气息使他想哭，他哀哀地说：“我要回牛屋——”

“宝坠！”母亲说，“妈给你跪下不成？”

“宝——坠——”继父的声音像在海浪中颠簸的小船一样晃晃悠悠地漂来。

母亲就势一把将他推进屋子，然后将背后的门关上。

宝坠持续地颤抖着，他见雪儿正端着个黄茶缸给继父喂水。继父斜倚在炕头，眼睛睁得大大的，垂在炕边的胳膊像根干柴棒一样僵直。

宝坠被母亲给推到炕沿前。雪儿瞪了一眼宝坠，把茶缸余下的水泼到地上，然后到窗前去了。

继父的嘴唇像蚯蚓一样嚅动着，他喘着粗气说：“叔要死了，你答应叔，以后你回屋来住，你自己住一个屋，你妈和雪儿住一个屋。”

“妈和叔住一起。”宝坠说。

“可叔要死了，她不能和叔住一起了。”继父说。

“再来个活的叔和她住一起。”宝坠说。

母亲声嘶力竭地上来打了宝坠一下，“孽障——”

宝坠趔趄了一下，站定后不知所措地看着继父。

“我要和牛住。”宝坠说，“花儿要生牛犊了。”

继父怜爱地看着宝坠，大颗大颗的泪水流到凹陷的双颊。

“叔——”宝坠忽然说，“你死后就不回来了？”

继父“呃”了一声，依然泪流不止。

“那我问你个事。”宝坠说，“牛为什么要倒嚼呢？”

继父曾当过兽医，对牲畜的事自然了如指掌。

“牛长着四个胃。”继父说，“牛吃下的草先进了瘤胃，然后又从那到了蜂巢胃。到了这里后它把草再倒回口里细嚼，接着，接着——”

“接着又咽下去了？”宝坠目不转睛地盯着继父问。

继父疲乏地点点头，说：“咽下的草进了重瓣胃，然后再跑到皱胃里去。”

宝坠把“皱胃”听成了“臭胃”，他不由嘻嘻笑道：“牛可真傻，倒来倒去，把那么香的草给弄到臭胃里了。到了臭胃就变成屎了吧？”

继父的泪水流得更凶了，他仍然徒劳地想拉一拉宝坠的手，可他的每一次挣扎都使得他与继子之间的距离在增加。

宝坠惦记着该给三头牛再添些夜草，所以他就转过身朝屋外走。

母亲哽咽着挡住宝坠的去路，她说：“你不谢谢你叔这些年对你的养育之恩？”

“他都要死了。”宝坠说，“谢他，他也记不住多一会儿了，还累脑子。”

“你这个傻——”母亲号啕大哭。

宝坠绕开母亲，他朝屋外走去。雪儿蹲在门槛上呜呜地哭。宝坠一脚跨过她，说：“你又不死，你哭什么。”

“明天我屁也不给你吃！”雪儿咬牙切齿地指着宝坠的背影说。

“葱花油饼，还卷土豆丝呢。”宝坠得意洋洋地说。

“做梦！”雪儿呸了宝坠一口。

宝坠一回到牛屋花儿就低低地叫了一声，小主人从不夜间出门，它大约为他担心了。地儿也随之温存地“哞——”了一声，就连脾气暴躁的扁脸也短促地应和了一声，加入了问候者的行列。

宝坠心下感动着，连忙去给它们添草。取草的路上他被铡刀给绊倒了，爬起后他数落铡刀："白天你还要干活呢，晚上不好好睡觉，伸手拽我干啥。"

干草在槽子里柔软地起伏着，宝坠对着他的仨伙伴说："你们急了吧？我叔要死了，他想瞅瞅我。"他摸着花儿圆鼓鼓的肚子说，"我现在知道了，你们长着四个胃，最后的那个胃是臭胃。"

花儿、地儿和扁脸吃过草后慢条斯理地反刍，宝坠支持不住回炕睡下了。

雾气使牛屋的早晨根本不像早晨。有雾的日子宝坠就格外想哭。他坐在炕上，环顾着愈发显得昏暗的牛屋，不明白那雾怎么年年都来。

牛槽上横着的牛栏被一东一西两根柱子支撑得永远那么牢固。那道栏是白桦树做成的，黑色的树斑像是一群人的大大小小的眼睛嵌在那里，有的炯炯有神，有的则呆滞不堪。三朵拴着牛的梅花扣在雾气中颤颤欲动，仿佛真正的花在盛开。宝坠每天要爬到牛槽两次接触牛栏，早晨打落三朵梅花使牛获得去野外的自由，晚上又将三朵梅花重新盘上。他每次在解和结梅花扣的时候都怦然心动，仿佛这个瞬间曾发生过什么重大事情。可他无论如何也想不起什么，一如他听到牛的反刍声就努力回忆仍终无所获一样。

宝坠在雾气中望着那道牛栏。这时牛屋的门开了，一汪亮色如泉水一般涌入，雾气纷纷扬扬地漫了过来。雪儿清脆的声音响了起来：

“宝坠，你的饭！”

自从继父病危后，一直都由雪儿来为他送饭。

宝坠没有答应。

雪儿飞快地走到南墙的饭桌旁，将一个碗和一个盘子摆上去。她穿着翠绿色的短褂子，三头牛为着这黯淡光线中的鲜润翠色而无比纵情地叫起来。

“葱花油饼卷土豆丝！”雪儿说，“你别一顿都吃了，留下两张中午吃。”

宝坠还是没有答应。

“妈说了，今天下雾了，路滑，别把花儿带出去了，它要是摔着了，肚子里的牛犊就保不住了。”雪儿伶牙俐齿地说。

宝坠答应了一声，然后问：“叔死了吗？”

“你才死呢！”雪儿几步蹿到宝坠面前，“他要死了你哪有葱花油饼吃，吃个屁！”

“你肚子里都长虫子了，还这么厉害。”宝坠说。

“狗肚子才长虫子呢！”雪儿蹿了一下，那样子像只绿鹦鹉。

“叔怎么还没死。”宝坠颇为失落地说。

雪儿气鼓鼓地离开牛屋，走到门口时她又大声重复：“别带花儿出去啊，外面下雾了，路太滑！”

宝坠跳下炕去吃葱花油饼。他将饼平摊在桌子上，然后将土豆丝卷上。奇怪的是他以回屋见叔为代价换来的美食并未给他带来快乐，他的胃里好像塞满了棉花，再吃进什么都显得多余。他只咽了一张就离开饭桌。

从矮矮的东窗可以看到外面的雾仍然很大。

宝坠跳上牛槽，他站在上面，头颅就越过了牛栏，三朵梅花扣莹莹欲动地望着他。宝坠先解开了两朵，地儿和扁脸就朝门走去。轮到花儿，他踌躇了一下，但还是把那朵花打落了。他跳下牛槽摸着花儿的鼻子说："今天你要慢点走，外面下雾了。你要是摔倒了，肚子里的牛犊也会跟着疼。"

花儿"哞——哞——"地叫了两声，温顺地答应了。

宝坠将两张饼卷起放进饭袋，背上水壶，赶着三头牛出了牛屋。

雾气轰轰烈烈地在大地上浮游。太阳像团刺猬一样在浓雾背后变幻不定地动着。宝坠视线模糊，只觉得脚下的路仿佛涂了猪油，踩上去东摇西晃的。扁脸显示出长者风范，冲锋在前，地儿紧随其后，只有花儿听话地跟在宝坠身边。他们四个在大雾中穿行，经过一座座房屋。屋外的黑栅栏在白雾中像是在水中漂游的青鱼。几声清冷的狗吠声响起，接着是一缕金色的鸡鸣。宝坠和花儿同时停下步子，等待鸡鸣声落下。他们都喜欢这声音。偶尔有几个过路人与宝坠擦肩而过，虽然看不清他们的脸，但那声音宝坠却是熟悉的。

"放——牛——去？"拉长声调的人是老张头，他喜欢喝酒，舌头总是不听使唤。

“花儿还莫（没）生？”这是做豆腐的邢婶，她说话很快，口腔中老是散发出一股葱味。

“你叔还撑得住么？”问这话的一定是李二拐了，他扯着三岁的儿子红木。他因为死了老婆，老是一副惨兮兮的样子，每天领着孩子在村子的小路上转悠，谁吆喝去吃饭他就进谁家的门。他老婆死了一年，他便领着儿子吃遍了全村的人家。现在他每碰到宝坠都要打听他叔的病。

宝坠回答这三个人的话都很简短：

“嗯。”

“没生。”

“快死了。”

宝坠和三头牛走向离村两里的草场。这里的雾气更大一些，草湿漉漉的。宝坠很快听到了牛垂头啃草的声音，那声音“嗤——嗤——”的，可见草的柔韧性和纯度之好。他站在草丛中，伸出手抓了一把雾气，觉得抓空了，就再抓一次，仍是空的，手上什么也没存下。他不明白能看得见的近在咫尺的东西为什么会抓不住。

宝坠的继父本以为自己夜里就会撒手人寰，而到了凌晨竟然能悠徐自如地喘气了。为了证实自己还活着，他咳嗽了一声，这时他身边的女人便翻了一下身，有气无力地问一声：“你行吗？”

他“嗯”了一声，便试探着下地走几步路，出乎意料地能走到东窗前。天色灰蒙蒙的，外面白雾汹涌，弥漫着犹如传说中的天堂气息。这使他心中的隐痛再次发作，泪水无声地漫下。女人见他没事了，就穿衣起来点火做饭。她一边拨弄柴火一边说：“昨晚答应了宝坠，今天要给他烙葱花油饼，他还要卷土豆丝呢。你说他傻，可他吃的心眼一点也不缺，唉。”

雪儿不久也起来了，她出了自己的小屋就冲灶房的母亲喊：“下大雾了，外面什么也看不清，全都糊涂着。”

“雾月到了。”母亲淡淡地说，接着无限忧伤地叹息了一声。

“这雾是什么变成的呢？”雪儿惆怅地自问着。

母亲说：“一会儿你给哥哥送饭时，告诉他今天别带花儿出去。雾这么大，滑倒了花儿，那肚子里的牛犊可就遭殃了。”

雪儿看了一眼母亲正和着的面团，惊叫一声：“真给宝坠烙葱花油饼呀！”

“雪儿——”宝坠的继父从东窗转过身来说，“以后不能老是宝坠宝坠地叫，要喊哥哥——”

“傻子也算是哥哥吗？”雪儿满不在乎地说，“他天天和牛在一块，别人都说咱家养着四头牛。”

“三头。”母亲强调，“那一头还没生下来呢。”

“宝坠也算头牛！”雪儿说完，跑到院子里给鸡雏喂食。

雾气到了上午十点左右才渐渐稀薄了。太阳依旧朦胧如窗纸后的油灯。宝坠的继父喝了一些汤水，就走向院子另一侧的牛屋。女人小心翼翼地跟在他身后。他推开牛屋的门，看着他亲手盘起的火炕、垒起的火墙，看着墙上挂着一些熟悉的物件：狍皮、马鬃、成捆的棕绳、捕鼠夹子、挂网等等，想起他初见宝坠时他是一个多么聪明伶俐的孩子，他的泪水又滚了下来。

“花儿怎么不在——”女人忽然在背后慌慌张张地说，“这个傻子，告诉他下雾天别带花儿出去，它快要生了，要是摔倒了揣不住牛犊可怎么好！”

女人返身快步地回屋去找雪儿：“你怎么没把妈的话传给宝坠？花儿不在牛屋里！”

“我说了——”雪儿大声争辩，“说了两遍呢！”

“他今天能带它们去哪片草场？”

“我怎么知道。”雪儿说，“他晚上回来就知道了。”

“他晚上能回来，可花儿不知能不能回来。”女人不由咒骂起已来的雾月，直骂得嘴角发麻，气喘吁吁，然后才定下心来想着去寻宝坠。她刚刚换上胶鞋，突然想起丈夫卧炕半月已病入膏肓却突然奇迹般地能行走，内心甚感不祥，唯恐她出去的这一刻会有意外。虽然对于未来来说，牛比丈夫更重要，但她还是选择了丈夫。

宝坠的继父把目光转向那道白桦木的牛栏。他的眼前闪现出八年前的宝坠。他第一次见到这孩子时就喜欢上了他。他生得虎头虎脑，很爱笑，生父因为打草遭毒蛇咬而丧了命。那时宝坠的妈妈不像现在这么邋遢，炕上的被褥拆洗得有皂香味，锅碗瓢盆绝不存一丝污垢。他虽然比她小两岁，还是心满意足地与她结婚了。那时他们只有一间屋子，宝坠睡在炕梢。由于新婚，他几乎每夜都要和女人在一起，如果月光好，他就能看清宝坠熟睡时的脸。宝坠每翻一下身或发出一声梦呓，他都要为之一抖，觉得已故的男主人的阴魂还在角落里监视他。他曾发誓说要尽快造一座房子，让已经七岁的宝坠独自去睡。然而未等他的房子造起来，雾月来临了。

他们居住的村子三面环山，一面临水。每逢六月，雾就不绝如缕地飘来了。从早到晚，只有正午时分雾气才会消散一刻。由于日照不充分，所以这个月庄稼长得很慢。人都说连着三四天的雾都难得一见，可他们这里的雾却能持续一个月。一些气象学专家曾来此地做过考察，也终未能做出一个合理的解释，倒是老百姓的民间传说占了上风。说是三百年前有位仙人云游四方经过此地，但见田里庄稼长势喜人，牛羊成群，家家户户仓廪殷实，一派欣欣向荣的气象。只是很多人家的男人都在骂老婆，骂的又都是一个词：“丑婆娘”。仙人大惑不解，问了几家因挨骂而啼哭的女人，她们都说一到六月，阳光灿烂而农事稍闲的时候，男人们就嫌她们丑陋而牢骚不止。仙人一笑，遂将此地的六月点化成雾月，斩首了泼辣的阳光。袅袅雾气中的女人恍若仙女，男人都少了脾气，有一种羽化登仙的感觉，消逝的柔情又湿淡淡地复活。

宝坠的继父在那个雾月格外渴望自己的女人。有一天晚上，他们被大雾包裹着尽情地欢娱，宝坠不知什么时候醒了，坐起来看着他们跃动的影子，后来发出嘻嘻的笑声。宝坠的笑声彻底摧毁了他的激情，他胆怯地从女人身上哆哆嗦嗦地下来，觉得受到了莫大的羞辱。

第二天早晨，宝坠到牛屋去，他便也跟去了。牛屋里飘着雾气，他小心翼翼地问宝坠：

“昨晚你看见什么了？”

“我看见叔和妈叠在一起。”宝坠认真地说。

宝坠跳上牛槽，解拴在牛栏上的牛绳，这时忽然问：“叔，你们弄出的动静怎么跟牛倒嚼的声音一样？”

他就是在这一刻蹿上牛槽，一拳将宝坠打倒在牛栏上的。宝坠的脑袋重重地磕在牛栏上，“呃”了一声，然后像股水一样泻倒在牛槽里了。他当时以为不过是把宝坠打昏了，于是就抱着他回屋，对正在灶房忙碌的女人说：“宝坠把头磕到牛栏上了。”

“他是个灵巧孩子，怎么会磕到那儿？”女人叫着去试宝坠的鼻息，她感觉到了他的呼吸，就放宽心说，“磕昏了，睡一觉就会好的。”

宝坠在雾中一直昏睡了一天。他起来后是又一个雾天的早晨了。他看着一切都觉得陌生，目光呆滞，母亲喊他宝坠时他也不知道答应。

“你觉得头疼吗？”继父问他。

宝坠看着外面的雾说：“不疼。”

当天夜里宝坠就闹着要去牛屋住，他说不能和人住在一起。继父以为他不过是糊涂一两天而已，并未太放在心头，于是就去牛屋给他临时搭了一张铺。宝坠从此开始了与牛生活的日子。他坚持不回人住的屋子。后来他们发现宝坠不断地说一些似是而非的话，而且贪吃贪睡，逢到有雾的日子就泪水涟涟。他们便知宝坠丧失了一部分意识，沦为一个弱智儿童了。女人为此哭得抽过好几回。那时她已怀孕，动了胎气，所以雪儿是个早产儿。继父更是悔恨难当，他怎么也想不明白那一拳会葬送继子的前程。那道白桦木的牛栏在他看来跟屠刀一样可恶。他不敢把真实的一幕说给老婆，只是默默地把牛屋装修起来，为宝坠盘了一铺火炕。他每天给宝坠送饭，跟他说话，希望能打开他记忆的闸门。三九天北风呼啸的时候，他几乎每到半夜都要起炕到牛屋给宝坠的炕填些柴火，顺便也喂喂牛。宝坠无法像其他孩子一样上学，只能天天放牛。宝坠也喜欢牛，三头牛的名字都是宝坠给取的。每年的除夕，他一大早晨就来到牛屋为宝坠换上新衣，将窗户贴上“福”字，还送给宝坠一盏他亲手糊的灯笼。宝坠喜欢金黄色的南瓜灯，他就年年送他一盏。夜半吃饺子放鞭炮的时候，他还把宝坠带到院子，让他看火花和听响儿。宝坠乐得忘乎所以，能吃下两大盘饺子。

雪儿的降生并没有给身为父亲的他带来任何快乐。因为他觉得雪儿的诞生与宝坠的病有着某种微妙的联系。雪儿两岁的时候，他便丧失了与女人亲热的能力。他不敢再想那件他曾乐此不疲的事。负疚感使他沉默寡言，健康备受滋扰侵蚀。宝坠的母亲因为丈夫的病而讨了无数个偏方，最终他还是萎靡不振。她的脾气便一天天坏起来，整日面目浮肿，不事修饰。当丈夫瘦得已经全然脱相的时候，她便张罗着借钱去大城市给他看病。可丈夫坚决不同意，说以后的钱都要攒着，留给宝坠治脑袋。女人便落着泪说丈夫善心肠，对原方的孩子这么好，是宝坠前世修来的福分。

雾气使白桦木的牛栏显得更粗了一些。他盯着那道罪恶的牛栏，恨不能将它当成脆骨嚼碎，咽进肚子，把它带到地狱去。四年前他便倾其所有翻盖了房屋，使一间屋变为了两间，雪儿有了自己的一铺小炕。他知道自己将不久于人世，他希望宝坠能回到人住的屋子，这样也许会使他的病慢慢好转。可宝坠昨晚的话却使他最后的一口气没能畅快地吐出来。他说继父死后还会来个活叔，人住的屋子依然没有宝坠的位置。这朴素的道理他怎么就没想到？可他再也没有力气翻盖房子了。

“宝坠——”他对着那道惨白的牛栏低低叫了一声。

牛栏在整个牛屋里处于极其显赫的位置，正当牛槽上，而且是牛屋的中心。它的白色树皮已经被拴牛的绳子给磨出亮光，但大大小小的黑色树斑依然清晰入目。除了牛栏别具一格地横空出世外，其他物件都是竖的。竖的柱子、竖的墙、竖的门，这使得被支撑在半空的白色牛栏格外抢眼。宝坠的继父只在传说中听过狰狞的鬼的长而尖的利牙，在他看来，这道牛栏就是谁栽在他家的一颗牙。

“我要拔下这颗牙。”他暗暗对自己说。

他环顾牛屋，在西北角的工具箱里翻出一把劈松明用的小斧子，然后返身走到牛槽前，试探着往上攀，可他觉得身上的力气已经逃命在先了，他拼足劲也站不到牛槽上，只能眼巴巴地举着斧子看着那道高高在上的牛栏。他这样僵持了大约不到两分钟，忽然觉得更浓的雾气涌来，白色的牛栏狡猾地隐身其中，仿佛一道云层后的闪电让人捉摸不定。他的眼前渐渐模糊，先是无边的白色，接着是强大的黑色，再接着是激烈的紫色，他摇摇晃晃地冲着牛栏唤了一声：“宝坠——”然后扑倒在地。他死时手里还握着斧子，那斧子因为久不使用，已经锈迹斑斑了。

宝坠赶着三头牛回村时已是晚炊时分了。扁脸和地儿走在头里，他和花儿落在后面。傍晚时的雾气更大一些，宝坠走得很慢很慢，他生怕花儿有个闪失。他想好了，要是叔还没死，他就再问他个事。

他未进家院就听见一阵锯声和刨木板的声音传来。他停下来拍了一下花儿，说：“咦，听听，家里怎么有动静？”

花儿沉默了一刻，然后仰起头短促地叫了一声，它肯定小主人的话时总是这副举止。

宝坠只觉得院子里游动着许多人影。刨木板的声音嚓嚓地像收割麦子。他不小心撞上一个人，那人说：“是宝坠回来了？”

宝坠“嗯”了一声，然后问：“你们这是干啥？”

“打棺材。”那人平静地说，“你叔死了。”

“叔死了。”宝坠嘀咕一句，然后偏过脸对花儿说，“我还想问他个事呢。”

宝坠忽然委屈起来，他呜呜地哭了。哭声在雾气中流窜，几乎所有的人都听到了这声音，人们不约而同地问：“谁在哭？”

“是宝坠。”

“宝坠哭他叔。”

“宝坠舍不得他叔走。”

大家七嘴八舌地说着内容相同的话，然后品评宝坠的哭声：

“比亲生儿子哭得还真。”

“不和他叔有这么深的感情，哪能这么哭。”

宝坠的哭声使得屋里已经歇了的母亲的哭声再次号啕而起，雪儿明亮的哭声也加入进来。一些人屋里屋外地走来走去，一会儿劝老的，一会儿又劝少的。最后宝坠被一个人给领回牛屋，花儿一声不吭地跟在小主人身后，地儿和扁脸已经在里面等候多时了。那人将牛屋的灯拉亮，昏黄的灯光照着白色的牛栏、翘起的铡刀以及继父亲手为他盘的那铺火炕。宝坠哆嗦了一下，内心有一股异常凄凉的感觉。领他的人见他不哭了，就关上牛屋的门去打棺材了。

宝坠跳上牛槽，将三头牛拴在牛栏上。他每系一个梅花扣眼前都要闪现出一下叔的形象。因为他想问叔的那个问题是：我怎么会系梅花扣？这是他一个人白天在草场时所想的唯一事情。他再也无法从叔那里得到这问题的答案了。

宝坠跳下牛槽给它们填了些豆饼，然后坐在炕沿望着牛栏上的三朵梅花扣。花儿离开槽子，远远地走到一堆干草前，这使它脖颈上的绳子绷紧了一刻。牛栏的一朵梅花扣也跟着颤动了一下。

宝坠不由冲口而出："谁也别想弄开我系的花！"

继父的红棺材被浓雾包裹着，那红色就显得有几分温柔了。停尸三天入殓后，继父就要被埋了。一大清早门外就来了一挂载灵柩的马车，宝坠被人给戴上孝帽子，腰间扎上长长的孝布，这使他很不高兴。雾气缭绕的院子里人影幢幢，灵幡像支硕大的芦苇一样斜插在院门口。母亲来到牛屋叮嘱宝坠，一会儿送他叔时要大声地哭，到十字路口要朝着东西南北各磕一个头，口中还要吆喝："叔你好走——"

"你记住了？"母亲凄怨地问。她的满嘴起了燎泡，大约是抹眼泪和鼻涕的缘故，她的袄袖像涂了层糨子一样，泛出干硬的白色。

宝坠没有搭腔。

母亲加重语气说："你叔对你那么好，你要好好送他，那样他在地下会保佑你好起来。"

宝坠很不理解，母亲的话仿佛说明他哪出了毛病似的。可他觉得自己一切正常。

母亲一出牛屋，宝坠就把孝帽子摘下扔到干草上，孝布也扯了下来，这样他觉得身上的血又流淌自如了。他熟练地跳上牛槽打开三朵梅花扣，然后带着地儿、扁脸和花儿走出牛屋。他们经过院子的时候有很多人都指着牛问宝坠：

"你不送你叔了？"

宝坠"嗯"了一声，说："我要放牛去。"

“你不送你叔，你妈不生气吗？”

“她生气就生气去吧。”宝坠说，“叔都死了，送他他也不知道。”

人们看着宝坠赶着牛走上湿漉漉的村路，谁也没有上前阻拦他，也没有人去通报他屋里的母亲。大家都在想：宝坠已经很不幸了，还难为他送葬做什么呢？

雾气使白天跟黄昏一般朦胧，而黄昏又比以往的黄昏更加灰暗。宝坠赶着牛回家时隐约能看见路上飘散的圆圆的纸钱，牛蹄把它们踏碎了很多。

他一进院子母亲就迎了过来，她一言不发地抚摸了一下花儿的头，然后长吁一口气。

“叔走了？”宝坠问。

“走了。”母亲平静地说，“你今天还回牛屋住？”

“嗯。”宝坠说，“我喜欢和牛在一起。”

“你叔不是说了么？”母亲慢条斯理地说，“他走后让你回屋来住。”

“不。”宝坠坚决地说，“花儿要生了。”

“那等花儿生了后你回屋？”

“花儿一生，牛就更多了，牛离不开我。”宝坠赶着牛回到牛屋。他跳上牛槽，将三朵梅花扣结结实实地盘在牛栏上，然后给牛饮水。

牛屋里灯影黯然。空气很静，这使得牛饮水的声音格外清脆。

这时牛屋的门开了，雪儿穿件蓝褂子进来了，她捧着一个碗，辫梢上系着白头绳。她默默地把碗摆在饭桌上，然后转身定定地看着宝坠。

“你今天送叔去了？”宝坠问她。

雪儿“嗯”了一声。

“去的人多吗？”宝坠又问。

雪儿依旧“嗯”了一声。

牛嗞咕嗞咕地饮水不止。

“哥——哥——”雪儿忽然带着哭音对宝坠说，“以前我叫你宝坠你生气吗？”

宝坠摇摇头，说：“我就叫宝坠呀，你喊我哥哥是什么意思？”

“哥哥就是亲人的意思，就是你比我大的意思。”雪儿说。

“扁脸还比你大呢，你也喊它做哥哥吗？”宝坠问。

“跟牛不能这么论。”雪儿耐心地解释，“人才分兄弟姐妹。”

“噢。”宝坠惆怅地说，“我是哥哥。”

三头牛饮足水匍匐在干草上。

“怎么以前我不是哥哥呢？”宝坠糊涂地问。

雪儿委屈地说：“那时我恨你，才不会叫你哥哥呢。爸活着时从来没有抱过我一回，他就在乎你，天天惦记你的牛屋。他快死的时候上不来气，我就给他喂水，可他老喊你的名字。我还是他亲生的呢！”

“你就恨我了？”宝坠问。

雪儿点点头，说：“爸一死就不恨你了。”

“不恨了？”

“没人像爸那么疼你了。”雪儿说，“还恨你干什么。”

“那你恨我叔？”宝坠又问。

雪儿噙着泪花摇摇头，说：“我可怜他。他天天半夜都要挨妈的骂。她一骂他，他就哭，边哭还边‘宝坠宝坠’地叫。”

“你怎么知道呢？”宝坠问。

“我听到的啊。”雪儿说，“妈骂他的声音很大，传到我的屋子里了。后来一到半夜我就醒，醒来就能听见妈在骂他。到了雾月妈骂他就更凶。”

“妈骂他什么呢？”

“窝囊废。”雪儿答，“就这一句话。”

宝坠满面迷惑。

“‘窝囊废’就是不中用的意思。”雪儿解释。

“妈半夜要用叔干什么？”宝坠问。

“我也不知道。”雪儿说。

“叔挨骂后喊我的名字做啥？”宝坠又问。

“我也不明白。”雪儿说，“是不是你让他变成窝囊废了？”

宝坠正言厉色地说：“我能放牛，我都不是窝囊废，我怎么能让叔变成窝囊废呢？妈净胡说，叔什么活都会干，还知道牛长着四个胃，他多了不起。不过他不会系梅花扣。”宝坠说，“你说叔和妈都不会系梅花扣，我是跟谁学的呢？”

“你自己的亲爸呗。”雪儿说。

“他在哪儿？”宝坠兴奋地问。

“地下。”雪儿一努嘴说，“听人说，早死了。”

宝坠颇为失落地“呃”了一声。

“今天才把爸埋了，李二拐就领着红木来咱家了。”雪儿说。

“妈给他们饭吃了？”宝坠问。

“给了。”雪儿说，“还把你小时候穿过的衣裳给了红木。”

“你不乐意他们来？”宝坠问。

雪儿凄怨地说：“爸才死，妈就给他们饭吃，我都不想跟她说话了。”

“那就不跟她说话。”

“可屋子里就我和妈两个人。”雪儿忧心忡忡地说，“要是不说话，我怕她生气，以后她半夜没人骂了，会不会骂我呢？”

“她凭什么骂你？”宝坠颇为认真地说，“你又没让肚子里的蛔虫跑到她肚子里。”

雪儿听后忍不住笑了一声，然后她泪光点点地望着宝坠。

宝坠说：“你不用怕，她半夜要是骂你，你就来牛屋找哥——哥——”

宝坠在说到“哥哥”一词时结结巴巴的。

雪儿“嗯”了一声，指着饭说：“快吃吧，一会儿热气都跑没了。是剩下的丧饭。”

宝坠将目光转移到丧饭上。

花儿生产了，是头黑白相间的花牛。宝坠给它取名为卷耳，因为它生下来时有一只耳朵像花苞那样蜷曲着。卷耳给一家人带来了雾月当中从未有过的融洽和快乐。雪儿天天来逗弄卷耳，不是用粉色的头绫子缠它的腿，就是用条帚蔑扎它的黑鼻头。母亲也夜夜来给卷耳喂豆浆。花儿对卷耳慈爱备至，总用舌头舔它的脸，地儿也对它无限怜爱。只有脏尾巴的扁脸常常出其不意地冲着卷耳锐利地叫几声，企图吓唬它。而卷耳对此毫不在意，扁脸的恶作剧也就只好偃旗息鼓了。一周后，卷耳就溜光水滑地四处闲逛了。它很调皮，不是用嘴去拱地里的青苗，就是用蹄子把柴垛蹬散。它唯一安静下来的时候便是望雾。白茫茫的雾气使它刚熟识的人和场景变得恍惚的时候，它就现出若有所思的神情。

宝坠再去草甸子放牛时队伍就扩大了。他想他的队伍会不断壮大下去，最终他会被牛群所包围。他会了解每一头牛的脾性，懂得它们每做出的一个举止所蕴含的内容。牛屋的白桦木牛栏的梅花扣会越聚越多，一朵朵相挨着开放。那时他赶着一群牛走在村路上会有多么风光啊。

雾月将尽的一个黄昏，宝坠赶着牛刚回到牛屋，雪儿就兴高采烈地跑了进来。她气喘吁吁地说："哥哥，妈今天把李二拐骂出门去了，他以后再也不会来了。"

宝坠木讷地说："他不来就不来。"

“你知道妈为什么骂他吗？”雪儿压低声说，“李二拐说跟妈过日子后，要把你送到金矿点去给人看点儿。说你傻，不懂得偷金子，人家愿意雇你。说你去金矿点还能帮家挣钱，省下家里的饭，他都帮你把活答应下了。”

宝坠吃惊地看着雪儿。

“妈听完后就骂李二拐——”雪儿挺了挺胸脯，憋粗了嗓子绘声绘色学说道，“你给我滚蛋，别想这么作践我们宝坠！他叔活着时对宝坠比亲生的还好，谁要拿我的宝坠不当人看，这辈子就别想再踏我的门槛！”

“李二拐就给骂走了？”宝坠问。

“嗯。”雪儿说。

“好。”宝坠赞叹道。

雪儿接着有些羞怯地说：“哥哥，你以后不用惦记我半夜可能会挨妈的骂了，她现在天天搂着我睡觉，还帮我捉头发里的虱子。”

宝坠放心地笑了，他跳上牛槽，到牛栏那儿去拴牛。他异常熟练地系着梅花扣，这时雪儿对他说：

“哥哥，我昨天梦见爸和你了。”

宝坠跳下牛槽探询地看着雪儿。

“我梦见爸领着你过年。”雪儿颤着声说，“天很黑，还下着雪，爸领着你在院子里放炮仗。炮仗声很响，爸怕吓着你，还帮你捂耳朵。”

宝坠非常想哭，因为梦和雾气一样都不能使他抓到手。他不知道梦会是什么滋味。

“我还梦见爸来到牛屋看卷耳，他伸手摸卷耳的鼻子。卷耳不认识他，就伸出蹄子踢他。”

“卷耳怎么能那样。”宝坠伤感地说，“那不是叔么。”

那一夜宝坠听着牛反刍的声音，再一次竭尽全力回忆这声音里曾包裹着什么重大事情。他想得脑袋发麻，可回忆的周围仍然是森严的高墙，难以逾越。他又打开灯去看那道白桦木的牛栏，漆黑的树斑睁着永不疲倦的眼睛望着悬在它身上的梅花扣。他的回忆缥缈如屋外的白雾，暗无天日。宝坠发了一会儿呆，然后望着睡态可爱的卷耳。他对自己说：“和牛过得好好的，想那些不让我想起的事情干什么。”

宝坠关了灯，睡了。他的睡眠没有梦，因而那睡眠就干干净净的，晶莹剔透。早晨，他忽然被“吱扭”的声音和一道亮光所扰醒，他从炕上坐起来，只见卷耳把牛屋的门撞开了。花儿、地儿和扁脸都充满深情地望着屋外久违的阳光。

雾月过去了。

宝坠下了炕，他走到牛屋门口。卷耳歪着头，无限惊奇地看着屋外飞旋的阳光。宝坠拍了一下它的屁股，说：“出太阳了，到外面玩去吧。”

卷耳试探着动了动蹄子，又蓦然缩回了头。宝坠这才想起卷耳生于雾月，从未见过太阳，阳光咄咄逼人的亮色吓着它了。宝坠便快步跨过门槛，在院子里踏踏实实地走给卷耳看，并且向它招手。卷耳温情地回应一声，然后怯生生地跟到院子。

卷耳缩着身子，每走一下就要垂一下头，仿佛在看它的蹄子是否把阳光给踩黯淡了。

清水洗尘

/// 迟子建

天灶觉得人在年关洗澡跟给死猪煺毛一样没什么区别。猪被刮下粗粝的毛后显露出又白又嫩的皮，而人搓下满身的尘垢后也显得又白又嫩。不同的是猪被分割后成为了人口中的美餐。

礼镇的人把腊月二十七定为放水的日子。所谓“放水”，就是洗澡。而郑家则把放水时烧水和倒水的活儿分配给了天灶。天灶从八岁起就开始承担这个义务，一做就是五年了。

这里的人们每年只洗一回澡，就是在腊月二十七的这天。虽然平时妇女和爱洁的小女孩也断不了洗洗刷刷，但只不过是小打小闹地洗。譬如妇女在夏季从田间归来路过水泡子时洗洗脚和腿，而小女孩在洗头发后就着水洗洗脖子和腋窝。所以盛夏时许多光着脊梁的小男孩的脖子和肚皮都黑黢黢的，好像那上面匍匐着黑蝙蝠。

天灶住的屋子被当成了浴室。火墙烧得很热，屋子里的窗帘早早就拉上了。天灶家洗澡的次序是由长至幼，老人、父母，最后才是孩子。爷爷未过世时，他是第一个洗澡的人。他洗得飞快，一刻钟就完了，澡盆里的水也不脏，于是天灶便就着那水草草地洗一通。每个人洗澡时都把门关紧，门帘也落下来。天灶洗澡时母亲总要在外面敲着门说："天灶，妈帮你搓搓背吧？"

"不用！"天灶像条鱼一样蜷在水里说。

"你一个人洗不干净！"母亲又说。

"怎么洗不干净。"天灶便用手指撩水，使之发出哗啦哗啦的声响，仿佛在告诉母亲他洗得很卖力。

"你不用害臊。"母亲在门外笑着说，"你就是妈妈生出来的，还怕妈妈看吗？"

天灶便在澡盆中下意识地夹紧了双腿，他红头涨脸地嚷："你老说什么？不用你洗就是不用你洗！"

天灶从未拥有过一盆真正的清水来洗澡。因为他要蹲在灶台前烧水，每个人洗完后的脏水还要由他一桶桶地提出去倒掉，所以他只能见缝插针地就着家人用过的水洗。那种感觉一点也不舒服，纯粹是在应付。而且不管别人洗过的水有多干净，他总是觉得很浊，进了澡盆泡上个十几分钟，随便搓搓就出来了。他也不喜欢父母把他的住屋当成浴室，弄得屋子里空气湿浊，电灯泡上爬满了水珠，他晚上睡觉时感觉是睡在猪圈里。所以今年一过完小年，他就对母亲说："今年洗澡该在天云的屋子里了。"

天云当时正在叠纸花，她气得一梗脖子说：“为什么要在我的屋子？”

“那为什么年年都非要在我的屋子？”天灶同样气得一梗脖子说。

“你是男孩子！”天云说，“不能弄脏女孩子的屋子！”天云振振有词地说，“而且你比我大好几岁，是哥哥，你还不让着我！”

天灶便不再理论，不过兀自嘟囔了一句：“我讨厌过年！年有个什么过头！”

家人便纷纷笑起来。自从爷爷过世后，奶奶在家中很少笑过，哪怕有些话使全家人笑得像开了的水直沸腾，她也无动于衷，大家都以为她耳朵背了。岂料她听了天灶的话后也使劲地笑了起来，笑得痰直上涌，一阵咳嗽，把假牙都喷出口来了。

天灶确实不喜欢过年。首先不喜欢过年的那些规矩，焚纸祭祖，磕头拜年，十字路口的白雪被烧纸的人家弄得像一摊摊狗屎一样脏，年仿佛被鬼气笼罩了。其次他不喜欢忙年的过程，人人都累得腰酸背痛，怨声连天。拆被、刷墙、糊灯笼、做新衣、蒸年糕等等，种种的活儿把大人孩子都牵制得像刺猬一样团团转。而且不光要给屋子扫尘，人最后还得为自己洗尘，一家老少在腊月二十七的这天因为卖力地搓洗掉一年的风尘而个个都显得面目浮肿，总是使他联想到屠夫用铁刷嚓嚓地给死猪煺毛的情景，内心有种隐隐的恶心。最后，他不喜欢过年时所有人都穿扮一新，新衣裳使人们显得古板可笑、拘谨做作。如果穿新衣服的人站成了一排，就很容易使天灶联想起城里布店里竖着的一匹匹僵直的布。而且天灶不能容忍过年非要在半夜过，那时他又困又乏，毫无食欲，可却要强打精神起来吃团圆饺子，他烦透了。他不止一次地想若是他手中有了至高无上的权力，第一项就要修改过年的时间。

奶奶第一个洗完了澡。天灶的母亲扶着颤颤巍巍的她出来了。天灶看见奶奶稀疏的白发湿漉漉地垂在肩头，下垂的眼袋使突兀的颧骨有一种要脱落的感觉。而且她脸上的褐色老年斑被热气熏炙得愈发浓重，仿佛雷雨前天空中沉浮的乌云。天灶觉得洗澡后的奶奶显得格外臃肿，像只烂蘑菇一样让人看不得。他不知道人老后是否都是这副样子。奶奶嘘嘘地喘着粗气经过灶房回她的屋子，她见了天灶就说："你烧的水真热乎，洗得奶奶这个舒服，一年的乏算是全解了。你就着奶奶的水洗洗吧。"

母亲也说："奶奶一年也不出门，身上灰不大，那水还干净着呢。"

天灶并未搭话，他只是把柴禾续了续，然后提着脏水桶进了自己的屋子。湿浊的热气在屋子里像癞皮狗一样东游西蹿着，电灯泡上果然浮着一层鱼卵般的水珠。天灶吃力地搬起大澡盆，把水倒进脏水桶里，然后抹了抹额上的汗，提起桶出去倒水。路过灶房的时候，他发现奶奶还没有回屋，她见天灶提着满桶的水出来了，就张大了嘴，眼睛里现出格外凄凉的表情。

“你嫌奶奶——”她失神地说。

天灶什么也没说，他拉开门出去了。外面又黑又冷，他摇摇晃晃地提着水来到大门外的排水沟前。冬季时那里隆起了一个肮脏的大冰湖，许多男孩子都喜欢在冰湖下抽陀螺玩，他们叫它“冰嘎”。他们抽得很卖力，常常是把鼻涕都抽出来了。他们不仅白天玩，晚上有时月亮明得让人在屋子里呆不住，他们便穿上厚棉袄出来抽陀螺，深冬的夜晚就不时传来“啪——啪——”的声音。

天灶看见冰湖下的雪地里有个矮矮的人影，他躬着身，似乎在寻找什么，手中夹着的烟头一明一灭的。

“天灶——”那人直起身说，“出来倒水啦？”

天灶听出是前趟房的同班同学肖大伟，便一边吃力地将脏水桶往冰湖上提，一边问：“你在这干什么？”

“天快黑时我抽冰嘎，把它抽飞了，怎么也找不到。”肖大伟说。

“你不打个手电，怎么能找着？”天灶说着，把脏水“哗——”地从冰湖的尖顶当头浇下。

“这股洗澡水的味儿真难闻。”肖大伟大声说，“肯定是你奶奶洗的！”

“是又怎么样？”天灶说，“你爷爷洗出的味儿可能还不如这好闻呢！”

肖大伟的爷爷瘫痪多年，屎尿都得要人来把，肖大伟的妈妈已经把一头乌发侍候成了白发，声言不想再当孝顺儿媳了，要离开肖家，肖大伟的爸爸就用肖大伟抽陀螺的皮鞭把老婆打得身上血痕纵横，弄得全礼镇的人都知道了。

“你今年就着谁的水洗澡？”肖大伟果然被激怒了，他挑衅地说，“我家年年都是我头一个洗，每回都是自己用一盆清水！”

“我自己也用一盆清水！”天灶理直气壮地说。

“别吹牛了！”肖大伟说，“你家年年放水时都得你烧水，你总是就着别人的脏水洗，谁不知道呢？”

“我告诉你爸爸你抽烟了！”天灶不知该如何还击了。

“我用烟头的亮儿找冰嘎，又不是学坏，你就是告诉他也没用！”

天灶只有万分恼火地提着脏水桶往回走，走了很远的时候，他又回头冲肖大伟喊道：“今年我用清水洗！”

天灶说完抬头望了一下天，觉得那迤逦的银河“唰”地亮了一层，仿佛是清冽的河水要倾盆而下，为他除去积郁在心头的怨愤。

奶奶的屋子传来了哭声，那苍老的哭声就像山洞的滴水声一样滞浊。

天灶拉开锅盖，一舀舀地把热水往大澡盆里倾倒。这时天灶的父亲过来了，他说：“看你，把奶奶惹伤心了。”

天灶没说什么，他往热水里又对了一些凉水。他用手指试了试水温，觉得若是父亲洗恰到好处，他喜欢凉一些的；若是天云或者母亲洗就得再加些热水。

“该谁了？”天灶问。

“我去洗吧。”父亲说，“你妈妈得陪奶奶一会儿。”

这时天云忽然从她的房间冲了出来，她只穿件蓝花背心，露出两条浑圆的胳膊，披散着头发，像个小海妖。她眼睛亮亮地说：“我去洗！”父亲说：“我洗得快。”

“我把辫子都解开了。”天云左右摇晃着脑袋，那发丝就像鸽子的翅膀一样起伏着，她颇为认真地对父亲说，“以后我得在你前面洗，你要是先洗了，我再用你用过的澡盆，万一怀上个孩子怎么办？算谁的？”

父亲笑得把一口痰给喷了出来，而天灶则笑得撇下了水瓢。天云嘟着丰满的小嘴，脸红得像炉膛里的火。

“谁告诉你用了爸爸洗过澡的盆，就会怀小孩子？”父亲依然“嘀嘀”地笑着问。

“别人告诉我的，你就别问了。”

天云开始指手画脚地吩咐天灶：“我要先洗头，给我舀上一脸盆的温水，我还要用妈妈使的那种带香味的蓝色洗头膏！”

天云无忌的话已使天灶先前沉闷的心情为之一朗，因而他很乐意地为妹妹服务。他拿来脸盆，刚要往里舀水，天云跺了一下脚一迭声地说：“不行不行！这么埋汰的盆，要给我刷干净了才能洗头！”

“挺干净的嘛。”父亲打趣天云。

“你们看看呀！盆沿儿那一圈油泥，跟蛇寡妇的大黑眼圈一样明显，还说干净呢！”天云梗着脖子一脸不屑地说。

蛇寡妇姓程，只因她喜欢跟镇子里的男人眉来眼去的，女人背地说她是毒蛇变的，久而久之就把她叫成了蛇寡妇。蛇寡妇没有子嗣，自在得很，每日都起得很迟，眼圈总是青着，让人不明白她把觉都睡到哪里了。她走路时习惯用手捶着腰。她喜欢镇子里的小女孩，女孩们常到蛇寡妇家翻腾她的箱底，把她年轻时用过的一些头饰都用甜言蜜语泡走了。

“我明白了——”天云的父亲说，“是蛇寡妇跟你说怀小孩子的事，这个骚婆子！”

“你怎么张口就骂人呢？”天云说，“真是！”

天灶打算用肥皂除掉污垢，可天云说用碱面更合适，天灶只好去碗柜中取碱面。他不由对妹妹说：“洗个头还这么啰嗦，不就几根黄毛吗？”

天云顺手抓起几粒黄豆朝天灶撇去，说：“你才是黄毛呢。”又说：“每年只过一回年，我不把头洗得清清亮亮的，怎么扎新的头绫子？”

他们在灶房斗嘴嘻笑的时候，哭声仍然微风般地从奶奶的屋里传出。

天云说：“奶奶哭什么？”

父亲看了一眼天灶，说：“都是你哥哥，不用奶奶的洗澡水，惹她伤心了。这个年她恐怕不会有好心情了。”

“那她还会给我压岁钱么？”天云说，“要是没有了压岁钱，我就把天灶的课本全撕了，让他做不成寒假作业，开学时老师训他！”

天云与天灶一团和气时称他为“哥哥”，而天灶稍有一点使她不开心了，她就直呼其名。

天灶刷干净了脸盆，他说：“你敢把我的课本撕了，我就敢把你的新头绫子铰碎了，让你没法扎黄毛小辫！”

天云咬牙切齿地说：“你敢！”

天灶一边往脸盆哗哗地舀水，一边说：“你看我敢不敢？”

天云只能半是撒娇半是委屈地噙着泪花对父亲说：“爸爸呀，你看看天灶——”

“他敢！”父亲举起了一只巴掌，在天灶面前比画了一下，说：“到时我揍出他的屁来！”

天灶把脸盆和澡盆一一搬进自己的小屋。天云又声称自己要冲两遍头，让天灶再准备两盆清水。她又嫌窗帘拉得不严实，别人要是看见了怎么办？天灶只好把窗帘拉得更加密不透光，又像仆人一样恭恭敬敬地为她送上毛巾、木梳、拖鞋、洗头膏和香皂。天云这才像个女皇一样款款走进浴室，她闩上了门。隔了大约三分钟，从里面便传出了撩水的声音。

父亲到仓棚里去找那对塑料红色宫灯去了，它们被闲置了一年，肯定灰尘累累，家人都喜欢用天云洗过澡的水来擦拭宫灯，好像天云与鲜艳和光明有着密不可分的联系似的。

天灶把锅里的水填满，然后又续了一捧柴禾，就悄悄离开灶台去奶奶的屋门前偷听她絮叨些什么。

奶奶边哭边说："当年全村的人数我最干净，谁不知道哇？我要是进了河里洗澡，鱼都躲得远远的，鱼天天呆在水里，它们都知道身上没有我白，没有我干净……"

天灶忍不住捂着嘴偷偷乐了。

母亲顺水推舟地说："天灶这孩子不懂事，妈别跟他一般见识。妈的干净咱礼镇的人谁不知道？妈下的大酱左邻右舍的人都爱来要着吃，除了味儿跟别人家的不一样外，还不是因为干净？"

奶奶微妙地笑了一声，然后依然带着哭腔说："我的头发从来没有生过虱子，胳肢窝也没有臭味。我的脚趾盖里也不藏泥，我洗过澡的水，都能用来养牡丹花！"

奶奶的这个推理未免太大胆了些，所以母亲也忍不住"扑哧"一声乐了。天灶更是忍俊不禁，连忙疾步跑回灶台前，蹲下来对着熊熊的火焰哈哈地笑起来。这时父亲带着一身寒气提着两盏陈旧的宫灯进来了，他弄得满面灰尘，而且冻出了两截与年龄不相称的青鼻涕，这使他看上去像个捡破烂儿的。他见天灶笑，就问："你偷着乐什么？"

天灶便把听到的话小声地学给父亲。

父亲放下宫灯笑了："这个老小孩！"

锅里的水被火焰煎熬得吱吱直响，好像锅灶是炎夏，而锅里闷着一群知了，它们在不停地叫嚷"热死了，热死了"。火焰把天灶烤得脸颊发烫，他就跑到灶房的窗前，将脸颊贴在蒙有白霜的玻璃上。天灶先是觉得一股寒冷像针一样深深地刺痛了他，接着就觉得半面脸发麻，当他挪开脸颊时，一块半月形的玻璃本色就赫然显露出来。天灶擦了擦湿漉漉的脸颊，透过那块霜雪消尽的玻璃朝外面望去。院子里黑魆魆的，什么都无法看清，只有天上的星星才现出微弱的光芒。天灶叹了一口气，很失落地收回目光，转身去看灶坑里的火。他刚蹲下身，灶房的门突然开了，一股寒气背后站着一个穿绿色软缎棉袄的女人，她黑着眼圈大声地问天灶：

“放水哪？”

天灶见是蛇寡妇，就有些爱理不睬地“哼”了一声。

“你爸呢？”蛇寡妇把双手从袄袖中抽出来，顺手把一缕鼻涕擤下来抹在自己的鞋帮上，这让天灶很作呕。

天灶的爸爸已经闻声过来了。

蛇寡妇说：“大哥，帮我个忙吧。你看我把洗澡水都烧好了，可是澡盆坏了，倒上水哗哗直漏。”

“澡盆怎么漏了？”父亲问。

“还不是秋天时收饭豆，把豆子晒干了放在大澡盆里去皮，那皮又干又脆，把手都扒出血痕了，我就用一根松木棒去捶豆子，没成想把盆给捶漏了，当时也不知道。”

天灶的妈妈也过来了，她见了蛇寡妇很意外地“哦”了一声，然后淡淡打声招呼：“来了啊？”

蛇寡妇也淡淡地应了一声，然后从袖口抽出一根桃红色的缎子头绳："给天云的！"

天灶见父母都不接那头绳，自己也不好去接。蛇寡妇就把头绳放在水缸盖上，使那口水缸看上去就像是陪嫁，喜气洋洋的。

"天云呢？"蛇寡妇问。

"正洗着呢。"母亲说。

"你家有没有锡？"父亲问。

未等蛇寡妇作答，天灶的母亲警觉地问："要锡干什么？"

"我家的澡盆漏了，求天灶他爸给补补。"蛇寡妇先回答女主人的话，然后才对男主人说："没锡。"

"那就没法补了。"父亲顺水推舟地说。

"随便用脸盆洗洗吧。"天灶的母亲说。

蛇寡妇睁大了眼睛，一抖肩膀说："那可不行，一年才过一回年，不能将就。"她的话与天云的如出一辙。

"没锡我也没办法。"天云的父亲皱了皱眉头，然后说，"要不用油毡纸试试吧。你回家撕一块油毡纸，把它用火点着，将滴下来的油弄在漏水的地方，抹均匀了，凉透后也许就能把漏的地方弥住。"

"还是你帮我弄吧。"蛇寡妇在男人面前永远是一副天真表情，"我听都听不明白。"

天灶的父亲看了一眼自己的女人，其实他也用不着看，因为不管她脸上是赞同还是反对，她的心里肯定是一万个不乐意。但当大家把目光集中到她身上，需要她做出决断时，她还是故作大度地说："那你就去吧。"

蛇寡妇说了声"谢了"，然后就抄起袖子，走在头里。天灶的父亲只能紧随其后，他关上家门前回头看了一眼老婆，得到的是一个不折不扣的白眼和她随之吐出的一口痰，那道白眼和痰组成了一个醒目的惊叹号，使天灶的父亲在迈出门槛后战战兢兢的，他在寒风中行走的时候一再提醒自己要快去快回，绝不能喝蛇寡妇的茶，也不能抽她的烟，他要在唇间指畔纯洁地葆有他离开家门时的气息。

"天云真够讨厌的。"蛇寡妇一走，母亲就开始心烦意乱了，她拿着面盆去发面，却忘了放酵母，"都是她把蛇寡妇招来的。"

"谁叫你让爸爸去的。"天灶故意刺激母亲，"没准她会炒俩菜和爸爸喝一盅！"

"他敢！"母亲厉声说，"那样他回来我就不帮他搓背了！"

"他自己也能搓，他都这么大的人了，你还年年帮他搓背。"天灶"咦"了一声，母亲的脸便刷地红了，她抢白了天灶一句："好好烧你的水吧，大人的事不要多嘴。"

天灶便不多嘴了，但灶坑里的炉火是多嘴的，它们用金黄色的小舌头贪馋地舔着乌黑的锅底，把锅里的水吵得嗞嗞直叫。炉火的映照和水蒸气的熏炙使天灶有种昏昏欲睡的感觉。他不由蹲在锅灶前打起了盹。然而没有多一会儿，天云便用一只湿手把他搡醒了。天灶睁眼一看，天云已经洗完了澡，她脸蛋通红，头发湿漉漉地披散着，穿上了新的线衣线裤，一股香气从她身上横溢而出，她叫道：“我洗完了！”

天灶揉了一下眼睛，恹恹无力地说：“洗完了就完了呗，神气什么。”

“你就着我的水洗吧。”天云说。

“我才不呢。”天灶说，“你跟条大臭鱼一样，你用过的水有邪味儿！”

天灶的母亲刚好把发好的面团放到热炕上转身出来，天云就带着哭腔对母亲说，“妈妈呀，你看天灶呀，他说我是条大臭鱼！”

“他再敢说我就缝他的嘴！”母亲说着，示威性地做了个挑针的动作。

天灶知道父母在他与天云斗嘴时，永远会偏袒天云，他已习以为常，所以并不气恼，而是提着两盏灯笼进“浴室”除灰，这时他听见天云在灶房惊喜地叫道：“水缸盖上的头绫子是给我的吧？真漂亮呀！”

那对灯笼是硬塑的，由于用了好些年，塑料有些老化萎缩，使它们看上去并不圆圆满满。而且它的红颜色显旧，中圈被光密集照射的地方已经泛白，看不出任何喜气了。所以点灯笼时要在里面安上两个红灯泡，否则它们可能泛出的是与除夕气氛相悖的青白的光。天灶一边刷灯笼一边想着有关过年的繁文缛节，便不免有些气恼，他不由大声对自己说：“过年有个什么意思！”回答他的是扑面而来的洋溢在屋里的湿浊的气息，于是他恼上加恼，又大声对自己说：“我要把年挪到六月份，人人都可以去河里洗澡！”

天灶刷完了灯笼，然后把脏水一桶桶地提到外面倒掉。冰湖那儿已经没有肖大伟的影子了，不知他的“冰嘎”是否找到了。夜色已深，星星因黑暗的加剧而显得气息奄奄，微弱的光芒宛如一个人在弥留之际细若游丝的气息。天灶望了一眼天，便不想再看了。因为他觉得这些星星被强大的黑暗给欺负得噤若寒蝉，一派凄凉，无边的寒冷也催促他尽快走回户内。

父亲还没有回来，母亲脸上的神色就有些焦虑。该轮到她洗澡了，天灶为她冲洗干净了澡盆，然后将热水倾倒进去。母亲木讷地看着澡盆上的微微旋起的热气，好像在无奈地等待一条美人鱼突然从中跳出来。

天灶提醒她：“妈妈，水都好了！”

母亲“哦”了一声，叹了口气说：“你爸爸怎么还不回来？要不你去蛇寡妇家看看？”

天灶故作糊涂地说：“我不去，爸爸是个大人又丢不了，再说我还得烧水呢，要去你去。”

“我才不去呢。”母亲说，“蛇寡妇没什么了不起。”说完，她仿佛陡然恢复了自信，提高声调说：“当初我跟你爸爸好的时候，有个老师追我，我都没答应，就一门心思地看上你爸爸了，他不就是个泥瓦匠嘛。”

“谁让你不跟那个老师呢？”天灶激将母亲，“那样的话我在家里上学就行了。”

“要是我跟了那老师，就不会有你了！”母亲终于抑制不住地笑了，“我得洗澡了，一会儿水该凉了。”

天云在自己的小屋里一身清爽地摆弄新衣裳，天灶听见她在唱：“小狗狗伸出小舌头，够我手里的小画书。小画书上也有个小狗狗，它趴在太阳底下睡觉觉。”

天云喜欢自己编儿歌，高兴时那儿歌的内容一派温情，生气时则充满火药味。比如有一回她用鸡毛掸子拂掉了一只花瓶，把它摔碎了，母亲说了她，她不服气，回到自己的屋子就编儿歌：“鸡毛掸是个大灰狼，花瓶是个小羊羔。我饿了三天三夜没吃饭，见了你怎么能放过！”言下之意，花瓶这个小羊羔是该吃的，谁让它自己不会长脚跑掉呢。家人听了都笑，觉得真不该用一只花瓶来让她受委屈。于是就说：“那花瓶也是该打，都旧成那样了，留着也没人看！”天云便破涕为笑了。

天灶又往锅里添满了水，他将火炭拨了拨，拨起一片金黄色的火星像蒲公英一样地飞，然后他放进两块比较粗的松木杆。这时奶奶蹒跚地从屋里出来了，她的湿头发已经干了，但仍然是垂在肩头，没有盘起来，这使她看上去很难看。奶奶体态臃肿，眼袋松松垂着，平日它们像两颗青葡萄，而今日因为哭过的缘故，眼袋就像一对红色的灯笼花，那些老年斑则像陈年落叶一样匍匐在脸上。天灶想告诉奶奶，只有又黑又密的头发才适合披着，斑白稀少的头发若是长短不一地披下来，就会给人一种白痴的感觉。可他不想再惹奶奶伤心了，所以马上垂下头来烧水。

“天灶——”奶奶带着悲愤的腔调说，“你就那么嫌弃我？我用过的水你把它泼了，我站在你跟前你都不多看一眼？”

天灶没有搭腔，也没有抬头。

“你是不想让奶奶过这个年了？”奶奶的声音越来越悲凉了。

“没有。”天灶说，“我只想用清水洗澡，不用别人用过的水。天云的我也没用。”天灶垂头说着。

“天云的水是用来刷灯笼的！”奶奶很孩子气地分辩说。

“一会儿妈妈用过的水我也不用。”天灶强调说。

“那你爸爸的呢？”奶奶不依不饶地问。

“不用！”天灶斩钉截铁地说。

奶奶这才有些和颜悦色地说：“天灶啊，人都有老的时候，别看你现在是个孩子，细皮嫩肉的，早晚有一天会跟奶奶一样皮松肉散，你说是不是？”

天灶为了让奶奶快些离开，所以抬头看了一眼她，干脆地答道：“是！”

“我像你这么大时，比你水灵着呢。”奶奶说，“就跟开春时最早从地里冒出的羊角葱一样嫩！”

“我相信！”天灶说，“我年纪大时肯定还不如奶奶呢，我不得腰弯得头都快着地，满脸长着癞？”

奶奶先是笑了两声，后来大约意识到孙子为自己规划的远景太黯淡了，所以就说：“癞是狗长的，人怎么能长癞呢？就是长癞，也是那些丧良心的人才会长。你知道人总有老的时候就行了，不许胡咒自己。”

天灶说：“嗳——！”

奶奶又絮絮叨叨地询问灯笼刷得干不干净，该炒的黄豆泡上了没有。然后她用手抚了一下水缸盖，嫌那上面的油泥还呆在原处，便责备家里人的好吃懒做，哪有点过年的气氛。随之她又唠叨她青春时代的年如何过的，总之是既洁净又富贵。最后说得嘴干了，这才唉声叹气地回屋了。天灶听见奶奶在屋子里不断咳嗽着，便知她要睡觉了。她每晚临睡前总要清理一下肺脏，透彻地咳嗽一番，这才会平心静气地睡去。果然，咳嗽声一止息，奶奶屋子的灯光随之消失了。

天灶便长长地吁了口气。

母亲历年洗澡都洗得很漫长，起码要一个钟头。说是要泡透了，才能把身上的灰全部搓掉。然而今年她只洗了半个小时就出来了。她见到天灶急切地问：“你爸还没回来？”

“没。”天灶说。

“去了这么长时间，”母亲忧戚地说，“十个澡盆都补好了。”

天灶提起脏水桶正打算把母亲用过的水倒掉，母亲说：“你爸还没回来，我今年洗的时间又短，你就着妈妈的水洗吧。”

天灶坚决地说：“不！”

母亲有些意外地看了眼天灶，然后说：“那我就着水先洗两件衣裳，这么好的水倒掉可惜了。”

母亲就提着两件脏衣服去洗了。天灶听见衣服在洗衣板上被激烈地揉搓的声音，就像饿极了的猪炊食一样。天灶想，如果父亲不及时赶回家中，这两件衣服非要被洗碎不可。

然而这两件衣服并不红颜薄命，就在洗衣声变得有些凄厉的时候，父亲一身寒气地推门而至了。他神色慌张，脸上印满黑灰，像是京剧中老生的脸谱。

“该到我了吧？”他问天灶。

天灶“嗯”了一声。这时母亲手上沾满肥皂泡从里面出来，她看了一眼自己的男人，眼眉一挑，说：“哟，修了这么长时间，还修了一脸的灰，那漏儿堵上了吧？”

“堵上了。”父亲张口结舌地说。

“堵得好？”母亲从牙缝中迸出三个字。

“好。”父亲茫然答道。

母亲“哼”了一声，父亲便连忙红着脸补充说：“是澡盆的漏儿堵得好。”

“她没赏你一盆水洗洗脸？”母亲依然冷嘲热讽着。

父亲用手抹了一下脸，岂料手上的黑灰比脸上的还多，这一抹使脸更加花哨了。他十分委屈地说：“我只帮她干活，没喝她一口水，没抽她一颗烟，连脸都没敢在她家洗。”

“哟，够顾家的。”母亲说，“你这一脸的灰怎么弄的？钻她家的炕洞了吧？”

父亲就像一个做错了事的孩子似的仍然站在原处，他毕恭毕敬地，好像面对的不是妻子，而是长辈。他说：“我一进她家，就被烟呛得直淌眼泪。她也够可怜的了，都三年了没打过火墙。火是得天天烧，你想那灰还不全挂在烟洞里？一烧火炉子就往出燎烟，什么人受得了？难怪她天天黑着眼圈。我帮她补好澡盆，想着她一个寡妇这么过年太可怜，就帮她掏了掏火墙。”

“火墙热着你就敢掏？”母亲不信地问。

“所以说只打了三块砖，只掏一点灰，烟道就畅了。先让她将就过个年，等开春时再帮她彻底掏一回。”父亲傻里傻气地如实相告。

“她可真有福。”母亲故作笑容说，“不花钱就能请小工。”

母亲说完就唤天灶把水倒了，她的衣裳洗完了。天灶便提着脏水桶，绕过仍然惶惶不安的父亲去倒脏水。等他回来时，父亲已经把脸上的黑灰洗掉了。脸盆里的水仿佛被乌贼鱼给搅扰了个尽兴，一派墨色。母亲觑了一眼，说：“这水让天灶带到学校刷黑板吧。”

父亲说:“看你,别这么说不行么?我不过是帮她干了点活。”

“我又没说你不能帮她干活。”母亲显然是醋意大发了，“你就是住过去我也没意见。”

父亲不再说什么，因为说什么也无济于事了。天灶连忙为他准备洗澡水。天灶想父亲一旦进屋洗澡了，母亲的牢骚就会止息，父亲的尴尬才能解除。果然，当一盆温热而清爽的洗澡水摆在天灶的屋子里，母亲提着两件洗好的衣裳抽身而出。父亲在关上门的一瞬小声问自己女人：“一会儿帮我搓搓背吧？”

“自己凑合着搓吧。”母亲仍然怨气冲天地说。

天灶不由暗自笑了，他想父亲真是可怜，不过帮蛇寡妇多干了一样活，回来就一副低眉顺眼的样子。往年母亲都要在父亲洗澡时进去一刻，帮他搓搓背，看来今年这个享受要像艳阳天一样离父亲而去了。

天灶把锅里的水再次添满，然后又饶有兴致地往灶炕里添柴。这时母亲走过来问他：“还烧水做什么？”

“给我自己用。”

“你不用你爸爸的水？”

“我要用清水。”天灶强调说。

母亲没再说什么，她进了天云的屋子了。天灶没有听见天云的声音，以往母亲一进她的屋子，她就像盛夏水边的青蛙一样叫个不休。天云屋子的灯突然被关掉了，天灶正诧异着，母亲出来了，她说：“天云真是的，手中拿着头绫子就睡着了。被子只盖在腿上，肚脐都露着，要是夜里着凉拉肚子怎么办？灯也忘了闭，要过年把她给兴过头了，兴得都乏了。”

天灶笑了，他拨了拨柴禾，再次重温金色的火星飞舞的辉煌情景。在他看来，灶炕就是一个永无白昼的夜空，而火星则是满天的繁星。这个星空带给人的永远是温暖的感觉。

锅里的水开始热情洋溢地唱歌了。柴禾也烧得毕剥有声。母亲回到她与天灶父亲所住的屋子，她在叠前日洗好晾干的衣服。然而她显得心神不定，每隔几分钟就要从屋门探出头来问天灶：

“什么响？”

“没什么响。”天灶说。

“可我听见动静了。”母亲说，“不是你爸爸在叫我吧？”

“不是。”天灶如实说。

母亲便有些泄气地收回头。然而没过多久她又探出头问：“什么响？”而且手里提着她上次探头时叠着的衣裳。

天灶明白母亲的心思了，他说：“是爸爸在叫你。”

“他叫我？”母亲的眼睛亮了一下，继而又摇了一下头说，“我才不去呢。”

“他一个人没法搓背。”天灶知道母亲等待他的鼓励，“到时他会一天就把新背心穿脏了。”

母亲嘟囔了一句“真是前世欠他的”，然后甜蜜地叹口气，丢下衣服进了“浴室”。天灶先是听见母亲的一阵埋怨声，接着便是由冷转暖的嗔怪，最后则是低低的软语了。后来软语也消去，只有清脆的撩水声传来，这种声音非常动听，使天灶的内心有一种发痒的感觉，他就势把一块木板垫在屁股底下，抱着头打起盹来。他在要进入梦乡的时候听见自己的清水在锅里引吭高歌，而他的脑海中则浮现着粉红色的云霓。天灶不知不觉睡着了。他在梦中看见了一条金光灿灿的龙，它在银河畔洗浴。这条龙很调皮，它常常用尾去拍银河的水，溅起一阵灿烂的水花。后来这龙大约把尾拍在了天灶的头上，他觉得头疼，当他睁开眼睛时，发觉自己磕在了灶台上。锅里的水早已沸了，水蒸气袅袅弥漫着。父母还没有出来，天灶不明白搓个背怎么会花这么长时间。他刚要起身去催促一下，突然发现一股极细的水流悄无声息地朝他蛇形游来。他寻着它逆流而上，发现它的源头在“浴室”。有一种温柔的呢喃声细雨一样隐约传来。父母一定是同在澡盆中，才会使水膨胀而外溢。水依然汩汩顺着门缝宁静地流着，天灶听见了搅水的声音，同时也听到了铁质澡盆被碰撞后间或发出的震颤声，天灶便红了脸，连忙穿上棉袄推开门到户外去望天。

夜深深的了。头顶的星星离他仿佛越来越远了。天灶大口大口地呼吸着寒冷的空气，因为他怕体内不断升腾的热气会把他烧焦。他很想哼一首儿歌，可他一首歌词也回忆不起来，又没有天云那样的禀赋可以随意编词。天灶便哼儿歌的旋律，一边哼一边在院子中旋转着，寂静的夜使旋律变得格外动人，真仿佛是天籁之音环绕着他。天灶突然间被自己感动了，他从来没有体会过自己的声音是如此美妙。他为此几乎要落泪了。这时屋门“吱扭”一声响了，跟着响起的是母亲喜悦的声音：“天灶，该你洗了！”

天灶发现父母面色红润，他们的眼神既幸福又羞怯，好像猫刚刚偷吃了美食，有些愧对主人一样。他们不敢看天灶，只是很殷勤地帮助天灶把脏水倒了，然后又清洗干净了澡盆，把清水一瓢瓢地倾倒在澡盆中。

天灶关上屋门，他脱光了衣服之后，把灯关掉了。他蹑手蹑脚地赤脚走到窗前，轻轻拉开窗帘，然后返身慢慢地进入澡盆。他先进入双足，热水使他激灵了一下，但他很快适应了，他随之慢慢地屈腿坐下，感受着清水在他的胸腹间柔曼地滑过的温存滋味。天灶的头搭在澡盆上方，他能看见窗外的隆隆夜色，能看见这夜色中经久不息的星星。他感觉那星星已经穿过茫茫黑暗飞进他的窗口，落入澡盆中，就像课文中所学过的淡黄色的皂角花一样散发着清香气息，预备着为他除去一年的风尘。天灶觉得这盆清水真是好极了，他从未有过地舒展和畅快。他不再讨厌即将朝他走来的年了，他想除夕夜的时候，他一定要穿着崭新的衣裳，亲手点亮那对红灯笼。还有，再见到肖大伟的时候，他要告诉他，我天灶是用清水洗的澡，而且，星光还特意化成皂角花撒落在了我的那盆清水中了呢。

歇马山庄的两个女人

/// 孙惠芬

李平结婚这天，潘桃远远地站在自家门外看光景。潘桃穿着乳白色羽绒大衣，脸上带着浅浅的笑。潘桃也是歇马山庄新媳妇，昨天才从城里旅行结婚回来。潘桃最不喜欢结婚大操大办，穿着大红大紫的衣服，身前身后被人围着，好像展览自己。关键是，潘桃不喜欢火爆，什么事情搞到最火爆，就意味着已经到了顶峰，而结婚，只不过是女孩子人生道路上的一个转折，哪里是什么顶峰？再说，有顶峰就有低谷，多少乡下女孩子，结婚那天又吹又打披红挂绿，俨然是个公主、皇后、贵妇人，可是没几天，不等身上的衣服和脸上的胭脂褪了色，就水落石出地过起穷日子。潘桃绝不想在一时的火爆过去之后，用她的一生，来走她心情的下坡路。于是，她为自己主张了一个简单的婚礼，跟新夫玉柱到城里旅行了一趟。城就是玉柱当民工盖楼的那个城，不小也不算大，他们在一个小巷里的招待所住了两晚，玉柱请她吃了一顿肯德基，一顿米饭炒菜，剩下的，就是随便什么旮旯小馆，一人一碗葱花面。他们没有穿红挂绿，穿的，是潘桃在镇子上早就买好的运动装，两套素色的白，外边罩着羽绒服。他们朴素得不能再朴素，平常得不能再平常，然而越平常，越朴素，越不让人们看出他们是新婚，他们的快乐就越是浓烈。他们白天坐电车逛商场只顾买东西，像两个小贩子，回到招待所，可就大不一样。他们晚上回来，犹如两只制造了隐私的小兽，先是对看，然后大笑，然后就床上床下毫无顾忌地疯。事实证明，幸福是不能分享的，你的幸福被别人分享多少，你的幸福就少了多少。这是一道极简单的减法算式，多少大操大办的人家，一场婚事下来，无不叫喊打死再也不要办了，简直不是结婚，是发昏。可是在歇马山庄，没有谁能逃脱这样的宿命。潘桃这看似朴素的婚礼，其实是一种精心的选择，是对宿命的抗拒。潘桃的朴素里，包含了真正的高雅。潘桃的朴素里，其实一点都不朴素，是另外一种张扬。它真正张扬了潘桃心中的自己。有了这样巨大的幸福，有了这样巨大的与众不同，从城里回来，潘桃与以前判若两人，见人早早打招呼说话，再也不似从前那样傲慢。不但如此，今天一早，村东头于成子家的鼓乐还没响起，潘桃就走出屋子，随婆婆一道，站在院外墙边，远远地朝东街看着。

同是看光景，潘桃的看和婆婆的看显然很不一样。潘桃尽管在笑，但她的看是居高临下的，或者说，是因为有了居高临下的态度，她才露出浅浅的笑。她笑里的目光，是审视，是拒绝与光景中的情景沟通与共鸣的审视，好像在说，看吧，看能热闹到什么程度！也好像在说，看呗，不就是热闹吗？婆婆的看却是投入的，是极尽所能去感受、去贴近那热闹的。她先是站在院外墙边，当鼓乐通过长长的街脖传过来，就三步并成两步蹿到大街对面的菜地里。婆婆张着嘴，目光里的游丝是顺着地垄和街脖爬过去的，充满了羡慕。歇马山庄多年来一直时兴豆子宴，潘桃的婆婆为儿子结婚攒了多少年的豆子，小豆黄豆绿豆花生豆，偏厦里装豆的袋子烂了一茬又一茬，陈换新新压陈，豆子里的虫子都等绿了眼睛，可是，就在临近结婚半个月的时候，潘桃亲自上门宣布旅行结婚的计划。大妈，俺想旅行结婚。潘桃语气十分柔和，眼里的笑躲在两湾清澈的水里，羞怯中闪着小心翼翼的波光。可是在婆婆看来，潘桃清澈的眼睛里躲的可不是笑，而是彻头彻尾的严肃；羞怯里闪动的，也不是小心翼翼，而是理直气壮的命令。因为潘桃说完这句话，立即又跟上一句“玉柱也同意旅行结婚”。婆婆的眼睛于是也像豆子里的虫子，绿了起来。潘桃婆婆嫁到歇马山庄，真就没憷过谁，她当然不会憷潘桃，但是她还是没有说出自己的想法。她淡淡地说，玉柱同意旅那就旅吧。

其实潘桃婆婆最了解自己，她憷的从来都不是别人，而是自己，是自己在儿子面前的无骨。她流产三次保住了一个儿子，打月子里开始，儿子的要求在她那里就高于一切。儿子打喷嚏她就头痛；儿子三岁时指着大人脚上的皮鞋喊要，她就爬山越岭上县城买；儿子十六岁那年，书念得好好的，有一天放学回来，把家里装衣服的木箱拆了，说要学木匠，她居然会把另一只木箱也搬出来让他拆。村里人说，这是命数，是女人前世欠了别人的，这世要她在儿子身上还。潘桃从他最无骨的地方下刀子，疼是真疼，空虚却是持久的。儿子带儿媳出去旅行那几天，看着空落寂寞的院落，她空虚得差点变成一只空壳飘起来。别人家的热闹当然不是自己家的热闹，但潘桃婆婆还是像看戏一样，投入了真的感情，只要投入了真的感情，将戏里的事想成自家的事，照样会得到意外的满足。

李平是十点一刻才来到歇马山庄屯街上的。这时候人们并不知道她叫李平，大家只喊成子媳妇。来啦，成子媳妇来啦。男人女人，在街的两侧一溜两行。冬天是歇马山庄人口最全的时候，也是山庄里最空闲的时候，民工们全都从外边回来了。男人回来了，女人和孩子就格外活跃，人群里不时爆出一声喊叫。红轿子在凹凸不平的乡道上徐徐地爬，像一只瓢虫，轿子后边是一辆黄海大客，车体黄一道白一道仿佛柞树上的豆虫，黄海大客后边，便是一辆敞篷车，一个穿着夹克的小伙子扛着录像机正瞄准黄海大客的屁股。成子家在屯子东头，女方车来必经长长的屯街，这一来，一场婚礼的展示就从屯西头开始了。人们纷纷将目光从鼓乐响起的东头拉回来，朝西边的车队看去。人们回转头，是怕轿车从自己眼皮底下稍纵即逝，可万万没想到，领头的红轿车爬着爬着，爬到潘桃家门口时，会停下来，红轿子停下，黄海大客也停下，唯敞篷车不停，敞篷车拉着录像师，越过大客越过红轿开到最前边。敞篷车开到前边，录像师从车上跳下来，调好镜头，朝轿车走去。这时，只见轿车门打开，一对新人分别从两侧走下，又慢慢走到车前，挽手走来。山庄人再孤陋寡闻，也是见过有录像的婚礼，可是他们确实没有见过刚入街口就下车录像的，关键这是大冬天，空气凛冽得一哈气就能结冰，成子媳妇居然穿着一件单薄的大红婚纱，成子媳妇的脖子居然露着白白的颈窝。人们震惊之余，一阵唏嘘，唏嘘之余，不免也大饱了一次眼福。

坐轿车、录像、披婚纱，这一切，在潘桃那里，都是预料之中的，最让潘桃想不到的，是车竟然在她家门口停了下来。车停下也不要紧，成子媳妇竟然离家门口那么远就下了车。因为出其不意，潘桃的居高临下受到冲击，她本是一个旁观者的，站在河的彼岸，观看旋涡里飞溅的泡沫、拍岸的浪花，那泡沫和浪花跟她实在是毫无关系，可是，她怎么也不能想到，转眼之间，她竟站在了旋涡之中，泡沫和浪花真的就湿了她的眼和脸。距离改变了潘桃对一桩婚事的态度，不设防的拉近使潘桃一时迷失了早上以来所拥有的姿态。她脸上的笑散去了，随之而来的是不知所措，是心口一阵慌跳。慌乱中，潘桃闻到冰冷的空气中飘然而来的一股清香，接着，她看到了一点也没有乡村模样的成子媳妇。一个精心修饰和打扮的新娘怎么看都是漂亮的，可是成子媳妇眼神和表情所传达的气息，绝不是漂亮所能概括，她太洋气了，太城市了，她简直就是电影里的空姐。她的目光相当专注，好像前边有磁石的吸引，她的腰身相当挺拔；好像河岸雨后的白杨。她其实真的算不上漂亮，眼睛不大，嘴唇略微翻翘，可是潘桃被深深震撼了，刺疼了，潘桃听到自己耳朵里有什么东西响了一下，接着，身体里某个部位开始隐隐作疼，再接着，她的眼睛迷茫了，她的眼睛里闪出了五六个太阳。

潘桃和成子媳妇的友谊，就是从那些太阳的光芒里开始的。

二

同样都是新媳妇，潘桃结婚，人们还叫她潘桃，潘桃从歇马山庄嫁到歇马山庄，人们不习惯改变叫法。成子媳妇却不同，她从另一个县的另一个村嫁过来，人们不知她的名字，就顺理成章叫她成子媳妇。至于成子媳妇结婚那天到底有多风光，潘桃只看那么一眼，就能大约有所领会。那一天鼓乐声在村头没日没夜地震响，村里所有男女老少都跟了过去。一些跟成子家没有人情来往的人家，为了追求现场感，都随了礼钱。潘桃婆婆现跑回家翻箱底儿。她的儿子没操没办没收礼，她是可以理直气壮不上礼的，豆子霉在仓里本就蚀了本，再搭上人情，那是亏上加亏。可是，成子和成子媳妇在街上那么一走，鼓乐声那么大张旗鼓一闹腾，不由得不叫人忘我。那一天东头成子家究竟热闹到什么程度，成子媳妇究竟风光到什么程度，潘桃一点都不想知道。她其实心里已经很是知道，她只是不想从别人嘴里往深处知道。她本是可以往深处知道的，一早站在院墙外等待，就是抱定这样一个姿态，谁知看那一眼使事情的性质发生了变化。可是潘桃越不想知道，她的忘我参与过的婆婆越是要讲，呀，那成子媳妇，那么好看，还温顺听话，叫她吃葱就吃葱，叫她坐斧就坐斧，叫她点烟就点烟。婆婆话里的暗弦，潘桃听得懂，是说她潘桃太各色太不入流太傲气。潘桃的脸一下子就紫了，从家里躲出来。可是刚到街上，邻居广大婶就喊，去看了吗潘桃，那才叫俊，画上下来似的，关键是人家那个懂事儿。潘桃的脸一下子就白了，又不能马上掉头，只有嗯呵地听下去。就这样，那一天成子的热闹，成子媳妇的风光，在潘桃心中不可抗拒地拼起这样一幅图景：成子媳妇，外表很现代，性格却很传统，外表很城市，性格却很乡村，一个彻头彻尾的两面派！

别人的好心情有时会坏掉自己的好心情，这一点人生经验潘桃没有，一个与自己毫不相干的别人的婚礼，一次性地坏掉了潘桃新婚之后的心情，潘桃猝不及防。以往的潘桃，在歇马山庄可是太受宠了，简直被人们宠坏了。潘桃的受宠有历史的渊源，是她母亲打下的基础。她的母亲曾是歇马山庄的大嫂队长，一个有名的美人儿。一般的情况下，女人的好看，是要通过男人来歌颂的，男人们不一定说，但男人走到你面前就拿不动腿，像蜜蜂围着花蕊。潘桃母亲既吸引男人又吸引女人。潘桃的母亲被女人喜欢，其原因是她那双眼睛。她的眼睛温和安静、清澈。她的眼睛看男人，静止的深潭一样没有波光，没有媚气，让男人感到舒适又生不出非分之想。她的眼睛看女人，却像一泓溪流直往你心窝里去，让女人停不上几分钟，就想把心窝里的话都掏出来。潘桃母亲当了十几年大嫂队长，女人心中的委屈、苦难听了几火车，极少有谁家女人没向她掏心窝子，男女间的口风却从没有过，这是多么难能可贵的事情啊！女人们说，是人家嫁了好男人，人家男人在镇子上当工人，有技术又待她好，她当然安心。自以为懂一些男女之事的男人却说，怪不得男人，风流女人嫁再好的男人该守不住照样守不住，这是人家祖上的德性。潘桃三四岁时，母亲领到街上，就有人上来套近乎，说俺儿比桃大一岁，男大一，黄金起。也有的说，俺儿比桃小三岁，女大三，抱金砖。潘桃小时看不出有多么漂亮，但却比母亲幸运，母亲用多少年的实际行动换来了大家的宠爱，而她，头上刚长满细软的头发，就吸来了那么多父母的目光。潘桃六七岁时，能在街上跑动，动辄就被人揽到怀里。潘桃十几岁时，上到初中，身边男孩一群一群地围。十几岁的潘桃招人喜欢已经不是依靠母亲的光环，潘桃到十几岁时已经出落得相当漂亮，去到哪里，都一朵云一样，早上的日光照去，是金色的，正午的日光照去，是银色的，晚上的日光照去，是红色的。潘桃走到哪里，都能听到啧啧的赞美声。那些赞美声是怎样误了她的学业还得另论，总之被宠的潘桃自认为自己是歇马山庄最优秀的女子是大有道理的。

女人的心里装着多少东西，男人永远无法知道。潘桃结了婚，可以算得上一个女人了，可潘桃成为真正的女人，其实是从成子媳妇从门口走过的那一刻开始的。那一刻，她懂得了什么叫嫉妒，还懂得了什么叫复杂的情绪。情绪这个尤物说来非常奇怪，它在一些时候，有着金属一样的分量，砸着你会叫你心口钝疼；而另一些时候，却有着烟雾一样的质地，它缭绕你，会叫你心口郁闷；还有一些时候，它飞走了，它不知怎么就飞得无影无踪了。从腊月初八到腊月二十三，整整半个月，潘桃都在这三种情绪中往返徘徊。某一时刻，心口疼了，她知道又有人在议论成子媳妇了，常常，不是耳朵通知她的知觉，而是知觉通知她的耳朵，也就是说，议论和她的心疼是同时开始的。某一时刻，烟雾绕心口一圈圈围上来，叫你闷得透不过气，需长吁一口，她知道她目光正对着街东成子家了。潘桃后来极少出门，潘桃不出门，也不让玉柱出门，因为只有玉柱在家，她的婆婆才不会喋喋不休讲成子媳妇。玉柱一天天守着潘桃，玉柱把潘桃的挽留理解成小两口间的爱情。事实上，小两口的爱情确实甜蜜无比，潘桃只有在这个时候，整个一个人才轻盈起来，放松起来。过了小年，玉柱身前身后绕着，潘桃都快把那个叫作情绪的东西忘了，可情绪这东西要多微妙有多微妙，就在玉柱被潘桃缠得水深火热的夜里，那莫名的东西从炕席缝钻了出来。当时玉柱正用粗糙的手抚着潘桃细腻的小脸亲吻，亲着亲着，自言自语道，要不是旅行结婚，真的不会发现你是那么疯的一人，看在城里那几天把你疯的。潘桃突然僵在那里，眼盯住天棚不动了。她不知道那个东西怎么又来了，它好像是借着“旅行”这个字眼来的，它好像一场电影的开头，字幕一过，眼前便浮现了一段洁白的颈窝，一身大红婚纱，耳边便响起了欢乐的鼓乐声，婆婆尖锐的话语声：看人家，叫吃葱就吃葱。潘桃的眼窝一阵阵红了，一种说不出的委屈，被冲击的饭渣一样泛上来，潘桃把脸转到玉柱肩头，任玉柱怎么推搡追问，就是不说话。

一场婚礼成了潘桃的一块心病，这一点成子媳妇毫无所知。结婚第二天，成子媳妇就换了一身红软缎对襟棉袄下地干活了。成子媳妇没有婆婆，成子的母亲去年八月患脑溢血死在山上，刚过门的新媳妇便成了家庭里的第一女主人。成子媳妇早上六点就爬起来，她已经累了好几天了。前天，娘家为她操办了一通，她人前人后忙着；昨天，演员演戏一样绷紧神经，挺了一整天；夜里，又碎掉了似的被成子揉在骨缝里。但新人就是新人，新人跟旧人的不同在于，新人有着脱胎换骨的经历，新人是怎么累都累不垮的，反而越累越精神。成子媳妇脸蛋红红的，立领棉袄更兀现了她的几分挺拔。她烧了满满一锅水，清洗院子里沾满油污的碗和盆。院子里一片狼藉的静，偶尔，公公和成子往院外抬木头，弄出一点声响，也是唯一的声响。这是可想而知的局面，宴席散去，热闹走远，真实的日子便大海落潮一样水落石出。作为这海滩上的拾贝者，成子媳妇有着充分的精神准备。她早知道，日子是有它的本来面目的，正因为她知道日子有它的本来面目，才有意制造了昨天的隆重和热闹，让自己真正飘了一次，仙了一次。一个乡下女人的道路，确实是过了这个村就没有这个店了，告别了这个日子，你是要多沉就多沉，你会结结实实夯进现实的泥坑里。这是成子媳妇和潘桃的不同。潘桃怕空前绝后，成子媳妇就是要空前绝后，因为成子媳妇了解到，你即使做不到空前，也肯定是绝后的。成子媳妇过于现实过于老到了。成子媳妇之所以这么现实老到，是因为她曾经不现实过。那时她只有十九岁，那时她也是村子里屈指可数的漂亮女孩，她怀着满脑子的梦想离家来到城里，她穿着紧身小衫，穿着牛仔裤，把自己打扮得很酷，以为这么一打扮自己就是城里的一分子了。她先是在一家拉面馆打工，不久又应聘到一家酒店当服务小姐。因为她一直也不肯陪酒又陪睡，她被开除了好几家。后来在一家叫作悦来春的酒店里，她结识了这个酒店的老板，他们很快就相爱了。她迅速地把自己苦守了一个季节的青春交给了他。他们的相爱有着怎样虚假的成分，她当时无法知道，她只是迅速地坠入情网。半年之后，当她哭着闹着要他娶她，他才把他的老婆推到前台。他的老婆当着十几个服务员的面，撕开了她的衣服，把她推进要多肮脏有多肮脏的万丈深渊。从污水坑里爬出来，她弄清了一样东西，城里男人不喜欢真情，城里男人没有真情。你要有真情，你就把它留好，留给和自己有着共同出身的乡下男人。用假情赚钱的日子是从做起又一家酒店的领班开始的，用假情赚钱的日子也就是她寻找真情的开始。没事的时候，她换一身朴素的衣服，到酒店后边的工地转。那里面机声隆隆，那里全是她熟悉又亲切的乡村的面孔，可是，就像她当初不知道她的迅速堕入情网是自己守得太累有意放纵自己一样，她也不知道她的出卖假情会使她整个人也变得虚假不真实。她在工地上、大街上转了两年多，终是没有一个民工敢于走近她。那些民工看见她，嬉皮笑脸讥讽她、挑逗她，小姐，五角钱，玩不玩？与成子相识，就是这样一次遭到挑衅的早上。她从一帮正蹲在草坪上吃早饭的民工前走过，一个民工喝一口稀粥，向天上一喷，嗽的一声，小姐，过来，让俺亲一下。她没有回头，可是不大一会儿，只听后边有人厮打起来，一个声音摔碎了瓦片似的，粗裂地震着她的后背——她是谁她是俺妹，你要戏俺妹就是不行。一行热泪蓦地流出了她的眼窝。与成子的相识是她的大德，他人好，会电工手艺，是工地上的技术人员。为了她的大德，她辞掉领班，回到最初打工的那家拉面馆；为了她的大德，她在心里为自己准备了一场隆重的婚礼，她要用她挣来的所有不干净的钱，结束那场城市繁华梦——那哪里是梦，那就是一场十足的祸难！

一场热闹的婚宴既是结束又是开始，结束的是一个叫着李平的女子的过去，开始的是一个叫着成子媳妇的未来。腊月的日子，小北风在草垛间穿行，掀动了带有白霜的草叶，空气里到处弥漫着冻土的味道，田野、屯街，空空荡荡。腊月的日子，无论怎么说都更像结束而不像开始。但是，你只要看看成子家门楣上的双喜字，门口石柱上的大红对联，看看成子媳妇脸颊上的光亮，你就知道许多开始跟季节无关，许多开始是隐藏在一张红纸和门板之间的，是隐藏在一个人的内心深处的。成子媳妇在结婚之后的第一个上午，脸颊上的光亮是从毛孔的深处透出来的，心里的想法是通过指尖的滑动流出来的。她洗碗刷锅，家里家外彻底清扫了一遍，她的动作麻利又干净，一招一式都那么迅捷。因为不了解歇马山庄邻里乡亲们的情况，她没有参与公公和成子还桌还盆的事，到了正午，她在锅里热好剩菜剩饭，门槛里一手扶着门框，响脆的声音飘出屋檐，爸——成子——吃饭啦——女主人的派头已经相当地足了。

就像一只小鸟落进一个陌生的树林，这里的一草一木，成子媳妇都得从头开始熟悉，萝卜窖的出口，干草垛的岔口，磨米房的地点，温泉的地方。

因为出了腊月就是正月，出了正月就是民工们离家出走的日子，成子媳妇不想忽视每顿饭的质量，包饺子、蒸豆包、蒸年糕、炸豆腐泡。成子媳妇尤其不想忽视每一个同成子在一起的夜晚，腿、胳膊、脖子、后背、嘴唇、颈窝、胸脯，组合了一架颤动的琴弦，即使成子不弹，也会自动发出声音。它们忽高忽低，它们时而清脆悦耳，时而又沙哑苍劲。当然成子是从不放过机会的。她的光滑她的火热，她的善解人意，都没法不让他全身心地投入，彻头彻尾地投入，寸草寸金地投入。被一个人真心实意地爱着的感觉是多么幸福！在这巨大的幸福中，成子媳妇对时光的流逝十分敏感，每一夜的结束都让她伤感，似乎每一夜的结束对她都是一次告别。到了腊月二十八，年近在眼前，成子媳妇竟紧张得神经过敏，好像年一过，日子就会飞起来，成子就会飞走。于是大白天的，就让成子抱她亲她，成子是个粗人，也是一个不很开放的人，不想把晚上的事做到白天，就往旁边推她，这一推，让成子媳妇重温了从前的伤痛，她趴到炕上，突然地就哭了起来。她哭得肝肠寸断，一抽一抽地，仿佛受了天大的委屈。成子傻子一样站在那里，之后趴下去用力扳住她的肩膀，一句不罢一句地追问到底怎么啦，可越问成子媳妇越哭得厉害，到后来，都快哭成了泪人。

二

日子过到年这一节，确实像打开了一只装着蝴蝶的盒子，扑棱棱地就飞走了。子夜一过，又一年的时光就开始了，而正月初一刚刚站定，不觉之间，准备送年的饺子馅又迫在眉睫。接着是初六放水洗衣服，是初七天老爷管小孩的日子又要吃饺子，是初九天老爷管老人的日子要吃长寿面，是初十管一年的收成要吃八种豆的饭，当那面糊糊的绿豆黄豆花生豆吃进嘴里，元宵节的灯笼早就晃悠悠挂在眼前了。被各种名目排满的日子就是过得快，这情形就像火车在山谷里穿行，只有有村庄树木、河流什么的参照物，你才会真切地感受到速度，而一下落入一马平川无尽荒野，车再快也如静止一般。在这疾速如飞的时光里，潘桃没有像成子媳妇那样，一进婆家门就泼命忘我地干活，潘桃旅行结婚，潘桃的婚事没有大操大办，没有大操大办的婚礼如同房与房之间没有墙壁没有门槛，你家也是我家。仪式怎么说都是必要的，穿着一身素色衣服从城里回来的潘桃，一点都不觉得跟从前有什么两样，不觉得自己从此就是人家媳妇，就是人家的人了。一早醒来睁开眼睛，身边出现的是玉柱，是公婆而不是爹妈，反而让她感到委屈，更懒得做活。当然，潘桃不能死心塌地投入刘家日子的重要原因还在她的婆婆身上，她的婆婆对她太客气了，一脸的谦卑。只要潘桃在堂屋出现，她就慌得不知该做什么，对着潘桃的脸儿傻笑，好像潘桃是她的婆婆；要是潘桃想去刷碗，人还没到就会被她连推带拽推回屋里，这让潘桃一直就觉得自己是一个局外人。在这疾速如飞的时光里，潘桃一点点从一种莫名的阴影中跋涉出来，虽然不时地还能从婆婆嘴里、邻居嘴里、娘家母亲嘴里，听到一些有关成子媳妇的袅袅余音，但她已经不能真切地感受那到底是一种什么东西了。感觉这东西，是会被时间隔膜的，感觉这东西，也会在时间的流动中长出一层青苔。有时，潘桃会不由自主地想，当初那是怎么了呢？怎么会被俗不可耐的大操大办搞坏了心情？再怎么讲，旅行结婚也是与众不同的，自己要的，难道不是与众不同吗？！潘桃隔膜了最初的感觉，也就不太忌讳人们怎么谈论成子媳妇了。当然人们在谈论成子媳妇时，总不免要捎上她：桃，你怎么不能大张旗鼓办一下，让我们看看光景？你就顾自个儿上城看光景，那里就是好吗？潘桃不会讲为什么不办，也不会讲城里光景好不好，那一切都是自己的事，自己的事要不得别人掺和。但在这疾速如飞的时光里，有一个东西，有一个看不见摸不着的东西，却一直在她身边左右晃动，它不是影子，影子只跟在人的后边；它也没有形状，见不出方圆。它在歇马山庄的屯街上，在屯街四周的空气里，你定睛看时，它不存在，你不理它，它又无所不在；它跟着你，亦步亦趋，它伴随你，不但不会破坏你的心情，反而叫你精神抖擞神清气爽，叫你无一刻不注意自己的神情、步态、打扮；它与成子媳妇有着很大的关系，却又只属于潘桃自己的事，它到底是什么？

潘桃搞不懂也不想搞懂，潘桃只知道无怨无悔地携带着它，拜年、回娘家、上温泉洗衣服。潘桃再也不穿旅行结婚时穿的那套休闲装了，对于休闲的欣赏是需要品位的，乡下人没有那个品位。潘桃换了一套大红羊毛套裙，外面罩上一件红呢大衣，脚上是高皮靴。她走起路来脚步平推，不管路有多么不平，都要一挺一挺。她见人时，满脸溢笑。潘桃一旦把自己打扮起来，一旦注意起自己的举止，喝彩声便像冬日里的雪片一样飘然而下，好像来了一场强劲的东风，把昔日飘荡在村东成子媳妇家的喝彩一遭刮了过来。潘桃几乎都感到村东头的空荡和寂寞了。

如此一来，原来是潘桃自己都没有搞清楚的想法，被人们口头表达了出来：你说是成子媳妇好看，还是潘桃好看？当然是潘桃，那成子媳妇要是不化妆，根本比不上咱村的潘桃。你说是成子媳妇洋气还是潘桃洋气？怎么说呢，在早真没觉得潘桃洋气，就是个俊，谁知这结了婚，那么有板有眼打扮起来，还真的像个城里人。人们把这些比较当着潘桃说出来，是怎样满足着潘桃失落已久的心情啊！潘桃脸上的笑毫无拘束地向四处溢开。潘桃不谦虚，不否定，也不张扬，该干什么干着什么，一如既往。但是人们在这句话后面，往往还跟着另一句话：这两个新媳妇，还比上了。这样的话，就没有前边的话含蓄，也没有前边的话中听，好像一只扒苞米的锥子，一下子就穿透本质。潘桃在心里说，谁比了，分明是你们大家比的嘛，俺自从大街上看过她一眼就再没见过面，她长的什么样都记不得了，俺凭什么跟她比。但是嘴上没说。

不管在心里怎么跟别人犟，潘桃还是不得不承认，成子媳妇，已经驱之不去地深入了她的内心，深入了她的生活。她最初还是隐蔽的，神秘地绕在她的身边，后来，她被人们揭破，请了出来。她一旦被人们揭破，请了出来，又反过来不厌其烦地警醒着潘桃——她在跟成子媳妇比着。这是一个剪不断理还乱的事实，也是一个不容置疑的事实，许多时候，走在大街上，或上温泉洗衣服，她都在想，成子媳妇在家干什么呢？成子媳妇会不会也出来洗衣服呢？为什么就一次也见不到她呢？

真正清楚这个事实的，还是农历三月初六这天，这是歇马山庄大部分民工离家的日子。这一天一大早，潘桃就把玉柱闹醒，潘桃掀着被窝，直直地看着玉柱。潘桃看着玉柱，目光里贮存的，不是留恋，也不是伤感，而是一种调皮。潘桃显然觉得分别很好玩，很浪漫，她甚至迅速穿上衣服，一高跳到地下，一边捉迷藏似的躲着玉柱对她身体的纠缠，一边像一只挑逗老猫的耗子似的叽叽笑着。潘桃真的是过于浪漫了，不知道生活有多么残酷，不知道残酷才是一只隐藏在门缝里的老猫，一旦被它逮住，你是想逃都逃不掉。直到看着玉柱和一帮民工乘的马车消失在山冈，潘桃还是带着笑容的。可是，当她返回身来，揭开堂屋的门，回到空荡荡的新房，闻到弥漫其中的玉柱的气息，她一下子就傻了，一下子就受不了了。她好长时间神情恍惚，搞不清楚自己为什么会来到这里，来到这里干什么，搞不清楚自己跟这里有什么关系，剩下的日子还该干什么。潘桃在方寸小屋转着，一会儿揭开柜盖，向里边探头，一会儿又放下柜盖，冲墙壁愣神，潘桃一时间十分迷茫，被谁毁灭了前程的感觉。后来，她偎到炕上，撩起被子捂上脑袋躺了下来。这时，她眼前的黑暗里，出现了一个人，这个人不是离别的玉柱，而是成子媳妇——她在干什么？她也和自己一样吗？

成子媳妇第一次知道潘桃，还是听姑婆婆说起的。成子母亲走了，住在后街岗梁上的成子的姑姑，就隔三差五过来指导工作。成子奶奶死得早，成子姑姑一小拉扯成子父亲和叔叔们长大，一小就养成了当家做主说了算的习惯，并且敢想敢干，哪里有困难，哪里就有她的身影。出嫁那天，正坐喜床，忽听婆家的老母猪生崽难产，竟忽地就跳下炕，穿过坐席的人群跳进猪圈。后来媒人引客人到新房见新媳妇，就有人在屋外喊，在猪圈里呢。这段故事在歇马山庄新老版本翻过多次，每一次都有所改动，说于淑海结婚那天是跟老母猪在一起过的夜。翻新的版本自然有夸张的成分，但成子的姑姑爱管闲事爱操心确是名副其实。还是在蜜月里，姑婆婆的身影就云影一样在成子家飘进飘出了。她开始回娘家，并不说什么，手卷在腰间的围裙里，这里站站那里看看。成子媳妇让她坐，她说坐什么坐，家里一摊子活儿呢。可是一摊子活儿，却又不急着走。姑婆婆想拥有婆婆的权威，肯定不像给老母猪生崽那样简单，老母猪生崽有成套的规律，人不行，人千差万别，只有了解了千差万别的人，你才能打开缺口。过了年，也过了蜜月，瞅两个男人不在家的时候，姑婆婆来了。姑婆婆再来，卷在围裙里的手抽了出来，袖在了胯间。姑婆婆进门，根本不看成子媳妇，而是直奔西屋，直奔炕头。姑婆掀开炕上铺的洁白的床单，不脱鞋就上了炕，在炕上坐直坐正后，将两只脚一上一下盘在膝盖处，就冲跟进来的成子媳妇说：成子媳妇你坐，俺有话跟你讲。成子媳妇反倒像个客人似的偎到炕沿，赶忙溢出笑。大姑，你讲。姑婆婆说：俺看了，现在的年轻人不行，太飘！姑婆婆先在主观上否定，成子媳妇连说是是。姑婆婆说，就说那潘桃，结了婚，倒像个姑奶奶，泥里水里下不去，还一天一套衣裳地换，跟个仙儿似的，那能过日子吗？姑婆婆从别人身上开刀，成子媳妇又不知道潘桃是谁，便只好不语。姑婆婆又说，当然啦，你和潘桃不一样，俺看了，你过门就换过一套衣裳，还死心塌地地干活儿，不过，光知干活儿不行，得会过日子！什么叫会过日子？得知道节省！节省，也不是就不过了，年还得像年节还得像节，俺是说得有松有紧，不能一马平川地推。姑婆并没有直接指出成子媳妇的问题，但那一层层的推理，那戛然而止的语气，比直接指出还要一针见血，这意味着成子媳妇身上的问题大到不需要点破就可明白的程度。成子媳妇眼睑一点点低下去，看见了落到炕席上的沉默。这沉默突然出现在她和姑婆婆中间，怎么说也是不应该的。眼睑又一点一点抬起来，从中射出的光线直接对准了姑婆婆的眼睛。成子媳妇开始检讨自己了，成子媳妇说，姑姑你说得对，年前年后我天天做这做那的，是有些大手大脚了，我只想到爸和成子过了年又要走，给他们改善改善，就没想到改善也要有时有刻。话里虽有辩解的意思，但目光是柔和的，声调也是柔软的，问题又找得准确，姑婆婆在侄媳妇面前的权威便从此奠定了基础。

节俭，可以说是乡村日子永恒的话题，也是乡村日子的精髓，就像爱情是人生永恒的话题，是人生的精髓一样。姑婆婆由这样的话题打开缺口，一些有关日常生活如何节俭的事便怎么扯也扯不完了。缸里的年糕即使想吃，也不要往桌子上端了，要留到男人离家的时候。打了春，年糕不好搁，必须在缸盖上放一层牛皮纸，纸上面撒一层干苞米面子，苞米面吸潮又隔潮。圈里的壳郎猪不用喂粮食，刷锅水上漂一层糠就行，猪不像人，猪小的时候喝浑水也能疯长……耐心而细致的教导如何水一样无孔不入地渗透着成子家的日子，没人知道，成子媳妇吸纳着、接受着这一滴滴水珠的同时，清晰地照见了自己的过去。她十九岁以前在乡下时，满脑子全装的外面的世界，就从没留心母亲怎么过的乡村日子，十九岁之后进了城里，被影子样的理想吊着，不知道节气的变化，也不懂得时令的要求，尤其见多了一桌一桌倒掉的饭菜，有时真的就不知自己从哪里来到哪里去，不知道自己是谁了……因为一心一意要操持好这个家，过好小日子，成子媳妇对姑婆婆百般服从百般信赖，开始一程一程用心地检讨自己。成子媳妇想到自己的大操大办，成子原本是不太同意的，只说简单摆几桌，都是她的坚持。于是成子媳妇说，要是没结婚时就跟姑姑这么近，大操大办肯定就不搞了，当时只图一时高兴，只想到一辈子就这么一回，就没想到细水长流。成子媳妇的检讨是由浅入深完全发自内心的，时光的流动在她这里，也同样隔膜了最初的感觉，长出了一层青苔，让她忘记了锣鼓齐鸣张灯结彩送走一个旧李平，画出心目中一个崭新的时代对她有多么重要。然而正是成子媳妇的检讨，使潘桃的名字又一次出现在姑婆婆的话语中。不能这么想啊成子媳妇，这一点浪费俺是赞成的，庄稼人平平淡淡一辈子，能赶上几个好时候？有那么一半回吹吹打打，风光一下，也展一展过日子的气象，提一提人的精神。不都讲潘桃吗，她和你一样，也找了咱屯子里的手艺人，人也好看，没过门那会儿，她在咱屯子里呼声最高，可就因为你操办了她没操办，你一顿家伙就把她比下去了，灰溜溜的。听说你结婚那天从她家门口走过，看你一眼，笑都不自在了。咱倒不是为了跟谁比好看不好看，咱是说结婚操办总是会办出些气象，气象，这是了不得的。

姑婆婆的节俭经是有张有弛的，并不是一成不变的，这一点让成子媳妇相当服气，也对自己的盲目检讨不好意思。然而从此，让成子媳妇格外上心的，不是如何有张有弛地过节俭日子，而是一个叫着潘桃的女子。有事没事，她脑中总闪着潘桃这两个字，她是谁？她凭什么吃醋？

那是歇马山庄庄稼人奢侈日子就要结束的一天。这一天，成子、成子父亲和出民工的男人一样，就要打点行装离家远行了。在成子的传授下，成子媳妇效仿死去的婆婆，在男人们要走之前的两天里，菜包菜团弄到锅里大蒸一气。在此之前，成子媳妇以为婆婆的蒸，只为男人们准备带走的干粮，当她真正蒸起来，将屋子弄出密密的雾气，才彻底明白这蒸中的另一层机密。有了雾气，才会有分离前的甜蜜，蒸汽灌满屋子看不见人的时候，平素粗心的成子，大白天里就在她身后蹭来蹭去。雾气的温暖太像一个人的拥抱。往年这个日子，是母亲把成子支出去，如今，公公一大早就出了院门，吃饭时不找绝不回屋。雾气里的机密其实是一种潮湿的机密，是快乐和伤感交融的多滋多味的机密，那个机密一旦随雾气散去，日子会像一只正在野地奔跑的马驹突然跑近一座悬崖，万丈无底的深渊尽收眼底。送走公公和成子的上午，成子媳妇几乎没法呆在屋里，没有蒸汽的屋子清澈见底，样样器具都裸露着，现出清冷和寂寞，锅、碗、瓢、盆、立柜、炕沿神态各异的样子，一呼百应着一种气息，挤压着成子媳妇的心口。没有蒸汽的屋子使成子媳妇无法再呆下去，不多一会儿，她就打开屋门，走出来，站在院子里。眼前一片空落，早春的街头比屋子好不到哪儿去，无论是地还是沟还是树，一样的光秃裸露，没有声响，只有身后猪圈的壳郎猪在叫。这时，当听到身后有猪的叫声，成子媳妇有意无意地走到猪圈边，打开了圈门。成子媳妇把白蹄子壳郎猪放出来，是不知该干什么才干的什么，可是壳郎猪一经跑出，便飞了一般朝院外跑去。成子媳妇毫无准备，惊愣片刻立即跟在后边追出来。成子媳妇一倾一倒跟在猪后的样子根本不像新媳妇，而像一个日子过得年深日久不再在乎的老女人。克郎猪带成子媳妇跑到菜地又跑到还没化开的河套，当它在冰碴儿上撒了个欢又转头跑向中屯街，成子媳妇发现，屯街上站了很多女人，她还发现，在屯街的西头，有一团火红正孤零零伫在灰黄的草垛边。看到那团火红，成子媳妇眼睛突然一亮，一下子就认定，是潘桃——

三

大街上遥遥的一次对视，成子媳妇是否真正认出了潘桃，这一点潘桃毫不怀疑。虽然成子媳妇从外边嫁过来，如夜空中划过一颗行星，闪在明处，不像潘桃，在人群里，是那繁星中的星星点点，在暗处，但不知为什么，潘桃就是坚信。那一时刻，成子媳妇认出了自己。人有许多感受是不能言传的，那一双迷茫的眼睛从远处投过来，准确地泊进她的眼睛时，她身体的某个部位深深地旋动了一下。

在大街上远远地看到成子媳妇，潘桃的失望是情不自禁的。在潘桃的印象中，成子媳妇是苗条的，挺拔的，是举手投足都有模有样的，可是河套边的她竟然那么矮小、臃肿，尤其她跟着猪在河套边野跑的样子，简直就是一个被日子沤过多少年的家庭妇女。与一个实力上相差悬殊的对手比试，兴致自然要大打折扣，一连多天，潘桃都懒洋洋地打不起精神。

在歇马山庄，一个已婚女人的真正生活，其实是从她们的男人离家之后那个漫长的春天开始的。在这样的春天里，炕头上的位子空下来，锅里的火就烧得少，火少炕凉，被窝里的冷气便要持续到第二天。在这样的春天里，河水化开，土质松散，一年里的耕种就要开始，一天要有一天的活路。在这样的春天里，鸡鸭禽类，要从蛋壳里往外孵化，一只只尖嘴圆嘴没几天就叽叽喳喳把原本平整的日子嘬出一些黑洞，漏出生活斑驳凌乱的质地。因为有个婆婆，种地的事，养鸡的事，可以不去操心，不去细心，可是你即使什么都不管，活路还是要干一点的；即使你什么都不管，时间一长，结婚的感觉和没结婚的感觉还是大不一样的。没结婚的时候，潘桃一个人睡在母亲西屋，被窝常常是凉的，潘桃走在院子里，鸡鸭猪脚前脚后地围着，一不小心，会踩到一泡鸡屎，但是因为潘桃的心思悬在屋子之外院子之外，甚至十万八千里之外，从来不觉得这一切与自己有什么关系。那时候，潘桃总觉得她的生活在别处，在什么地方，她也不清楚。但这不清楚不意味着虚飘、模糊，这不清楚恰恰因为它太实在、太真实了。它有时在大学校园的教室里，朗朗的读书声震动着墙壁；它有时在模特表演的舞台上，胯和臀的每一次扭动都掀起一阵狂潮；它有时在千家万户的电视里，她并不像有些主持人那样，一说话就把手托在胸间翻来倒去，好像那手是能够发音的，她手不动，但她的声音极其悦耳动听。这些实在且真实的场景组成的是另一个空间，它鬼魂附体一样附在了潘桃现实的身体里，使现实的潘桃只是一个在农家院子走动的躯壳。没结婚时，身边什么都有，却像是没有，有的全在心里。而结了婚，情形就大不相同，结了婚，附了体的鬼魂一程一程散去，潘桃的灵魂从遥远的别处回到歇马山庄，屋子里的被窝、院子里的鸡鸭、野地里长长的地垄，与她全都缔结了一种关系，屋子，明显是归宿，是永远也逃不掉的归宿，且这归宿里，又有着冰冷和寂寞；院子里的鸡鸭，明显是指望，是一天一个蛋的指望，且这指望里，要一瓢食一瓢糠的伺候；野地里的地垄，明显是一寸一寸翻耕的日子，且这日子里，要有风吹日晒露染汗淋的付出。结了婚，身边什么都有，也便真正是有，可是，因为心出不去，身边的有便被成倍成倍放大，屋子，是夜晚的全部，冷而空；院子，是白天里的全部，脏而旷；地垄，是春天的全部，旷而无边。没结婚的时候，你是一株苞米，你一节一节拔高，你往空中去，往上边去，因为你知道你的世界在上边；结了婚，你就变成一棵瓜秧，你一程一程叶须、爬行，怎么也爬不出地面，却是因为你知道你的世界在下边。在这漫长的春天里，潘桃确有一种埋在土里的瓜秧的感觉，爬到哪里，都觉得压抑，都感到是在挣扎——好容易走出冰凉的夜晚，又要走进叽叽喳喳的畜群里，好容易走出叽叽喳喳的畜群，又要走进长长的地垄里。关键是，玉柱和公公走后，潘桃的婆婆完全变了一个人，她再也不冲潘桃笑了，再也不挡潘桃手中的活儿了，以往小辈人似的谦卑一概地被大风刮去，这且不说，她的笑收了回去，话却从嘴边一日多似一日地淌了出来，仿佛那话是笑的另一种物质，是由笑做成的。十七岁那一年啊，俺妈找人给俺算命，说俺将来一准得儿了济，生玉柱那回，俺肚子疼了三天三夜，都不想活了，可一想起算命先生的话，就咬紧了牙。可那时谁也想不到，养个儿子大了会上外边，要媳妇守着，你说俺这当妈的真能得济？前年，俺在后腰甸子上耪地，和成子他姑耪到对面，她说二嫂呀，可不能这么惯孩子，这么惯早晚是祸根，没听说儿子上刑场前把妈妈奶头咬掉的故事吗，你得小心。你说她这不是狗咬耗子多管闲事，俺惯俺宠有俺惯和宠的福，你说对不对潘桃。婆婆的话不管淌到哪儿，都跟儿子有关，婆婆的话不管淌到哪儿，都要潘桃表态，潘桃最初还能躲着，你在堂屋讲，我躲到西屋，你在院子讲，我躲到娘家——娘家成了潘桃的大后方。可是当春种开始，大田的长垄上就两个人，空气里的追赶和追逼无论如何都驱之不去了。这时的婆婆，好像深知你再躲也躲不到哪儿去了，淌出来的水竟卷了草叶和泥沙滚滚而下。淤积在女人人生沟谷里的水到底有多少，潘桃真是不曾知道也不想知道，它在潘桃耳畔流动时本是看不到面积也看不到体积的，可是用不了两天，潘桃的心里就满满当当了，流满了泥沙的水库一满，不及时泄洪便大有决堤的危险。

潘桃泄洪的办法之一还是回娘家。因为在一个屯子里，前街后街的距离，以往每天都是要回的。然而这次，潘桃不是回，而是住下不走了。潘桃泄洪，不是再把那些话流淌出去，那些话，一旦变成水淌到她的心里，就不再是话，而是一种心情了。潘桃的心情相当地坏，潘桃平素话就少，坏了心情之后，就更是什么也说不出了。母亲对潘桃要多好有多好，脸对脸地看着，眼对眼地瞅着，不让她上灶，不让她下田，她变成了这里的客人。母亲懂得女儿的不快乐是因为什么，母亲因为这懂得，便有意和她说一些有关玉柱的话，目的在以毒攻毒。分明在想一个人，你就是不提，岂不掩耳盗铃。可是潘桃的毒根不在思念，而在于自己变成了一个到处碰壁的瓜秧，是玉柱将她变成了这样一棵瓜秧，母亲的话反而让潘桃更烦。是这时候，潘桃看到了另一个泄洪的办法，那就是，去找成子媳妇。

经历了猪跑人撵那个日子，成子媳妇的心情十分沮丧，屯街上远远看着自己的那些女人的脸，潘桃的脸，常常浮现在她眼前。她想自己那天多么狼狈啊，简直像疯子。然而许多时候坏上加坏又是一种好，就像数学里的负负得正。惦念着村里女人怎么看她，倒使她从万丈底的空虚中解脱出来。惦念，因为有那样一个惊心动魄的场景，变成了实实在在的内容，供她在静下来的时光里咀嚼。尽管咀嚼的结果让人脸红和难堪，但总比空落着好，总比在空落时，回想这个家曾如何热腾腾装满了雾气要好。那回想的一瞬倒是美好，可是只要定睛一瞅，不免又落到万丈深渊。因为羞怯和难堪常常在转念之中跳出来与她做伴，成子媳妇的心思开始往屯子女人身上转了。她非常想在某一个时辰，换上一身好衣服，大摇大摆走到她们面前，像她结婚那天那样，让她们看看她还是原来那个样子。这种想法是如何拯救了家里的彻底空下来的成子媳妇，她自己真是一点都不知道。

因为有姑婆婆的监督，成子媳妇没有常换衣服，但她每天早起，第一件事就是站在镜前描眉画眼。她在城里学会化一手淡妆，看似没化，其实比化了还叫人舒服。她脱掉了结婚时母亲给她做的絮得很厚的棉袄，换上一身锈红色毛衣外套。这件毛衣外套是在一家叫沃尔玛的超市里买的，也是一次告别城市的挥霍，花了她四百块钱。这件衣服的好处是既现代又古朴，它的领子和袖子上镶着花边，是白线黑线两种，有一点不中规矩，但它的腰身却很收，也很长，是传统中式服装的样子，两边留着开气。结婚之后，她一直没舍得在家里穿，想留到开春后上集或回娘家时穿。现在，既然在家变得这么重要，成子媳妇便慷慨地从衣柜里抽出它。穿了锈红色毛衣外套的成子媳妇，不管是在堂屋烧火，还是在院子里喂猪，或是到大田翻地，都希望有人看她。乍暖还寒，一件毛衣风一吹就透，可是越冷越能提醒着什么。她在灶坑烧火，她的风门是打开的，她在院里喂猪，她的眼神是不看猪槽的，当她走出门口来到河套边的大田，她的后脑勺便又长出一双眼睛。事实上她确实看到了很多眼睛，门口的立柱上长着眼睛，墙头的枯草上长着眼睛，歇马山庄的大街到处都是眼睛，在这些眼睛中，潘桃的眼神尤其专注而投入，似要往她的心上看去的那种。事实上，在这空寂又漫长的春天里，成子媳妇只吸来了一双眼睛，那便是她的姑婆婆。姑婆婆的目光从敞开的大门口射进来，是藏在一条窄窄的缝隙里，她先是眯着上下眼皮，之后抻开了眼角睁开来，是把她推到远处再拉近的样子。姑婆婆把她从眼睛中推出去再拉进来，却没有一句批评，接着就去讲买什么样的鸡崽的事。但姑婆婆的不批评，是要告诉她她的问题已经相当严重。然而在这件事上，成子媳妇恰恰没有立即检讨，她希望用时间来告诉姑婆婆，她一春天也不会换掉它的，她会用日光和泥土来弄旧它，从而告诉她，这其实就是下地干活儿穿的衣服。

然而，成子媳妇做梦不曾想到，在她目光跳到躯体之外，常常以局外人的角度打量自己，因而很少向自己的真实生活细看时，她的家里来了潘桃。地瓜的须蔓从村西爬到村东经历了怎样的难度成子媳妇无法知道，地瓜的须蔓在爬进一方孤零的宅院时，一张苍白的脸上嵌着两只葡萄一样黑幽幽的眼睛。当时成子媳妇正在为新买的鸡崽架园子，突然转头，看见了潘桃。成子媳妇初见潘桃，一下子惊呆，你……潘桃笑了，葡萄里闪出两颗灵动的核，没有说话。

你是潘桃！

作出这样果断的判断之后，成子媳妇眼睛一亮，蓦地站起，扔掉手中的苞米秸子。成子媳妇在最初的一瞬，还肤浅地想到了自己身上的毛衣，以为是毛衣吸来了潘桃。后来，当看到潘桃灵动的眼仁，她的心一下子从半空落到底处。这种落，不是落到踏实的平地，而是往泥坑里陷，因为潘桃的眼仁里，正扩散着蒙蒙雨雾一样的忧伤，成子媳妇的眼窝，一下子就潮湿了。

…………

你叫什么名字？

李平。

你的毛衣挺好看的，显得人苗条。

嗯……

走在路上时，潘桃并不知道见到成子媳妇该说什么，更不知道自己会进门就夸她，都因为潘桃心中的成子媳妇，还是河边那个臃肿的成子媳妇。

人怕见面。这是一句颠扑不破的真理。对于一个善良的人而言，见了面，就意味着见了心，见了心底的真。而一旦见了心底的真，说了真话，局面便立即变成另一个样子。成子媳妇十分清醒潘桃夸自己，并不是她的本意，但她也十分清楚潘桃的夸绝对是发自内心的。雪因为有了这样一层感受，成子媳妇觉得自己在从泥坑往上升，往上浮，眼睛的潮湿瞬间蒸发，留下股微微的凉意。随之，成子媳妇眼睛里汪满了笑，说，都说潘桃是咱村最漂亮的媳妇，果真不假。

相互道出肺腑之言，两人竟意外地拘谨起来，不知道往下该怎么办。那情形就仿佛一对初恋的情人终于捅破了窗户纸，公开了相互的爱意之后，反而不知所措一样。她们不是恋人，她们却深深地驻扎在对方的内心，然而那不是爱，也不是恨，那是一份说不清楚的东西，它经历了反复无常的变化，尤其在潘桃那里。她们对看着，嘴唇轻微地翕动，目光实一阵虚一阵，实时，两个人都看到了对方目光中深深的羞法，虚时，她们的眼睛、鼻子、脸，统混作了一团，梦幻一般。一阵迷乱之后，成子媳妇终于笑出声来，说，看我，还不请你到家里坐。

屋子一如所有乡村人家的屋子，宽大的灶台宽大的餐桌，公公的屋是两间屋连着的，长长的炕能睡十几个人的样子。炕与柜之间，便是一个长长的空间，犹如城市里的客厅。这是歇马山庄新时期里最时尚的房屋结构，有没有客人来并不重要，重要的是要有客厅的感觉。潘桃娘家婆家全是这个样子。与潘桃的娘家婆家不同的是，成子媳妇家客厅里的餐桌上，蒙的不是塑料布而是米色台布，柜子上放的，不是塑料花而是一株灰蓬蓬的干草，炕上铺的，不是地板革而是雪白的床单，这一点不经意间勾起了潘桃某种感觉，是早已被时光掩埋起来的疼。应该承认，成子媳妇家里的样子与她结婚那天留给潘桃的印象相当一致，是静静中有着一种洋气和高雅的。然而，昔日的潘桃可以躲避，今天的她无法躲避，今天的潘桃也根本不想躲避，因为她看到，纵有天大的差别，天大的不同，独一种东西她们是相同的——她们都是新媳妇，她们的新房里都是空落的，没有男人。她是因为这相同才来的，她们有着相同的命！潘桃说：李平，你真行，还能用心过日子，玉柱一走，我的心一下子就空了，我就像掉了魂，还心烦。

成子媳妇看着潘桃，脸一层层热起来，是那种通电般的胀热。潘桃一句话直通她的心窝，成子媳妇不由得靠到潘桃身边，握住她的手。潘桃，我其实也一样，你心空，还有烦，我心空，连烦都没有。

四

潘桃主动上门——这是多么重要的举动啊！为了答谢潘桃，李平在一周以后，锁了家里的风门和大门，带上一条黑底白点的纱巾从街东走到街西，来到潘桃家。因为潘桃在成子家喊了自己的名字，成子媳妇在往潘桃家走时，觉得自己不是成子媳妇而是李平。潘桃无意中把李平从以往的岁月中发掘出来，对李平并非什么好事，但李平并不计较，潘桃是无辜的，这恰恰看出潘桃对她这个人的尊重。其实，那一天她们由心烦开始的许多话题，都是关于结婚前的，都是属于李平而不是成子媳妇的。她们讲她们曾经有过多么美好的理想，为那些理想走了一圈才发现她们原来原地没动。潘桃说，刚下学那会儿，一听到电视播音员在电视里讲话，就浑身打战，就以为那正在讲话的人是自个儿。李平说，我和你不一样，光听，对我不起作用，我得看，一看见有汽车在乡道上跑，最后消失到远处，就激动得心跳加速，就以为那离开地平线的车上正载着自个儿。潘桃说，我这个人心比天大胆却比耗子小，就从来不敢出去闯，有一年镇上搞演讲，我准备了两个月，结果，还是没去。李平说，我和你不一样，我想做什么就敢去做，刚下学那年，拿着二十块钱就离家上了城里，找不到活竟挨了好几天的饿。潘桃说，所以最终我连歇马山庄都没离开，空有了那么多理想。李平说，其实，离开与不离开也没有什么不同，离又怎么样，到头来不也一样嫁给歇马山庄。咱俩的命其实是一样的，只不过我比你多些坎坷多些经历而已。李平在打开自己过去岁月时，尽管和潘桃一样，采取了审视自己的姿态，但终归是一种抽象的、宏观的审视，是只看见山而没有看见岩石，只看见水而没有看见水里的鱼的审视，而一个抽象的李平，十九岁出门，在城里闯荡五年，挣了一点钱，又遇到了厚道老实的手艺人，并不是太坏的命运。那一天，与潘桃谈着，李平有好长时间转不过方向，仿佛又回到了从前，潘桃让她又回到了从前，不是因为她们谈起从前，而是她们谈话那种氛围，太像青春期的女伴了。

李平能在几日之后就来潘桃家，是在潘桃预料之中的。地瓜的须蔓爬到另一垄地之后爬了回来，带回了另一棵须蔓，这是一份极特殊的感觉。那天离开李平，从街东往街西走着，潘桃就觉得有条线样的东西拴在了手中，被她从屯东牵了回来；或者说，她觉得她手上有把无形的钩针，将一条线样的物质从李平家勾到了自己的家，只要闲下来，她就在心里一针一针织着。看上去，织的是李平，是李平的人和故事，而仔细追究，织的是自己，是漫长的时光和烦躁的心绪。从李平家回来，时光真的变得不再漫长，潘桃也能够老老实实待在家里了，也能够忍受婆婆随时流淌的污泥浊水了——婆婆不管讲什么，她都能像没听见一样。这时节，潘桃确实觉得那股烦躁的心绪已被自己织决了堤，随之而来的，是近在眼前的、实实在在的盼望。

盼望李平登门的日子，潘桃把自己新房、堂屋、婆婆的房间好一顿打扫，那蒙被的布单，那茶几上的蒙布，还有门帘，从结婚到现在，已经四五个月了，就一直没有洗过，尤其脸盆盆架，门窗框面，上边沾满了灰尘。等待李平登门的日子，潘桃发现，她结婚以来，心一点也没往日子上想，飘浮得连家里的卫生都不讲究了，这让潘桃有些不好意思。等待李平登门的日子，潘桃心中仿佛装进一个巨大的气球，它压住她，却一点也不让她感到沉重，它让她充实、平静，偶尔，还让她隐隐地有些激动、不安。她时常独自站在镜前，一遍遍冲镜子里的自己笑，把镜子里的自己当成李平。这是多么美妙的时光啊，它简直有如一场恋爱！

李平如期而至。李平走到潘桃家门口时，潘桃正在院子里晾晒衣服。潘桃听到大铁门吱扭一声响，血腾一下升上脑门，之后李平李平叫个不停。李平与潘桃两手相握，都有些情不自禁。潘桃细细地看着李平，一脸的能够照见人影的喜气。李平还穿那件锈红毛衣，李平的脸比前几天略黑了些，上边生了几颗雀斑，这又有什么关系呢。李平先是跟潘桃一样，认真端详对方，可没一会儿，她就把目光移到另一个人身上——潘桃的婆婆。潘桃的婆婆此时正在园子里搭芸豆架，看见李平，赶忙放下手中的槐条。李平背过潘桃，走向她的婆婆。李平隔着院墙，喊了声大婶——潘桃婆婆立即三步并成两步，从园子里跑出来，一声不罢一声地喊着，成子媳妇怎么是你？

被潘桃冷了多日的婆婆见了李平，会热情到什么程度是可想而知的，在媳妇都是人家的好，姑娘都是自己的好这铁的事实面前，整整有二十分钟是潘桃的婆婆跟李平说话，而潘桃只好一动不动站在一边。二十分钟之后，实在有些忍不住，潘桃开口，潘桃说，李平，快到屋里坐吧。

在潘桃房间，潘桃有两三分钟一直不说话，任李平怎么夸她的衣柜实用窗帘好看，就是不接言。李平愣住了，毫不设防地愣住了。李平知道潘桃着急，但她想不到潘桃会生气。她也不愿意和老人说话，但这是礼节。结婚前，李平的母亲曾告诉过她，必须放下为姑娘时的架子，尤其在村里的女人面前，她们的嘴要是没遮拦就能一口一口吃了你。李平直直地盯着潘桃，好像在问，你怎么啦？潘桃哪里知道自己怎么了，她就是不想说话。潘桃起初是知道自己怎么了的，可是不想说话这种现实，让她愈发地有些迷失，愈发地不知道自己怎么了。潘桃的迷失造成了李平的迷失，李平看着潘桃的目光里，几乎都流露出痛苦了。

不知过了多久，潘桃终于说话了，潘桃说，李平，你太会做人了，你可给我婆婆弄住了。

李平将目光里的痛苦眨巴了一下，说，你这是……

潘桃说，你千万别以为我和我婆婆之间有矛盾，不是的，我是说，咱俩真的不一样，我知道该对她们好，可是我做不到，我一见她们就烦。

李平不语，李平没有想过这个问题，在这一点上，她们有什么不一样吗？

潘桃说，你看上去很洋气，像似很浪漫，实际你很现实，我和你正好相反。

李平终于警醒过来，是被现实和浪漫这样的字眼警醒的。她想，她并不是没有想过这个问题，这个问题在她还没有变成成子媳妇的时候早已经想透了，她是因为想透了，才要那样大张旗鼓地结婚，她那样结婚，就是要告别浪漫，要跟乡村生活打成一片。李平目光中的痛苦淡下去，有一些明亮映出来。潘桃，你说对了，咱俩确实不一样，你是因为没有真正浪漫过，所以还要当珠宝戴着它，我不行，我浪漫得大发了，被浪漫伤着了，结了婚，怎么都行，就是不想再浪漫了，现实对我很重要。

不管是李平还是潘桃，都没有想到，她们在热切地盼着的第二次见面里，会一开场，就谈起这么深刻的话题。关键是，这话题搞坏了她们之间的感情，这话题，好像王母娘娘划在牛郎织女之间的那条河，把她们不经意间隔了起来。

潘桃被罩在五里雾中。在她心里，浪漫是一份最安全的东西，它装在人的思想里，是一份轻盈的感觉，有了它，会让你看到乌云想到彩虹，看到鸡鸭想到飞翔，看到庄稼的叶子想到风，它能把重的东西变轻，它是要多轻就有多轻的物体，它怎么会伤人？

现实、浪漫、伤人，李平在开始说这些话时，还以为找到了一些能够说清楚自己的宝贝，可是说着说着，就觉得这些宝贝变了脸，变成了一根阴险狠毒的细针，向她心口的某个部位刺去，它们后来还不光是针，而是铁器，是砸到心上的铁器，让她感到一种麻麻的疼。

是怎么从潘桃家走出的，李平一点都不知道，她只知道，潘桃在门口送她时，眼里流动着深深的疑惑和失望，她还知道，她精心备好的送给潘桃的纱巾，又被她揣了回来。

从潘桃家回来，成子媳妇把黑底白点的纱巾掖到箱子底下，转身就拿起锄头朝大田走去。其实大田里的苞米苗已经间完，草也已经除掉，她是将这一些活做完才上潘桃家的。可是此时此刻，她就是要上大田，只有上大田才能离开什么甩掉什么，那东西好像只有距离才能解决。成子媳妇往大田走时，故意拐了好几个弯，并且脱了入春以来一直穿在身上的毛衣。在大田边坐着，晒着烈烈的日光，看着绿油油的庄稼，成子媳妇一点点看到自己内心的疼瘦成了除掉的蚂蚱菜一样的干尸。

成子媳妇决定，再也不去找潘桃了。潘桃倒没什么不好，只是潘桃能够照见自己的过去，这比一般的不好还要不好，她不要过去，她要的只是现在，是一个山村女人的日子，是圈里的猪，院子里的鸡，地里的庄稼，是屋子里的空荡和寂寞。经历了一次揭疼的成子媳妇，在后来很长一段时间里，都忘了在那空落日子中走进一个潘桃曾让她多么高兴，忘了成子和公公刚离家时自己空落成什么样子。经历了一次揭疼的成子媳妇，在后来很长一段时间里，觉得屋子里的空荡和寂寞是她最想要的，只要走进屋子，就觉得日子是殷实的充实的。倒是姑婆婆要时常走进这空荡里，给她的寂寞洒一点露带一点风，不过这没什么，姑婆婆的露和风都是现在的露现在的风，即使有过去，那过去也不跟她发生关系，是关于歇马山庄的过去，是关于公公婆婆舅公舅婆的过去，而在成子媳妇那里，凡是她不知道的事情，不管是谁的，都是她的现在。

可是，成子媳妇怎么也不会想到，正是因为现在，她才再一次想起潘桃。现在，时光进入了夏季，大量的农活已经结束，山庄里的人闲成了一摊泥。现在，李庄一个叫张福广的养车人从城里捎回了成子和公公脱下来的棉衣棉裤，棉衣的内兜里，夹了一封成子写来的信。成子的信，使早已散去的蒸汽又在屋子弥漫了起来。成子媳妇读着读着，就掉进了一汪迷雾里。那伸腿撸胳膊的字迹，仿佛节日里杵在锅底的木棒，将她的心烧得嘎巴嘎巴直响的同时，蒸出她一身一身潮湿。读成子来信之后的日子，成子媳妇既不愿离开屋子又怕留在屋子，不愿离开，是因为屋子里的雾气有成子汗津津的手和热乎乎的嘴唇，怕离开屋子，是因为成子的手和嘴唇只要你一用心去体会，就悄没声地离她而去，扔下她仿佛掉进油锅的小兽，扑棱挣扎。不知是第几次扑棱、挣扎，正眼睁睁地追着成子远去的背影，视线里，走来了潘桃，她眼睛黄黄的，一脸憔悴。潘桃朝她正面走来，潘桃一看见她眼窝就红了起来，潘桃说，想死人啦！

想念的本是成子，走来的却是潘桃。事实上，当厮守和见面都不能成为事实，想念变成一种煎熬时，成子媳妇看到了她跟潘桃相同的命运，潘桃走来，不是因为她想她，而是因为她们相同的命运。可是，一旦因为同命相连想起潘桃，想见潘桃的愿望比任何时候都更强烈。

成子媳妇毫不顾忌地就走上了通往潘桃家的路。而只要走向通往潘桃家的路，成子媳妇就知道自己不是成子媳妇而是李平。不过这没有关系，李平又怎么样呢，她本来就是李平嘛。歇马山庄的屯街有多短促真是只有李平知道。她迈着碎步，没用五分钟就来到了潘桃家。可是，潘桃的婆婆却告诉她，潘桃上镇烫头去了。

歇马山庄的屯街有多么漫长真是只有李平知道，从街西通往街东的路她走了整整一个世纪。

掌灯时分，潘桃一个新锃锃的人走进了成子媳妇家。这也是成子媳妇预料之中的事。成子媳妇由街头拐进院子，刚刚打开风门，她的脑中就出现了这样的信息。因而，成子媳妇过了一个充实又有奔头的下午，她先是把黑底白点的纱巾从箱底再一次翻出来，放到炕梢最显眼的地方；然后打一盆凉水放到井台边晒，当水在盆子里被烈日滋滋地烤着的时候，她趴到炕上踏踏实实睡了一觉。好几天了，她都白天也是晚上晚上也是白天，困死了。下半晌，成子媳妇醒来，把晒好的水端进偏厦，坐到里边洗了个透澡，好像要洗掉所有的煎熬。洗着洗着，姑婆婆来了，姑婆婆一进院就大声吵叫，怎么大敞着门不见人，死到哪里去了？姑婆婆自从在成子媳妇跟前找到做婆婆的感觉，用词越来越讲究，什么话都要流露点骂意。成子媳妇的声音从偏厦飘出来，姑姑，在这儿，洗澡哪。姑婆婆一听，语气更泼，男人不在家洗给哪个死鬼看嘛，再说大夏天的干吗不去河套？成子媳妇赶忙说，就不兴为女人洗。这是一句即兴的玩笑话，可是说完，成子媳妇美滋滋地笑了。

潘桃进门时，成子媳妇的姑婆婆已经走了，堂屋里，成子媳妇正在扒土豆，眼睛不时地瞅着门外。当挎着红色皮包、穿着紫格呢套裙的潘桃在视野里出现，成子媳妇眼眶里突然地就涌满泪花。她从灶坑徐徐站起，她站起，却不动，定定地看着潘桃，任潘桃在她的泪花中碎成万紫千红。

见李平眼泪在腮上滚动，潘桃一拥就将李平拥进怀里，低吟道，真想你。

潘桃的一拥，拥进了太多太多，拥进了从春到夏她们之间所有的罅隙。潘桃紧紧拥着李平，许久，才松开来，开始自己的诉说。她说自从上次分手，她一直很后悔，后悔那天不该生李平的气；她说像她婆婆那样的人，即使你不理她也不会放过你，先和她把话说尽了反而更清静，当时都因为太盼李平太想李平，一时间昏了头脑；她说这些日子天天都想过来看李平，向她赔不是，可是天天都下不了决心，不是放不下面子，而是怕李平不给面子；她说她三天一趟河套两天一趟河套，以为能在那里遇上，可后来有人说，李平根本不上河套洗澡；她说今天回家来，听说李平来过，门都没进就过来了。

潘桃不停地诉说，每一句话，每一个字都是真实的，可是说着说着，被自己的真实吓住了。她低下头，打开身上的包，从中取出一个发夹，往李平刚刚洗过的头上别。李平戴上发夹，抹一把眼泪，把潘桃拽进里屋，拿起放在炕上的纱巾，打开，给潘桃系上。李平说，上次去你家就带去了，结果……两个人说着，同时来到镜前，见她们的双眼皮都有些红肿，又禁不住孩子似的笑了起来。

第二天，潘桃一早起来，梳洗完毕，吃完早饭，系上李平给的纱巾，就朝李平家走去。纱巾的位置看上去是在脖子上，而实际这是朋友友情在心目中的位置——纱巾的位置有多显赫，朋友在你心中的位置就有多显赫。潘桃朝李平家走去，可是刚刚走出家门口不远，就见李平戴着她送的发夹款款走来。她们会意地向对方走近，脸上洋溢着喜悦——既为看到对方喜悦，又为看到对方的积极喜悦。因为离潘桃家近，她们就势返回潘桃家，而这一次，在院中看到潘桃婆婆，李平礼节性地笑笑，一步不停地朝屋里走，好像一旦停下就伤害了潘桃。

因为第一次的任性导致了不该有的熬煎，友谊伊始，两个人都小心翼翼，仿佛那友谊是只鸡蛋，不能碰，一碰就会碎掉。就这样，她们今天你家明天我家，后来，为了减轻没有必要的负担，她们干脆就上李平家，或者就到门口的树荫下，或者，找一个理由到镇子上逛。

夏天的美好是用水做成的。白日里树下的倾谈是那山里小溪的水，有着潺湲的、晶莹的形态，去往镇子的公路上，肩并着肩的倾谈是那渠道里的水，有着丰满然而规则的势头，夜晚里，一铺炕上头对头的倾谈是那湖里的水，有着深不见底幽暗无边的模样。水的流动推动了时光的流动，时光的流动全然就是水的流动，霞光满天的早上流走的是每日一小别之后各自细琐的经历，蝉声嘶哑的午间流走的是身边一些女伴和同学的故事，寂静无声的夜晚流走的，却是她们自己的故事。有时，她们就那么静静地，谁也不说话。她们眼睛看着路上的行人，远处的山脊，灯光下的天棚，任时光流成一眼深井里的水。但更多的时候，她们心中的水和时光的水还是要同时流淌的。她们有时是平铺直叙，没有选择，遇到什么讲什么。路上看到青蛙跳到水里，潘桃就说，小时候看到青蛙，常常想要是托生个青蛙多么不幸，一辈子就坝上坝下地跳，有什么意思，谁想到自个儿长大了，也和青蛙差不多，只在街东街西地走。李平说，还说你浪漫，浪漫的人是绝不会悲观的，人怎么能和青蛙一样，人街东街西地走，是为了寻找知音，有知音的人和只知哇啦哇啦叫的青蛙能一样吗，有知音的人和没有知音的人都不能一样。讲到青蛙和人，自然就讲到了命，讲到命，自然就讲到了那个决定她们命运是这样而不是那样的恋爱。而讲到恋爱，她们却要讲一点技法，要倒叙或者插叙，要搞一点悬念卖一点关子。潘桃说，你知道我是怎么爱上玉柱的吗？李平说，还不是他答应你把你的户口办到城里到城里安家，好多做美梦的女孩都是这么被人骗到手的。潘桃说才不是呢，有条件在先那叫什么爱情？李平说，你难道没有条件？潘桃说，要不怎么说我浪漫，那时候我高中毕业，在镇上开理发店，到理发店里追我的人相当多，镇长的儿子厂长的侄子都有，可是我没一个往心里去。那时我正迷恋韩磊《走四方》那首歌，其实也说不清是迷韩磊还是迷《走四方》，有一天下班，往家走的路上，正唱着，就发现前边有一个人背着行李，大步流星地走在夕阳里的山冈上，那山冈就是歇马山庄的山冈，因为是下坡，那个人走起路来一冲一冲，简直就跟 MTV 中的韩磊一模一样。我放开车闸，快速冲下山冈，撵上那个人，我喊了一声韩磊，你猜听到我的喊他怎么样？怎么样？他听我喊，顿了一下，接着，嗷的一声就唱了起来："走四方，水迢迢路长长，迷迷茫茫一村又一庄——"当天晚上，我们就在小树林里约会了。李平静静地看着潘桃，羡慕地说，你真是爱情的宠儿，够浪漫的。

她们有时尽量给对方一些机会，让对方说，自己静静地听，似乎多说了，就多占了便宜，而她们都宁愿对方多占便宜。但有时，却是需要交换的，是需要你一段我一段的，比如潘桃讲了自己的恋爱，李平就必须讲她的恋爱。这种时候，不用潘桃逼，一个静场，李平就知道该自己投罗网了。在进入夏季之后，在与潘桃有了密切交往之后，李平发现，她一点也不在乎提起过去了，这并非因为只有过去，才能解决她们的现在，而是她已经拥有了挑选和省略某些过去的能力，拥有了虚构过去的能力。这其实一点都不难，只要你略微地谨慎稍微地用心。李平说，你知道我是怎么爱上成子的吗？潘桃说，我当然知道，肯定是他答应你在城里给你盖栋高楼，要不一个在城里打工的小姐哪肯嫁他。李平说，你真聪明，我这人确实和你不同，我开始是有条件的，我把条件看得很重，我从进城打工那天，就没想再回乡下，所以我的眼光就从来没想看什么民工。与成子相识，完全是个偶然，他跟他的包工头到酒店吃饭，我给上茶倒酒，一下撞了他的手，后来就老来纠缠我，我开始反感他反感得要命，觉得是癞蛤蟆想吃天鹅肉，可是有一天，他给我送来一封信，信上说，我不是一般的民工，我是我们包工头的侄子，我在城里不但有房子，还可以给你找工作。我看完信就约了他。就这么的，我被骗回了歇马山庄。李平在说自己恋爱过程时，没有讲出属于爱情肌理的那一部分，但这一点潘桃并不追究，她不追究，不是相信李平就是那样务功利的人，而是把这看成是李平对自己的一份情谊——故意用自己的不好衬托别人的好。潘桃说，好你个李平！

李平和潘桃好上了，这在歇马山庄两个新媳妇中间，既是心理的，又是身外的。心理上，她们谁也离不开谁了，她们一早醒来，只要睁开眼睛，就看到对方的笑脸。她们的好，既像是恋爱中的女孩，又有别于恋爱中的女孩。像的是，她们都因为生活中有着另一个人，才有了交谈的内容和热情，不像的是，恋爱中的女孩没有敞在院子里漫长的日子，而她们有日子。现在，她们发现，她们彼此就是对方的日子。有一回，她们正趴在墙头，彼此眼对眼地看着，李平突然说，潘桃，你想没想过，一个人一生中，面对的和感兴趣的，其实就一个人。潘桃懵懂，轻轻地眨巴眼睛，你什么意思？李平说，我上小学时，有一个叫兰子的女伴，她皮筋跳得好，我俩只要离开课堂，天天一起；上中学时，又有个叫迟梅的同学，她妈是知青，我被她头上的红发卡吸引，上学放学，总要一起走；进城，在第一家饭店，有一个比我小一点的同乡，普通话说得好，有事没事，我都愿去找她，听她讲话；结了婚，有了成子，就谁都不在心上了，谁知，成子一走，心里空了，老天就派来了你。有了你，我都快把成子忘了。潘桃不语，似在琢磨。李平说，细想想，女人的世界其实没多大，就两个人，两个人就是世界；细想想，世界多大都跟你没关系，玉柱是你丈夫，可是现在，此时此刻，你能说他跟你有什么关系吗？潘桃终于琢磨出头绪，说，李平，你很深刻。潘桃一边佩服地看着李平，一边用手抚着李平肩上的头发，那样子好像她与李平的关系，因为李平深刻的提示而更加深入了一层。地瓜蔓爬到这一程，真的是不可只用长度来度量。

心里的东西，无疑要溢到身外，就像瓜熟了总要裂出沟痕。潘桃和李平相好之后的那个秋天，动辄就肩并肩地穿过屯街穿过田野向镇上走去。潘桃一直是注重打扮，现在则更加地注重了，不过她再也不化浓妆，不穿艳丽衣服，而像李平那样化淡妆，穿灰调子的衣服。随着与李平友情的加深，她认识到，李平的洋气，是从对色彩的选择开始的。李平自从那件穿了一个春天的毛衣外套脱掉，就再也不守一件衣服只要穿就穿脏穿旧的原则了，不换衣服其实是对自己青春时光美好时光的作践，她开始由最初的半月一换到后来的一周一换。随着与潘桃友情的加深，李平渐渐认识到，结了婚就逼迫自己进入一种乡下女人的日子是多么大的错误，人生不会有几度青春，在青春里要毫不气馁地抓住，青春这东西，你抓住一百，才能留住五十，你如果只抓五十，就连二十都留不住。潘桃身上那种不向现实就范的孩子气，确实唤醒了李平一段时间来极力用理性包裹的东西。事实上，理性永远是理性，理性包不住热情，就像纸包不住火。两个人由友情的加深开始了相互的欣赏，由相互欣赏开始了形影不离，好像只有这样，才能使她们有一种相加的力量——她们在大街上走时，心底里感到的是一种相加的力量。

潘桃和李平好上，这是大家有目共睹的事实。入秋之后，一些不很中听的议论便像秋雨后的蘑菇一样长了出来。现在的年轻人，学好不能，学坏可是太快了，那成子媳妇，刚来时还本本分分的，现在可倒好，日子都不想过了，地里的庄稼十天半月也不去看一回。要俺看，不是潘桃把成子媳妇带坏，而是成子媳妇把潘桃带坏，她在城里呆过，再说，潘桃她妈在咱村子里，谁不知道是最会过日子的人，根儿在那呢。

对于谁带坏谁的问题，潘桃婆婆和李平的姑婆婆都表现得比较谦虚，潘桃婆婆一再说是让她的儿媳妇带坏了，成子媳妇刚结婚时，并没这样，人家一春天就穿一件衣服。李平姑婆婆却说，还是让她的侄子媳妇带坏了，怎么说潘桃是天天上她的侄子媳妇家，而不是她的侄子媳妇上潘桃家，要是她的侄子媳妇不拿什么引逗她，她怎么能老去，再说，潘桃早先搞过烫发，也没变过发型，现在可倒好，几天一变几天一变，绝对是她的侄媳妇带坏了潘桃。然而，不管谁带坏了谁，不管有多少议论，潘桃和李平是不在乎的，对于不在乎的人，议论，就像肥料对于一株已死的稻苗，不会起半点作用。相反，有村里人的议论，有两个婆婆的议论，潘桃和李平不向山庄女人就范的理想更清晰起来。

好是真好，但是偶尔的，一点微妙的不快，也还时有发生。有一次，在镇子一家理发店烫头，一个曾经追过潘桃的小伙一边梳理潘桃的头发，一边开玩笑说，有一种办法可以叫你们烫头不花钱。李平说，什么办法？小伙子说，亲一口。李平说，这可是个不错的交易，我看行。小伙子分明是撩人，李平也分明是迎合了这种撩，潘桃一下子就生气了。从理发店出来，潘桃绷着脸，一路上不跟李平说话。见潘桃生气，李平知道不经意间，露出了自己在城里学坏的小尾巴，快到家门口时，就主动邀请潘桃，说，今晚到我家睡吧。其实，走到半路，潘桃已经不生气了，可是一时又拉不回来，听李平邀她，便赶紧答应，好，不回家了，就让婆婆痛痛快快讲去吧。一场不快，引出的就是这样一个结果，往友情的深度再走一步，像赎罪，更像奖赏，且这奖赏又往往是你给一寸我给一尺，你给一尺我给一丈。潘桃冒着婆婆面前夜不归宿的风险住了下来，李平便毫无疑问要掏自己最最真挚的东西。然而那东西是什么，一时并不清楚，还需一点点留心一点点寻找。关门之后，屋子一下变得温馨起来，宁静起来，以往，潘桃也在晚饭后到李平家坐过，但因为没有想不走，感觉还是很不一样。要走的夜晚，温馨和宁静往往浮在表面，与人的肌肤和喘息离得很近，让你时刻担心它会一瞬之间溜走；而决定不走的夜晚，温馨和宁静却是沉在墙壁里和天棚上，是那种旷远的、与人隔着距离的凝视，专注而深情。关了屋门，拉了窗帘，洗了脚，放了褥子和被，钻进被窝的潘桃和李平，第一次萌生了孤独的感觉。村庄的山野，黑夜，万事万物都离她们那么远，它们注视着她们，却离她们那么远。或者，它们是因为注视，才让她们觉得远，觉得孤独，孤单。有了孤独的感觉，同病相怜的感觉尤其重了，看着潘桃黑幽幽熟透了葡萄一样的眼睛，黑里透红的瓜子脸，丰满的小猪一样蜷在被子里的身体，李平突然地就知道该给潘桃什么东西了。李平说，潘桃，咱俩好是不是？潘桃说，这还用问！李平说，要好，就该像姐妹那样掏心窝子，不能说谎是不是？潘桃翘起脑袋，警觉道，我跟你说什么谎了吗？李平笑了，说，你觉什么惊嘛，我是说我自个儿。潘桃翘起的脑袋又陷下去。你说谎了吗？李平收回笑，目光里有一泓清澈的水雾喷出来。潘桃，李平说，语调十分地轻也十分地亲。我其实骗了你，我和成子的恋爱，其实并不是我上次讲的那个样子。潘桃说，这你不说我也知道，你是故意把自个儿说得很坏。李平说，不，不，你不知道，你不可能知道，我其实嫁给成子时，已经不是女儿身了。潘桃愣住，眼睛直直瞅着李平。李平说，十八九岁时，我比你浪漫，我那时太幼稚，以为只要有真心，城里肯定有我的份儿，实际上完全不是那么回事，城里狼虎成群，你有真心，只能是喂狼喂虎，进城第二年，我爱上一个酒店经理，也确实是因为他的身份吸引了我，可是他骗了我，他有老婆，他和我好只是为占便宜，后来，他让他老婆当着众人的面寒碜我……受了伤害，堕落两年，赚了些钱，那时我以为自己从此就完了，那时我对男人充满仇恨，对人生十分绝望，也想不到还会有什么真情……算是老天可怜我，让我遇到成子……遇到成子，我就发誓，我要把自己最真的东西给他，一生一世……李平说得十分平静，仿佛在说别人的故事，可是，泪却从她的眼眶漫了出来。潘桃伸出手，抹了李平眼角的泪，紧紧攥住李平的手，说不出话。李平说，那些男人，没一个好东西，越是知道你是假的，越是要上，真的，他们反而吓得往后退，就不知道这是为什么。潘桃往李平身边挪了挪，靠得更近了。潘桃说，李平，不能想象那是什么样的日子，真的不能想象，不过，有些经历，并不是坏事，不管好经历坏经历，我其实很羡慕一个人有经历，经历是财富。潘桃说着，赶紧揭开被子，钻到李平被窝。李平感激地搂住潘桃，说，你真的是这么想吗？你不觉得我脏吗？潘桃说——气哈在了李平脸上，当然是真的，在我眼里，你是世界上最最干净的人。

这样的夜晚，你一尺，我一丈，你一丈，我十丈，她们一步步往前走，走出一片沼泽，一片湖泊，走出一条康庄大道。她们没走进时，根本不知道那里有什么，会怎么样，她们一旦走进去，便看到了无穷无尽的景色——她们不管穿过的是什么，最终的结果，都是看到了无穷无尽的景色。

五

有了伴的日子要多快有多快，转眼之间，夏天过去，秋天也过去了，整个歇马山庄苞米都收光了，只剩成子家的苞米还在地里独立寒秋。见再不收已经说不过去，李平便携了潘桃来到自家苞米地里。这一天，听到树叶哗啦啦响，从另外的空间感受了时光的流逝，李平想起，自己居然四五个月没有回一趟娘家了。她于是告诉潘桃，苞米收完，她要回趟娘家，住个三天五天。李平正说着，潘桃砍苞米的手不动了。许久，她转过脸，对李平说，娘家这么远，看不看其实都一样，全是形式，我都不怎么回。李平说，这可不是形式，是牵挂，你不回，隔三差五总能望见，能听见。潘桃明知道李平的话是在理的，可是偏偏不往理上说。她说你总改不了你的面面俱到，把自己搞得不像自己，你要走，我就上城里去看玉柱，不是有你，我不知去了几千回了。这一回，仿佛一颗子弹打中了李平，潘桃上城看玉柱，这和李平没有一点关系，可是这话却像一颗子弹，一下子就制服了李平，她长时间不语。事情弄到这步田地，这么你一尺我一丈地往深处走，她们都看到，等在前边的，绝不是什么美好景色，谁就此打住谁才是聪明的。李平当然不是傻子，再也不提回娘家的事了。她不提回娘家，潘桃也不说上城，两个人便一心一意地砍着地里的苞米。

然而，这一事件之后，无论是李平还是潘桃，都隐隐地感到，她们之间，有了一道阴影。那道阴影跟她们本人无关，而是跟她们所拥有的生活有关，但又不是她们眼下的生活，而是在她们眼下的生活之外，是她们的更大一部分生活，只是她们暂时忘了它们而已。还好，她们并没有就此想得更多，她们也根本没往深处想，她们只是希望在她们暂时的生活中发生一些什么事情来驱走阴影。

事情确实发生过。是在第一场霜落到歇马山庄山野地面那天发生的。那一天，李平姑婆婆天还没亮，就来到成子家拽开了屋门。姑婆婆显然没有洗脸，眼角滞留着白白的眼屎。姑婆婆进到屋里，不理李平，两手捏着腰间的围裙，气哼哼直奔李平新房。当她站在新房地，看到了炕上被窝里确如她预料的那样，还躺着一个人，嘴唇一瞬间哆嗦起来。你……你……姑婆婆先是指着炕上的人，然后仿佛这么指不够准确，又转向了从后面跟进来的李平。姑婆婆的脸青了，如一张茄子皮，之后，又白了，如干枯的苞米叶。姑婆婆看定她眼中的成子媳妇，眼里有一万支箭往外射。姑婆婆终于说出话来：我告诉你成子媳妇，我们于家说的可是一个媳妇，不是两个！看你把日子过成什么样子，弄那么一个妖不妖仙不仙的人在身边，这是过日子吗？！李平起初还决定忍让，让姑婆婆尽情抖威风，可是见她出语伤人，又伤的是潘桃，便说，大姑，别这么说话，不好是我不好。这时，潘桃从炕上翻了起来，嗷的一声，李平你没有错你凭什么认错，要错是你大姑的错，她嫁出去的姑娘泼出去的水，凭什么回来管你于家的事！于家的日子怎么过，跟她有什么关系！然而潘桃刚说完话，堂屋里就冲出了另一个人的声音：潘桃你是谁家媳妇，你能说你不是老刘家的媳妇吗？谁允许老刘家的媳妇住到老于家？

进门的是潘桃的婆婆。显然，李平的姑婆婆和她早已串通好。显然，两个年轻媳妇形影不离时，两个老媳妇也早就形影不离剑拔弩张了。见两个婆婆一齐指向潘桃，李平终于忍不住，李平说，这确实是我的家，你们这么一大早闯进别人家吵架，是侵犯人权，都什么时候了，都新世纪了。李平的声音相当平静，语调也很柔和，但谁都能听出其中的不平静，其中的凌厉。这一点潘桃很感意外，似乎终于从李平身上看到了她对浪漫的维护。

李平能说出这样的话，自己也毫无准备。但那话一旦出口，就有了一种理直气壮的感觉，站稳站直的感觉。这感觉对此刻的她，要多重要就多重要。有了这感觉，可以从骨子里轻视姑婆婆们的尖刻话语，可以冲她们笑，可以听了就像没听到一样。说出那样的话之后，李平转身就离开屋子，到院子里打水洗脸。潘桃也跳下炕，随她来到院子里，留下两个婆婆在屋子里疯狂地自言自语。

人与人之间的关系，说来也是非常奇妙，你硬了，她反而软了，两个婆婆从屋里走出来时，居然彻底地改过脸色，好像刚才满脸乌紫的她们从后门走了，现在走出来的是她们的影子。她们在院中央停了下来，潘桃的婆婆说：桃，我都是为了你好，都是村里人在说。李平的姑婆婆说：侄媳妇，就算俺狗咬耗子多管闲事，你可千万别生气，你俩可要好长远点。说罢，她们飘出院子，剩下潘桃、李平四目相对。

一场胜利不但将潘桃和李平的友谊往深层推了一步，抹去了阴影，且让她们深刻地认识到，她们的好，绝不是一种简单的好，她们的好是一种坚守、一种斗争，是不向现实屈服的合唱。她们友谊有了这样的升华，真让她们始料不及，有了这样的升华，夜里留在李平家睡觉的意义便不再是说说话而已，睡觉的意义变得不同凡响了。因为睡觉的意义有了这样重大的不同凡响，后来的日子，她们即使没有话讲，也要在一起。她们在一起，看一会儿电视，就进入睡梦，仿佛是个简单的睡伴。

然而，她们的未来生活，潜伏着怎样的危机，姑婆婆那句意味深长的话，到底有着怎样的寓意，她们一点都不曾知道。

那个山庄女人现有的生活之外的生活，那个属于她们的更大一部分生活，是在什么时候又转回山野，转回村庄，转回家家户户的，谁也说不清楚。它们既像地球和太阳之间的关系，又是公转的结果，又像地球和自己的关系，是自转的结果。说它公转，是说它跟季节有着紧密的联系，说它自转，是说它跟乡村土地的瘠薄留不住男人有着直接联系。它最初磕动山庄女人们的心房，是从寒风把河水结成冰碴儿那一刻开始的。其实是那日夜不停的寒风扮演了另一部分生活的使者，让它们一夜之间，就铺天盖地地袭击了乡村，走进了乡村女人等待了三个季节的梦境。它们先是进入乡村女人梦境，而后在某个早上，由某个心眼直得像烧火棍一样的女人挑明——上冻啦，玉柱好回来啦——她们虽然心直，挑明时，却不说自家男人，而要从别人家的男人打开缺口。而这样的消息一经挑明，家家户户的院子里便有了朗朗的笑声，堂屋里便有了霍刺霍刺的铲锅声。潘桃，正是从婆婆用铲子在锅灶上一遍一遍翻炒花生米时，得知这条消息的。到了冬天，在外做民工的男人们要打道回府，这是早就展现在她们日子里的现实，可一段时间以来，她们被一种虚妄的东西包围着，她们忘掉了这个现实之外的现实，或者说，她们沉浸在一个近在眼前的现实里。那个属于山庄每一个女人的巨大的现实向潘桃走近时，潘桃竟一时间有些惶悚，不知所措，那情景就仿佛当初玉柱离她而去那个早上。潘桃将这个消息转告李平，李平的反应和潘桃一样，一下子愣在那里。她俩长时间地对看着，将眼仁投在对方的眼仁里。看着看着，眼睛里就同时飞出了四只鸥鸟。它们开始还羞羞答答，不敢展翅，没一会儿，就亮开了翅膀，飞向了眼角、眉梢，飞向了整个脸颊。对另一部分生活的接受不需要太多的时间，它们原本就是她们的，它们原本是她们的全部，她们曾为拥有这样的生活苦苦寻觅，她们原以为一旦觅到就永远不会离开，可是，它们离开了她们，它们毫不留情，它们一走就根本不管她们，让她们空落、寂寞，让她们不知道干什么好，竟然把猪都放了出去，让她们困在家里觉得自己是一个四处乱爬的地瓜蔓子。一程一程想到过去，李平感激地看着潘桃，潘桃也感激地看着李平。李平说，真不敢想象，要是不遇到你，我这一年怎么打发？潘桃说，我也不敢想象，要是你也旅行结婚，不在大街走那么一回，让我看见你就再也放不下，我的生活会是什么样子。李平说，其实跟怎么结婚没有什么关系，主要是缘分，还是命运，谁叫我们都是歇马山庄的新媳妇。潘桃说，我同意缘分，也同意命运，但有相同命运的人不一定能走到一块儿，就说你姑婆婆家的两个闺女，结婚当年就生了孩子，就乳罩都不戴了，整天晃着脏乎乎的前胸在大街上走，你能跟这样的人交往？潘桃说完，两人竟咯咯地笑起来，最后，李平说，潘桃，看来我们需要暂时地分开了。潘桃说可不是，真讨厌，他们倒回来干什么？！

矫情归矫情，盼望还是一点点由表及里地进入了她们的日常生活。潘桃不再动辄就往李平家跑了，而是在家里里外外收拾卫生。李平不但地下棚上家里家外扫了个遍，还到镇子上买来天蓝色油漆，重新漆了一遍门窗。盼望在她们做完了这一切之后，又由表及里地进入了她们身体，在夜深人静的时候，在她们分别从内心里赶走对方，一个人在新房里默默地等待一个如胶似漆的拥抱的时候，一种刻骨铭心的身体里的饥渴竟山塌地陷般率先拥抱了她们。

冬月初三，歇马山庄的民工们终于有回来的了。他们先是由后街的王二两带头，然后山路那边，就出蘑菇一样，一个一个钻出来。他们由小到大，由远到近，几乎两三天里，就一股脑儿涌进村子。他们背着行李，大步流星走在山路上，歇马山庄，一夜之间，弥漫了鸡肉的香味烧酒的香味。这是庄户人一年中的盛典，这样日子中的欢乐流到哪里，哪里都能长出一棵金灿灿的腊梅。

然而，欢乐不是乡村的土地，不可以平均分配。在欢乐被搁浅在大门外的人家，腊梅是一棵只长刺不开花的枝条。当捎口信的人说，玉柱和他的父亲，和一家装修公司临时签了合同，要再干俩月，空气里顿时就长出了有如梅花瓣一样同情的眼睛。在外边，谁能揽到额外的活谁就是英雄好汉，最被人羡慕，可回到家里，就完全不同，回到家里，捎信人倒变成了英雄好汉。捎口信的人刚走，潘桃就晃晃悠悠回到屋子，一头栽到炕上。

在婆婆眼里，潘桃的表现有些夸张了，无非是晚回来几天，又不是遇到什么风险，是为了赚钱，大可不必那个样子。再说啦，就是真的想男人想疯了，人面上也得装一装，那个样子，太丢人现眼了。但是，婆婆没有说出对潘桃的不满。自从寒风把男人们要回来的消息吹了回来，婆婆也变了样子，变回到年初潘桃刚结婚时那个样子，一脸的谦卑，好像寒风在送回山庄女人丢失在外的那一部分生活时，也带回了温和。潘桃的婆婆不让潘桃干活，不停地冲潘桃笑，当天晚上，还做了两个荷包蛋端到西屋，小心翼翼说，桃，起来吃啊，总归会回来的嘛。

一连好几天，潘桃都足不出户，她的母亲闻声过来叫过她。要她回娘家住几天，潘桃没有答应。父亲回来了，娘家的欢乐属于母亲而与她无关。婆婆劝她上外边走走，散散心，或到成子媳妇家串串，潘桃也没有理会。山庄的女人一旦被男人搂了去，说话的声调都变得懒洋洋了，她不想听到那样的声音。李平倒不至于那么肤浅，会当她的面藏着掖着，故意说男人回来的不好，甚至会说多么想她。可是，好是藏不住也掖不住的，相反，越藏越掖越露了马脚。冬月，腊月，两个月的时光横亘在潘桃面前，实在是有些残酷了，它的残酷，不在于这里边积淤了多少煎熬和等待，而在于这煎熬和等待无人诉说，而在于这煎熬和等待里，抬头低头，都必须面对一个人——婆婆。

女人的世界其实没多大，就两个人。李平实在了不起，李平的总结太精辟了。李平的男人回来了，就有了她的又一个世界，李平有了那样男人女人两个人的世界，便抛下她，撇下她，婆婆便成了她唯一的世界。最初的日子，潘桃对婆婆是拒绝的，不接受的，婆婆冲她笑，她不看她，婆婆把饭做好，喊她吃饭，她爱理不理，即使吃，也要等着婆婆的喊停下十几分钟之后，那样子好像是婆婆得罪了她，是婆婆导演了这天大的不公。结婚以来，她一直拒绝着与婆婆交流，她将一颗心从李平那里收回来，等待的本是玉柱那巨大的怀抱，现在，那怀抱不在，却出现了躲避大半年的婆婆，这哪里是什么不公，简直就是老天爷冥冥之中对她的惩罚，那意思好像在说，这一回看你怎么办？

老天爷对潘桃的惩罚自然就是对潘桃婆婆的奖赏，老天爷把儿媳妇从成子媳妇那里夺回来，又不一下子送到儿子怀抱，潘桃婆婆真是不敢相信这是真的。十几年来，男人一直在外边，独自守日子惯了，男人早回来晚回来，已不是太在乎，换一句话说，在乎也没用，你再在乎，为过日子，他该出去还得出去，该什么时候回来，还是什么时候回来，凡是命中注定的事，就是顺了它才好。而儿媳妇就不一样，命中注定儿媳妇要守在你身边，如何与她相处，做婆婆的可是要当一回事的。潘桃婆婆也知道，这新一茬的媳妇心情飘得很，跟那春天的柳絮差不多，你是难能捉到的，尤其一进门男人又扔下她们走了。但她抱定一个想法，她们总有孤寂的时候，她们孤寂大发了，她们那颗心在天空中飘浮得累了、乏了，总要落下来，落到院子和灶坑。她们一旦落下来，便和婆婆要多缠绵有多缠绵，有时候，都可能缠绵得为一句话、一个眼神争得脸红或吵起架来。歇马山庄新媳妇不到半年就闹分家，就跟婆婆打得不可开交的实在太多了，为了能和儿媳处好，潘桃婆婆在潘桃孤寂下来那段日子，拼命和她说话，恨不能把自己大半生心里的事都敞给她，有时说得自己都不知为的哪一出，可是想不到这反而把儿媳说烦了，把儿媳推给了成子媳妇。她怎么也想不到，村子里居然出了个成子媳妇。那段日子，做婆婆的心底下翻腾得什么似的，都快成一块岩浆了，飘飞的柳絮没落到自家的院子落进了人家，实在叫她想不通，这且不说，忽而地进进出出，她看她都不看，把这个家当成了一个旅馆、饭店，这也可以不说，关键是，她从来就没叫她一声妈！这就等于她们还没缠绵就吵了起来，等于她们压根儿就没有好过。她们为什么要这样呢？这样子其实两边不讨好，人们会说，一边没娶上好媳妇，一边没遇上好婆婆，这实在是丢了刘家祖宗的脸。也是的，拉不近儿媳，心里气不过，就和成子媳妇的姑婆婆好上了，也是同病相怜的好，她们原来一点都不好。成子媳妇的姑婆婆曾苦天哀地地买了潘桃婆婆家一只老母鸡，说是娘家老爹得了风湿病，要杀给老爹吃，结果，潘桃婆婆在让利十块钱卖给她的第二天，就听人说她拿到集上卖了十五块。为此她们三四年没有说话。两个被儿媳妇和侄媳妇抛弃的女人不得不又好上，把各自的媳妇讲得一塌糊涂，然而潘桃婆婆无论怎么讲，有一点是清醒的，那就是，只要儿媳妇回到她身边，她是肯定不会再讲她的。现在，这样的机会终于来了，虽然做婆婆的还弄不清楚，儿媳妇人在身边，心是否也在，可是她想她的心不在这儿又能在哪儿呢，人家成子媳妇抛了她。人在自信时总会变得明智，儿媳的心从外边收回来了，潘桃婆婆为了这个收，就尽量找一些合适的话来说。婆婆知道说别人潘桃不会感兴趣，就说成子媳妇。她当然不能说她好，成子媳妇现在已经够好的了，好得都把潘桃忘了，再说她好她就该飞上天了；也当然不能说她的不好，毕竟她是潘桃的朋友，她们好时差不多穿了一条腿裤子。婆婆的话是那些不好也不坏的中间性的话。这有些不好把握，如履薄冰，但自信有时候还给人勇气，潘桃婆婆是一步步度探着往前走的。婆婆说，成子媳妇也不容易，爹妈都不在身边儿，又没有婆婆。这话的潜台词是，哪里像你，爹妈在身边又有婆婆，你该知足。婆婆说，成子媳妇倒挺随和，可怎么随和，那脸上都有一些冷的东西，叫人不舒坦。这话的潜台词是，你尽管不随和，各色一些，但面相上还是看不出的。婆婆说，成子媳妇看上去老实本分，其实村里人都说她很风流，是那种不显山不露水的风流，她脸上那一点冷，就是遮盖着她的风流。这句话的潜台词是，你尽管看上去很浪，但其实骨子里是本分的。婆婆所有的话，都是要从潘桃和成子媳妇的比较中找到潘桃的优势，从而巧妙地达到安慰的效果。然而，这些话恰恰是最致命的。安慰本身，就是一种照镜子，婆婆实际上是搬了成子媳妇这面镜子来照自己，自己无论怎么样，都在这面镜子里。自己难道是要成子媳妇来照的吗？！当然，最致命的，还不是这个，而是那些关于谁最风流的话。风流，在歇马山庄，并不是歌颂，是最恶毒的贬斥，这一点没有人不清楚！可是此时此刻，在潘桃心中，它经历了怎样的化学反应！由恶性转为了良性，潘桃一点都不知道。她只知道在听到婆婆强调李平的风流时，她的心一瞬间疼了一下，就像当初在街门口，看到成子媳妇与成子挽手走着时，心疼了一下那样，她想我潘桃怎么就不风流呢？她的眼前出现了李平被成子拥在怀中的场景，出现了李平被许多城里男人拥在怀里的场景。李平被成子拥在怀中，被一些城里男人拥在怀中，并不是在歇马山庄里与自己厮守了大半年的那个李平，而正如婆婆说的，是风流的，是从眼睛到眉梢，从脖子到腰身，通通张狂得不得了的李平。堂屋里的空气一层层凝住了，有如结了一层冰。这让潘桃婆婆有些意外，她说的话在她看来是最中听的话。潘桃婆婆先是从潘桃眼中看到了冰凌一样刺眼的东西，之后，只听潘桃说，当然成子媳妇风流，你们哪里知道，她结婚之前，做过三陪，跟过好多男人了。

说出这样的话，潘桃自己没有防备。她愣了一下，目光中婆婆的眼睛也瞬间瞪大，愣了一下。但是话刚出口，她就觉出有一股气从肺部蹿了出来。多日来，那股气一直堵着她，在她的胸腔里肺腑里鼓胀，现在，这股气变成了一缕轻烟，消失在堂屋里，潘桃感到了从未有过的轻松。

六

在与成子团聚的时候，李平并没像潘桃想象的那样多么放纵多么恣肆，李平十分收敛，新婚时毫无顾忌的样子一点都不见了，好几次，成子从院里走进堂屋，顺手往她的胸上摸一把，她都没好气地说，你——粗鲁！晚上，成子不顾一切，把炕上的石板弄出声响，也希望李平有点动静，可李平就是不出声。成子着急，胳肢她笑，李平恼怒着说，怎这么没脸皮。李平不够放松，有意收敛，激起了成子的恼火，你，刚分手不到一年就变了心，为什么？见成子恼火，李平直直看着他，目光忧郁着说，成子，你才变了，年初你还是个孝子，怎么不到一年就变得这么粗，你不想想，咱们是两个人，可爸在外干了一年回来，还是一个人，你不为他想想。见媳妇的拘谨是出于一份善良，成子的恼火转成感动，热烈的亲密便只缩到被窝深处，并且，一场酣畅淋漓的亲密之后，两个人往往看着天棚，听着窗外寂静的夜声，会立即陷入一种静默，好像他们做了什么不该做的事，有了罪过。刚进于家，因为不能设身处地，李平并没有这么深入地体会公公，那天，成子和公公从外面回来，她做了一桌好菜，她和成子有说有笑，可是公公吃了几口就放下筷子出去了，公公出院，李平也放下筷子跟了出去，见公公直奔西山顶婆婆坟地。那一刻，李平知道这个春节、这个团聚的日子该怎么过了。她绝不让成子在大白天走近她，而且有的活儿，比如杀鸡，她和成子追上抓着，却要一手拿刀一手拿鸡走到公公跟前，要公公杀。而干活时，又总是跟公公无话找话，说夏天的干旱，说村长收了几回水利费和农业税，说壳郎猪不知为什么有几个月不爱吃食，说养了十只母鸡结果就三只下蛋。李平所说的一切，都是乡下人一年当中最最关心的事情，是乡村日子在一年中的重要部分。李平说这些，单单没提潘桃。在过去的一年中，潘桃是李平日子中最最重要的部分，可是李平没说。李平没说，绝不是有意回避，而是当着公公，她根本想不起潘桃。和公公说话，过去生活中那些被忽视的、不重要的事情，你方唱罢我登场似的，纷纷涌到她的眼前，而与她朝朝夕夕在一起，险些让她忘了鸡鸭猪狗的潘桃，却云一样，转眼间无影无踪了。

压抑着团聚的欢乐，每时每刻替公公着想，是李平目前面临的最大的现实，这样的现实又牵连出过去生活中另外一部分现实，使潘桃变成了与现实对立的一个虚无。此刻，潘桃确实成了李平生活中的一段虚无，她已把她忘了，她的每一时刻都是有着紧凑的具体的安排的，比如什么时候磨米磨面，什么时候杀鸡杀猪，什么时候浆洗衣服，什么时候买布料做衣服。唯有上集时，李平才想起了潘桃，想应该喊她一块儿去。可是在家里一直放不开手脚与媳妇亲密的成子早就骑车等在村西路口了。

这一天，与成子上集采买年货的这一天，李平还真的一程一程想起了潘桃，因为李平顺便在镇上烫了头。李平在烫头时，想起了潘桃曾跟她讲过的跟玉柱恋爱的故事，那故事因为有着黄昏的背景，有着音乐的旋律，极其地浪漫美丽。李平从理发店出来，与成子肩挨肩往百货店转，心里突然起了一份伤感，为潘桃——直到现在，她还没有跟玉柱见面，她一定是很苦的。李平真实地感受到了潘桃的痛苦，真实地同情潘桃，一路上都在想着潘桃的事，可是，回村路过潘桃家门口，却没有拐进去。非但如此，李平在潘桃家门口走过时，还格外加快了步伐，好像生怕潘桃看见。李平确实是怕潘桃看见的，尤其是跟成子一起。就像在家里不愿意让公公看到他们在一起一样。

一转眼，腊八到了，腊月初八是吃八样豆做的米饭的日子，但是，成子父亲和成子商量，这一天杀年猪。成子父亲要成子提前一天到村里请几个人喝酒。姑姑、姑夫，村长和会计，还有和他们在一个工地干活的于庆安、单进奎。这一天成子家每个人都有了自己的活路，成子请客，父亲劈柴，李平切萝卜和酸菜准备杀猪菜。劈柴活累，要动力气，请客活轻，只动动嘴，但成子还是不愿父亲一个人挨门挨户走。一个孤单的人在街上串总有一种流落街头的感觉。这一天里，于家家里家外都充满了活络的气息，院外，有噼噼啪啪的劈柴声，屋里，有哐当哐当的切菜声，锅底，有呼呼呼呼火苗的蹿动声，锅上有咕噜咕噜水的翻开声。李平的脸粉里透红，红里透着灿烂的微笑。公公脸上尽管没有笑容，但也是平展的，安详的。成子中午回来吃饭向父亲汇报时，语速很快，声调很高，透着压抑不住的自满自足：我先去了黄村长那儿，他一听就答应了，说谁请我不到，你爸请我不能不到。成子的汇报，自然让父亲和李平都平增了士气。日子在这样的节骨眼上，该是它最有滋味的时候。下午，成子再一次离家时，李平破例喊住他，说，你该把棉袄穿上，外边起风了。成子回屋穿棉袄时，李平抿着嘴，朝成子狠狠看着，看上去面无表情，但成子一下子就看出来那满得快要溢出来的幸福。其实它已经溢了出来，只是他不点破而已。

日子在这样的节骨眼上，若说有滋味，也是一种农家里极其平常的滋味，若说它平常，其实是说它没有什么波澜不是什么奇迹：是日子正常运行中必须有的事情。然而，这滋味因为一年当中并不多见，因为难得，它也便是农家里最不平常的滋味，是那平静中的波澜，平实中的奇迹。拥有这样波澜和奇迹的于家人，统统表现了一份知足，一份安定，他们一点也不知道他们的生活里还潜藏着什么。

事情是在下半晌露出水面的。事情在露出水面时，没有半点前兆。下半晌，公公劈完柴，到街外的草垛边抽烟去了。李平从锅里捞出鲜绿的萝卜片，正要往热水里切海带，成子从外边大步流星回来。李平因为有了中午时分跟成子的分别，以为这大步流星里携带的是兴奋，是欣喜，忙抬头迎住他。这一迎可把李平吓坏了，成子的脸扭曲得仿佛一只苦瓜，粗重的喘息从鼻腔传出时，顶出一股李平从没见过的愤怒。应该说，他脸上的愤怒和鼻腔里的愤怒呈一种你争我抢的趋势，把成子整个一个人都改变了，变成了一副穷凶极恶的样子。成子逮住李平目光后，擒小鸡一样把李平从灶台边擒到里屋。成子威逼的目光和手中的力气，让李平感到自己一瞬间变成了一粒尘屑，渺小、轻飘，而成子却仿佛一座山一样高大、威严。李平不知道发生了什么，李平目不转睛地盯着成子，心悬到嗓子眼，堵得她喘不过气息。这时，成子哆嗦的嘴唇中吐出了几个字，是石头，但落了地。你骗了我，你跟了城里人，你骗了我。他是希望李平把石头捡起来，扔掉它，可是，李平不但没有捡起来扔掉它，反而将它夯实——迷乱之中，李平也从哆嗦的嘴唇中吐出几个字：是的，我是骗了你，我是跟过城里人，可是，我确是爱着你的。字是石头一样沉重，落地有声，可是在成子听来，不是石头，而是一枚炮弹，它落在他与李平之间，轰然滚起万丈浓烟，弥漫了他的视线，弥漫了他的生活。成子一松手，将李平推到墙边，后脑勺与墙壁砰的一声撞响之后，成子大喊，你给我滚——

李平当天下午就夹包离开于家，离开歇马山庄，回娘家去了。李平走时，用围巾把自己出过血的后脑勺包扎得很严，从走出门槛的第一步，就再也没有回头。

成子家的猪没有杀成，父子俩关门三天三夜没有起炕。

潘桃是在李平离村的第五天才从婆婆口中得知消息的。她得知消息，异常震惊，立即清醒是谁搬弄的是非，眼睛直直地盯着婆婆，目光中含着质问。可是盯着盯着，想起自己在说出那样一个事实时的痛快，不由得低下了头。

玉柱和他的父亲在腊月十三那天回来了。玉柱没有得到想象那样热烈的拥抱，潘桃也抱他亲他，但总好像心中有事。玉柱一再追问到底发生了什么，潘桃坚决不说。潘桃不说，却要时而地叹息，眼神的顾盼之间，有着难以掩饰的惆怅。那惆怅蚕丝似的，一寸一寸缠着日子，从腊月到正月一直到二月。二月底的一天，潘桃婆婆在外面喊，看，李平回来啦——潘桃立时扯断眼中的惆怅，一高跳下炕，跑出屋子，跑到大街。李平确实回来了，正和成子俩走在街上。然而他们却不是结婚那天那样，一左一右，而是一前一后。李平脸色相当苍白，眼窝深陷着，原来的光彩丝毫不见。李平看见潘桃，立即扭过脸，仰起头，向前方看去。脖颈上，耸立着少见的但潘桃并不陌生的孤傲。

潘桃本是要同李平说句什么，可是李平没给机会。

三月底，歇马山庄的民工又都离家出走了，李平家常去的，不再是潘桃，而是李平的姑婆婆。潘桃已经怀孕，每天握着婆婆的手，大口大口呕吐，像说话。婆婆听着，看着，目光里流露出无限的幸福与喜悦。

婚宴

/// 王祥夫

他们是乡下的那路厨子，聪明而贫穷，没有跟过师傅，一切手艺都是自己苦苦琢磨出来的，所以和正经厨子又不一样，出自他们手的七碟八碗就有了特殊的地方，但怎么个特殊又让人不好说，总之是很受乡下人欢迎。这俩父子长得几乎像是兄弟，都高大漂亮。做父亲的十八岁上就结了婚，十九岁上就得了这个儿子，现在的情况是，父子俩站在一起就像是一对嫡亲的兄弟。他们是一个村一个村地挨着去做席，做一张席五块钱，十张席是五十块钱，除了这可怜的工钱，他们每做一回席照例还可以得到两瓶酒和一条烟，酒是最最普通的那种烧酒，乡间作坊出的那种，没有什么牌子，喝到嘴里却像刀子，用空酒瓶子灌了去就是；烟是“迎宾”烟，最大众的那种白壳子。这父子，在这一带还很有名，一是他们给人家做席从来都不泼汤洒水；二是他们会尽量替主家着想；三是他们并不负责买料，主家有什么他们就做什么，而且是尽量往好了做。这就与别的厨子不同，这就渐渐有了好人缘。虽然这样，这父子还是贫穷得很，儿子已经一连谈过三个对象了，只是因为家穷又都吹了，做父亲的很为儿子的婚事犯愁，话就更少；儿子也心里急，却不像他的父亲，是一声不吭，是近乎于病态的那种自尊和矜持。如果他会来事，亲事也许早就成了，但他就是不会和女孩子们在言语间回转，不会和女孩子在来往间使小奸小坏。这是性格很耿直的父子俩。

河边村的人们先是看到了这父子俩在那里忙，后来才知道武国权家要办事了。

三个大灶，已经砌在了武国权家后门外的空地上，空地的后边是那条河，河水在太阳下无声而闪烁地流着。除了那三个大灶，武家还让人从小学校那边拉了三个门板放在那里做案板，这真是够排场。猪肉都是从外边现买的，一共三片，白晃晃地放在那里，血脖子是艳艳地红；羊是两只，是活的牵回来现杀；还有二十多只活鸡，都给竹笼罩着，先已喂了两天玉米，鸡就在这两天里又猛长了些分量。这父子俩此时就站在案子边收拾这些要上席面的东西。那三片猪肉是先剔骨，剔好的骨头又仔细分开，腿骨腔骨算一份，放在一个大盆子里，排骨算一份，又放在另一个大盆子里。这两种骨头因为要做两道菜，所以要分开煮。腿骨上的肉多一些，算一个菜，乡下普遍受欢迎的菜，叫“侉炖骨头”，里边要加大量芋头和萝卜；排骨要斩成一段一段，时下喜欢的是糖醋排骨，临出锅还要加些菠萝块儿在里边，这排骨要先在锅里用酱油调味煮了，煮八成熟，从汤里捞出来再过一下油，这么一来排骨既是酥烂的，而又有嚼头。讲究一点的还要把排骨里的骨头一根一根抽出来再往里边塞上用油炸过的芋头条，芋头条也必须先用油炸挺了。做父亲的去问武国权的女人了，问要不要把骨头去了镶芋头？武国权的女人，马上就问现在是不是都讲究这样做？既然讲究这样做就这样做，多用一点芋头有什么了不起？骨头这时已经下了锅，腿骨和排骨是各下各的，是两个锅，是分开煮，要不是这样，就怕腿骨煮熟了而排骨已经稀烂了。这父子俩是规矩手艺人，他们只在后边做，前边是一步不去。这也是谨慎，前边将来有了什么事，比如丢了什么东西或碰磕了什么，和他们就不会有任何关系。晚上呢，这父子俩就睡在灶台边临时支起来的棚里，也算是下夜。这会儿呢，父子俩已经把剔好的纯肉又一块一块分开，五花肉切成一方一方的要下锅煮过，要做扒肉条和腐乳肉方，其他部位的肉还要剁包包子和炸丸子的馅子。六个猪肘子也都齐齐斩了下来，那做儿子的年轻人，已经在案子边把这六个肘子剖得平展展的，是一大块，在里边夹了桂皮和八角又卷起来用麻绳紧紧捆圆了。做父亲的还怕儿子捆不紧，不放心，又过来看了一下，用手死劲攥了攥，这肘子只有捆扎紧了才能煮出型来，切凉盘的时候才会一片一片站得住。这肘子便和那五花方肉块也下了锅，却是和那一锅排骨一处煮。做好这些，这父子俩就在那里“嘭嘭嘭嘭”剁馅儿了，猪后屁股那块儿的瘦肉最多，便用来剁馅子，剁好的馅子一是要炸丸子，二是要拌蒸包子的馅。乡下办事讲究的是包包子，大蒸笼已经从饭店那边借了来，一共是十二屉，都已经让人在河里“唰啦唰啦”洗过，现在就立在武国权家后院的墙边，一共十二屉，这就是气派，像个办事的人家。十二屉笼屉还要紧着倒腾着用，先打蒸锅，把要上笼蒸的肉条、肉丸、鸡和鱼都先蒸出来，用这村里的话就是“打蒸锅”，先要用汽“打”出来。到第二天办事的时候才再把包子蒸出来，这是一赶二二赶三三赶四的事，父子俩一直要忙得团团转。但再忙，这父子俩都只显得从容不迫有条有理。骨头和肉都下了锅，八角的香气也渐渐漫开了，村里的狗已经在周围转来转去了，在互相咬，你咬我我咬你，咬出一片锐利的叫声，这亦是办事的气派。这父子俩呢，这时又开始收拾他们的鸡，把鸡一只一只先杀了，鸡毛按规矩是归他父子俩的，这父子俩便用了一个蛇皮袋子拔鸡毛，在蛇皮袋里拔，外边一点点鸡毛都没有。杀一只鸡就把一只鸡塞到蛇皮袋里去拔，鸡毛都在蛇皮袋里，既干净又利落，而不是用开水烫，把湿漉漉的鸡毛弄得到处都是。一口袋鸡毛能卖多少钱呢？有人在旁边问了一声，那父子也不回答，只管全神贯注地收拾鸡。鸡血却又都小小心心地接在塑料盆里，二十多只鸡，共接了三盆，待会儿是要用鸡血灌小肠的，用鸡的小肠子灌了再上笼蒸了，蒸熟晾晾切成小段是要与韭菜一道炒，这道菜红红绿绿煞是好看，老年人又咬得动，只是现在人们的日子富裕了，再也瞧不起那点点鸡血，这道菜现在许多厨子都不再做了。这父子俩在那里接鸡血的时候，武国权的女人还过来看了一下，说那血不要了也行，办这么大的事不在那一个菜！口气是阔气的。但这父子俩还是把血接了，又马上灌起肠来，武国权女人嘴里不再说什么，心里却是高兴，因为这父子为他们想。二十只鸡的鸡胗，也被这父子俩细细地剥洗了出来，颜色一下子灿烂了起来，黄黄的鸡胗上有很好看的紫蓝色条纹，一个一个地排放在案子上像是要放出光来。过一会儿就要用椒盐细细搓软了晾在那里，这又是一道菜，要与红色的小尖椒一道炒，是道下酒的好菜。主家自然更是高兴，这道菜，一般厨子现在都不敢去做，一是费工，二是炒鸡胗怕掌握不好火候，到时候不是炒老了就是夹生。这鸡胗用盐杀了便会紧起来，紧起来才会切成极薄的片。这又是道看手艺的菜，既要看刀工又要看火候。收拾完了鸡，做儿子的细细把鸡皮上的细毛再用火燎了一回，然后在案上“嘭嘭嘭嘭”切了块儿，然后也下了锅，也是要煮八成熟，然后再过油，再上笼蒸，是黄焖鸡。这武国权家真是阔气，阔气就表现在既舍得油又舍得工夫，一样一样都不肯偷工减料，比如这鸡，原本就可以煮一锅，到时候装盘上桌就是。但武国权女人出来对这父子俩说了，要“足工足料”地做。这时候，这父子俩又蹲在那里洗鱼了，是鲫鱼，这里的人却非要叫它“福鱼”不可，简直是岂有此理，但这里的人们喜欢这么叫，你又有什么办法。这里办事最最讲究的就是要吃福鱼，而这一带最有钱的人家吃福鱼讲究的就是吃“荷包福鱼”，也就是把肉馅儿镶在鱼肚子里做的一道菜。这父子俩又请示了主家：“做什么鱼？是炖福鱼还是荷包？”武国权女人马上应声说了：“当然是荷包福鱼！”这才是办事的人家！这父子俩这时就在那里往福鱼的肚子里一点一点填肉馅，这肉馅既要让鱼肚子鼓起来，又不能让肉馅露出来，所以收拾鱼就有讲究，鱼肚子上的口儿不能开得太大，只开两指大个口儿，把鱼的内脏掏出去就行。做父亲的这时已经被主家办事的阔绰激动了，也是受了刺激，一边往鱼肚子里填肉馅一边在心里想：自己儿子结婚的时候还不知道能不能请客人吃得起这道菜？是不是到时候往鱼肚子里填的会是豆腐？又在心里想，这家人娶了什么样的媳妇，竟这样排场！这样福气！做儿子的呢，也在一边往鱼肚子里填肉馅，想的倒是这家的新郎长得什么样，岁数比自己大还是比自己小。父子俩各自想着心事，就又到了收拾羊的时候了。羊昨天已经杀了，羊肉在这地方只做两样菜，一是“扒羊肉”，先煮半烂，然后切一指宽的条儿，再整整齐齐码在盘子里上笼蒸。这羊肉不能煮太烂，煮得太烂就看不出刀工了。另一道菜就是羊汤，羊骨头和羊腿还有羊脖子上的肉都要放在锅里一起煮，到办事的这天早上客人和亲戚们都会早早地赶来喝一碗羊汤，羊汤里到时候还会放些碧绿的芫荽末儿和红辣子。羊汤要想煮得好喝就得用一两只整羊，煮羊汤是晚上的事，等到一切蒸锅都打好了，别的菜也都就绪了才开始煮羊汤，直煮一夜。人们出门吃喜宴，最最要紧的是这一碗羊汤，这羊汤可以尽着肚子喝，不够还可以再添。收拾羊的时候，武国权的女人对这父子俩就更满意了，她看到了那两只肥团团的羊尾已经给放在了案子上，那做儿子的，已经用刀把羊尾拉成了两指宽的条儿。武国权的女人，不知道这又该是一道什么菜。在这乡下，这羊尾一般就不用了，谁愿吃谁拿去，因为它的肥腻和膻气。武国权的女人过去问了一声，那做儿子的便说是要做一道“杏梅氽羊尾”，是要把羊尾切了薄片用开水氽，再上笼和泡好的杏干儿加白糖一道蒸，蒸好了再回锅。这是一道别的厨子都不肯做的菜。那做儿子的对武国权的女人说：“要不就浪费掉了。”只这一句，不肯再多说，又埋头切他的羊尾了，每一片都切得飞薄。武国权的女人原是嗓子里卡了一片茶叶，怎么都吐不出来，她到后边来找一口醋漱喉咙，这时候倒又不忙着用醋漱喉咙了，看那年轻人切飞薄的羊尾巴片。这时送酒的老三恰好“嘣嘣嘣、嘣嘣嘣”地开着小四轮来了。武国权的女人让老三把酒索性都放到这父子俩的后边来，在这乡下，人们是习惯喝热酒的，酒都要倒在一个一个小壶里热过，然后再上桌。整整二十箱子白酒就都给码到了父子俩的案子边，这亦是一种信任。武国权女人当即取了一瓶酒，要这父子俩到了晚上喝一喝，挡挡风寒，虽然已经过了阳历的五一节，而阴历的四月八还没到，晚上凉气还很重，而且这几天一到晚上就要起风。

这时候，村里来帮忙的女人们也来了，她们的任务是帮着武书记家蒸包子蒸馍蒸花卷蒸糖三角和蒸枣卷子，先要把面赶着起好，到了晚上再蒸，米饭却要第二天再做。她们是在前院的厨房里做，但她们像是参观一样都先到后边来看了一看，因为这父子俩在这里一样一样地操作，每样都做得干净利索有模有样，盆是盆，碗是碗。厨房里的事，好像在这一刻对她们来说又忽然变新鲜了。灌好的鸡血肠已经挂在了那里，亮晶晶鲜红的一条又一条，不像是食品，倒像是漂亮的拉花儿，挺喜庆的，鸡血因为搅了些盐巴进去，这时已经红红地凝固在鸡肠子里，就等着上笼去蒸了。在这空当儿里，这父子俩可以抽一支烟了，他们便取了烟出来，烟是最便宜的“迎宾”牌子，就放在灶头，这是主家给他们随时抽的，另外按规矩要带给他们的要到最后一天才拿给他们。

“娶过媳妇没有？”不知是村里的哪个女人随口问了那做父亲的一句。

父子俩竟然没有正面回答这个问题，做父亲的却说那鸡血肠要再晾它一晾才好上笼蒸，这话却又不知对谁说，既不是对那问话的女人，又不是对他的儿子，就这样，轻轻把那女人的话题挡了回去。

怎么说呢，由于是人家的婚宴，由于总是给人家做这婚宴的席面，这俩父子总是在喜庆和忙碌中度过，他们总是不说话或很少说话，但这并不说明他们的心里不装事，他们的心里也装事，经他们手的东西或丰裕或简薄都可以让他们掂量主家日子过得富足还是不足。即使是日子过得再简薄，因为是办宴席，也多多少少显得油水光亮，油啦，肉啦，酒啦，烟啦，总是要钱来买，这父子是有心计的，他们可以一眼就掂量出主家是否有钱，办这个宴席是铺张了或是主家刻意在吝啬。但每一次给人们办婚宴席这父子俩都要在内心受到一次刺激，那就是世上又一对新人终于要结婚了。晚上呢，必然是入洞房了，入洞房呢，必定是要做那事了。结婚的内容其实很简单，就是可以让一个男人放足了胆子和用足了力气在女方身体里进进出出。这父子俩，做父亲的总是在想自己的儿子什么时候也可以把婚事办了。那儿子呢，心里的想法就多一些，就更丰富一些，有时候想法多的他都会让他自己的身体受不了，比如看到了那新娘或新郎倌儿兴滋滋的脸庞，比如听到了一句什么人调笑新郎倌的荤话，这儿子就总是无法不想到晚上的事情，有时候下边就会火棍样顶得老高。这时候他的脾气就会变得无比倔，比如他父亲这时要他做什么他会偏偏不去做。也就是说，做这种宴席，儿子最容易受刺激，几乎是每一次给人家做婚宴席面他都要受到刺激，身体的刺激过一阵子总会消退，精神上的刺激就不好那么消退。如果那些新郎倌岁数比他大，这儿子所受的刺激就相对小一些，如果新郎倌的岁数比他还要小，那刺激就会加倍。由于是人家的婚宴，这做厨事的父子俩总是能在一边冷静地旁观，总是把人家和自己做一回比，相比的结果几乎都很一致，那就是无论这家人富裕或不富裕，人家总是在那里办喜宴了，总是在那里入洞房了，结论是一个，人家都要比自己强，这父子俩便在心里更加沮丧。

那么大的朱红色南瓜，给搬来了，放在了油糊糊的案子上。你这时就可以看出那儿子内心的苦闷，他手里的刀一下子抡起多高，把偌大一个南瓜只一阵工夫就砍杀得落花流水，反正切瓜这活儿又不要看刀工，大块切小块，小块再切小块就是，只有在这时候，儿子才畅快一些，亦是一种发泄。当父亲的明白儿子心里的苦闷，便到一边去抽烟了，望着那条河，河边黄黄的，老半天，做父亲的才明白那原来是菜花儿，他也走神了。这时候，他又听到儿子在灶那边用热油过那些明天炒菜要用的肉片儿了，“刷”的一声，一勺肉片儿下了油锅，一下子，腾起多高的火苗，这就说明火好。做儿子的，还没发泄尽，手里的铁铲把锅敲得多么响，那火苗子又一蹿，又一下子起多高。旁边的乡下女人都看呆了，喝出一声好来！哗啦、哗啦，这一勺肉片儿已经过好了，儿子把手中的炒勺“啪”地一敲，过好的肉片儿被放到另一个盆子里。又“刷”的一声，又一勺肉片儿开始过油了，“嘭”的一声，火苗又蹿了起来。哗啦、哗啦，这一勺肉片儿又过好了，炒勺又给“啪”地一敲，过好的肉片儿又给放到了另一个盆子里。什么是手脚麻利？这就是手脚麻利。

“这才叫办事！”旁边不知是谁赞了一句，说武家办事真像个样子，说请人的帖子都怕是已经发到区上了，区上明天定会来不少人。旁边的人这么说话的时候，做父亲的又在心里想，要是自己儿子办事呢，能请到多少人？做父亲的甚至又想到了河下的那个姑娘，有那么粗的两条辫子，因为那两条辫子，做父亲的就无端端地也喜欢那姑娘，但那姑娘现在已嫁了人，那姑娘嫁人原是没什么好说的，好说的是居然是他们父子俩去做席，也是在后边临时搭的灶头上做，做了一天一夜，又一个白天，到后来人们闹洞房，闹得特别厉害，那新娘答应给每人十块糖果才被允许去解手。那新娘到后边来，因为厕所就在后边，父子俩才一下子都愣在了那里，连那姑娘也想不到做席的会是自己过去的对象。那一次，接下来，做儿子的忽然没了神，只是喝酒，只是不说话，但并不就收拾了家伙走人，还惦着半夜里新娘新郎吃对面饭要用的汤汤水水。给新娘的汤碗里照例是两个肉丸子夹一截三寸大的肉肠，新郎的汤碗里却是一根小茄子上套一个油炸的黄黄的焦圈儿。这就是闹房，这就是调戏，这亦是给新娘上课，教她明白一些男女之间的私情。

天黑了，做父亲的端了碗饭蹲在那里吃，心里想的却是要比一比，把这一年来做过的大大小小的席面都想了一个过，还是这武家的席面大，不说别的，临到天黑，村里的老三又用小四轮送了一回水果，西瓜和香蕉，这就更显示了武家的气派与众不同，是城里人的作风，居然还要上水果盘！放水果的盘子也拿了来，是长的，像鱼盘，武国权的女人对父子俩说西瓜要切成一指宽的一片一片，每片西瓜上还要扎牙签，香蕉亦要一切两段，为的是好剥皮，这是人们新近从城里餐馆里学来的招式，父子俩都一时弄不清这水果是要先上还是要等到吃完饭再上，武国权的女人是在城里见识过了，她告诉这父子俩水果盘是要在吃完饭的时候再上。那么，切几片呢？做父亲的又在一边问了。武国权的女人想了想说就切十片吧，恰好每人一片。香蕉呢，是要切五根，每人半根。武国权的女人又说。吃过饭，俩父子又合力倒了一下锅，把煮好的肉锅放在了一边，又在灶上架了另一口锅开始煮羊骨头和羊下水。端离灶的锅凉了一凉，做儿子的便把锅里的肉方都一一捞了出来，再晾一晾，便要过油了。一盆黄酒底子已经放在了那里，要过油的肉方都要先在黄酒底子里浸一下，肉过出来才好看。这一夜，父子俩干到很晚，过完油的肉方和鸡块儿要再放回到煮肉汤里去煨一宿，第二天便要上笼蒸。该过油的大肉方和小肉方还有鸡块和鱼，还有要做扒羊肉的肉条都过好了，父子俩又合力从灶上下了油锅。做父亲的要儿子去睡，床就在灶头那边，是两张门板对的，上边铺了草垫，还有就是武国权女人叫人拿了四件破旧的军大衣来，父子俩每人正好两件一铺一盖，反正也不脱衣服。儿子躺下了，脸朝着灶头那边，眼睛睁得老大，眼球被灶火照得一闪一闪。忽然间，儿子的嘴里吐出一句话来："球！人家也是个人！咱也是个人！"做父亲的没说话，身子却一下子紧住，再也不放松，肩头便显得尖尖的。那边，煮羊汤的锅里"扑哧"一声，又"扑哧"一声，又"扑哧"一声，是羊汤滚沸时把汤溅了出来。前边院子里，来武家相帮做活的女人们正在彻夜把包子和花卷一笼一笼蒸出来，当院点了四个瓦数很大的灯泡，那光亮直亮到后边院子里来，倒好像前边的屋子此刻在放出光芒来。

然后，天就亮了。

天亮后，客人就陆续都来了，来得最早的都是武国权家的那些亲戚。羊汤锅在天明前又给加了火重新煮沸了，做厨事的父子俩也早早起来，切了一大海碗芫荽，又用滚油泼了一海碗辣子。前院早已经在炸油饼了，炸好的油饼一盆一盆扣在那里，等前来的客人吃。这村里的规矩是谁来了谁就吃，羊汤，油饼，还有两个凉拌菜，菜都拌在大洗衣盆子里，油很厚，亮光光的，早上的这顿吃喝是流水样的，人人都要来，来了就坐下吃，吃完了可以离去，到中午再过来。那些来帮助武家蒸包子蒸馍的女人也只能靠在那里歇一歇，也有不想睡的便镶在牌桌边一边打哈欠一边看牌，她们不能走，天亮后她们还有许多零碎事要做。后边的俩父子当然不知道前边有三桌人在打牌，而且还没有打完，他们在灶头一遍一遍地往盆子里舀羊汤，再让别人端到前边去。就这样，早晨一晃就过去。早晨过去了，武国权的女人领那几个女人又过到后边来。这时是用到她们的正经时候了，一大盆子泡好的木耳，又是一大盆子泡好的金针，还有一大盆子蘑菇，还有海带盆子，还有银耳盆子，还有泡粉条的盆子，还有两桶豆腐，再就是各样的蔬菜：蒜薹、小油菜、茼蒿、茄子、西红柿、青椒、长山药、黄豆芽、绿豆芽都给一趟趟地搬到后边来。还有，让父子俩忽然吃了一惊的是还有各种熟肉，这是他们不曾想到的，是武家从城里早早买来放在那里的，是香肠，是小肚，是千层脆的猪耳朵，还有皮蛋和熏驴板肠，这时也都给搬到了后边，一样一样放在案板上要切好装盘，这就显得更和别人家不同，后边便更加热闹了。那些女人干着活，看上去只是乱，两手不停在那里又是择黄花，又是择木耳，又是择蘑菇，接下来又一样一样地洗菜，这时已经有人把一根粉红的塑料水管子从前院拉了过来，就在那边“哗哗哗哗，哗哗哗哗”长流水地洗，把蔬菜一样一样地洗过来，水已经流出去很远，在不远的地方白晃晃聚成了一大片水，那水忽然又一转，朝下边流去了，那边是河。洗好的菜都已经分别放在大盆子里，一盆又一盆让人简直是有些激动，只有在这时候那做厨事的父子俩才显出他们的尊贵来，好像是台上的主角终于有了龙套来给他们跑了起来，这时候父子俩几乎不再插手，打蒸锅的事已经安排好了，香气从蒸笼上渐渐弥漫开，到开席的时候只要开炒就行了。这时候父子俩倒有些激动，他们还从来没有看到过这样大的排场，这毕竟是在乡下。这父子俩，简直是有几分骄傲的意思在心里了。乡下的厨子，竟然做这么大场面的席！

前边院子里呢，已经准备了鞭炮，那一班鼓匠来得要晚一些，是乡里有名的“新时代福庆班”。人来了，先不吹，先去桌边坐了慢慢喝羊汤吃油饼，人人的嘴上额上马上都变得油光光的。那两个女的，是唱现代歌曲的，衣服穿得真是顶顶特殊而性感，上衣很短，短到快要露出肚脐眼，下边是裙子，也短，短裙子下是两条腿，当然会是两条腿，但这两条腿和别人的腿不一样，是穿了紧身裤，是线条毕露，一走一动，不但会露出后边那圆圆的两瓣屁股，前边亦是春光外露鼓鼓的一团。这班鼓匠还带着他们走四乡都要带的电喇叭，这时有人在那里开始安装了，站在一把凳子上，在院子门外一左一右各装一个高音喇叭，喇叭上又各吊下一个红绣球。

婚礼是快到中午时开始的。先是，鼓匠们迎了出去，各举着自己的乐器，吹着极热闹的曲子，走到一半又改吹一曲《妹妹你坐船头》，再走一段又吹一曲《老鼠爱大米》，一直迎到了村外。那边的人马也已经过来了，是八个年轻人，都衣着鲜明，护着一个彩棚，彩棚上绣了大朵的牡丹和小小的凤凰鸟，还有黄黄的流苏，真是好看，好像让人一下子回到了古代的日子，古代的日子只是让人觉得有没完没了的温馨。而彩棚下边却又不是轿，是一个遮了彩绣的小小棚子，棚里边的东西被遮着，这就显得有些神秘，就一直这么吹打着又走回来。这彩棚呢，被吹吹打打接进到武家前边的院子时，人们就又都看到了武家亦在吹吹打打的音乐里抬出一个彩棚。两个彩棚同时被掀开，里边是两个小小的牌位，牌位便被人放在了前院南房的正面桌子上，便马上被人用红线绾在了一起。桌子后边的墙上挂着两面红旗，贴着红纸的礼仪单子，上边的墨字个个黑得发绿让人眼睛发花。这时有人开始放鞭炮，是二踢脚，“砰——啪”一下飞起老高，再一头栽下来，不知掉到哪里，院子里的人便又涌动一下，像潮水。

没人注意那父子俩也来了前院，他们忽然动心要看看新人，这既是他们迄今为止做过的最好的席面，所以他们想看看那一对新人究竟如何。更没人注意到这父子俩忽然又面无人色地回到了后边，他们开始慌慌张张收拾他们带来的炒菜家伙时也没引起什么人的注意，及至俩父子匆匆消失了也还没人注意到。人们都涌到了前边，看前边的两个牌位被人们捧了在那里拜天地拜爹娘。当然这村里的人们都知道武国权是为他十四岁上得病死去的儿子办阴婚。武国权的儿子死了四年了，十四岁、十五岁、十六岁、十七岁、十八岁，到今年恰好是十八岁，是可以结婚的法定年龄。恰好呢，邻村有一个姑娘最近得白血病死了，这正好，两家便结这一门亲了。亲事办得真是既有声有色又有排场，只是到了中午大家该坐席的时候，武国权的女人才发现那做厨事的父子俩不见了踪影。各种的菜，各种的肉，粉条了，木耳了，金针了，蘑菇了一样不少，各种的吃吃喝喝也都一样不少，一盆一盆，又一盆一盆地放在那里，只是那父子俩不见了。那父子俩不见了，婚宴还得继续下去，便有人上了灶，是两个女的，在灶前毕竟显出了吃力，目光闪闪，且一脸的汗。但客人们还是在前边开始吃喝了，并且纷纷给武国权敬酒，武国权也给人们回敬。鼓匠们又把那支《老鼠爱大米》细细吹了一遍。

世界还是这个世界，村子后边那条河“霍霍霍霍”地流着，绕一个弯，朝东，又绕一个弯，朝南，然后流到远处去了。

黑画眉

/// 老藤

一

谁也说不清这个世界上到底有多少种气味。作为生命与生命之间的联系，它无影无踪，却又无处不在；它能决定运势、左右食欲，却又平淡无奇，被人忽略不计。每个人都有选择气味的权利。豆花小嫚喜欢的气味与众不同，她对紫花苜蓿青储后散发出的干草味儿十分入迷，这气味温暖、香甜、清新，让人入静止躁。由此，她对那些以紫花苜蓿为饲料的家畜也很喜爱，比如牛、马、羊。当然，她最偏爱的还是驴，这不仅因为驴散发出的干草味儿比较纯，还因为她对驴有一段刻骨铭心的记忆。

小嫚上学时，每天要路过一个叫“五魁驴肉馆”的饭店。清早，饭店门前的木桩上总会拴着不同的驴。小嫚和同学小黑经过这里时，小黑说：“我讨厌这根木桩，拴在木桩上的驴就像被绑在绞刑架上的人，真可怜！“小嫚走过去摸摸驴的脊背，看看驴的眼睛。与牛眼的执拗、马眼的惊惧和羊眼的呆滞相比，驴眼要生动许多，透过这双眼睛，似乎能看到流淌的清澈的蒲河以及河畔繁茂的紫花苜蓿。紫花苜蓿长满蒲河两岸：夏天，紫色的花海彩绸一样随风起伏，似乎要将蒲河水染碧成朱；到了秋季，勤快的农户将它收割打捆，垛在河边，像一座座迷彩碉堡。小嫚和小黑放学后常到这些草垛间捉迷藏，玩耍够了，带着满头草屑回家，干草味儿浸透在她儿时的记忆里。

小嫚从来不做梦，尽管她处在一个多梦的年纪。她认为女人做梦都是闲的，不信，白天推磨磨两筲豆子，看晚上还做不做梦。但不屑于做梦的她，突然做了一个奇怪的梦，这个梦让她第一次感到，原来梦是有重量的。

小嫚说的磨豆子，是她每天都要重复的工作，这是石磨豆花最大的卖点。小嫚的石磨豆花从祖辈开始，就忌用铁器，石磨、木桶、陶缸，连舀水都用葫芦水瓢。机器磨出的豆花吃起来有股铁锈味儿，只有用石磨手工磨出的豆花才是原汁原味儿的。小嫚家的石磨豆花店是甜水镇名副其实的老字号。清晨，赶着上班或出工的人到“石磨豆花”喝碗咸豆花，吃张热油饼，如同有钱人下馆子，是一件很体面的事。大腹便便的镇长牛志也常常在清早光临石磨豆花。牛志开辆黑色切诺基，威风霸气，往店门口一横，进到店里，人未落座，话先爆棚：“小嫚，两碗石磨豆花、一张油饼！麻溜点，赶着下乡呢！”邻桌吃豆花的人便想，甜水已经算乡下了，再下乡，就是要到村里去。牛镇长虽姓牛，却是驴脾气，顺毛摩挲怎么都成，要是戗茬顶牛，便会尥蹶子。牛志对甜水百姓的事很上心，比如说石磨豆花的老井能留下来，就是牛志的功劳。为防控地下水位下降，县水利局不允许居民私自打井，原有的水井也要封填，要求居民一律用自来水。石磨豆花不行，用了自来水这豆花就变味儿了。牛志来吃豆花时小嫚说了这事。牛志筷子一拍：“石磨豆花老井比我牛志岁数都大，要封井先把我撤了再说！”一句话，石磨豆花院子里的老井免去了被填的命运。

小嫚男人在外跑船，她和父亲经营石磨豆花店，店不大，人气却旺。父亲说，豆花是穷人的盛宴，只要甜水镇还有穷人，石磨豆花生意就不会差。父亲过世后，小嫚和丈夫商量店还开不开。男人说：“算了吧，你一个女人撑不起门面，店虽小，该打理的事却一样不少。”小嫚说：“石磨豆花若是关了，街坊邻居喝不上豆花、吃不成油饼，咱不成了罪人？”男人说：“我是大副，船上离不开。”小嫚犹豫了一会儿说：“你安心跑船吧，我留在甜水接班开店。”男人很担心，说：“有上门找碴儿的无赖咋办？”小嫚说：“我养条狼狗，看谁敢来欺负我！”男人也觉得石磨豆花关了可惜，就说：“那就买吧。”小嫚果真就养了条威风凛凛的黑背，继续留用父亲在世时就雇的邻居全婶，还新收了个叫雷子的哑巴当帮工，石磨豆花店在众人的期待中重新开张。教过小嫚的甜水中学高老师说：“小嫚你做了件好事，石磨豆花要是关了，甜水人的记忆就没滋味了。”与大城市一样，甜水的生活节奏也像上足了发条的钟表，时针、分针、秒针争先恐后往前跑，人们疲于这种刷屏般的节奏，开始怀念慢悠悠的过去。甜水人一怀旧就想吃石磨豆花，很多家爷爷吃，父亲吃，到了自己这一代还是吃，吃石磨豆花已经成了一种回味。

小嫚的这个梦清晰真切，如同现实中情景再现，她甚至知道自己在做梦，却无法改变梦的走向。她梦到了镇东面那条芦花摇曳的苇河。甜水镇东临苇河，西接蒲河，北靠椅子山，全婶的老伴全叔说这是绝佳风水宝地，要是在古代，说不准就被阴阳先生选了去做皇陵圣地。甜水人都暗暗庆幸，要真的被选为皇家陵园，甜水人还能在这里居住吗？苇河东岸除了甜水中学外，还有个只有一间房的小城隍庙。庙建于何时已无从查考，小庙像甜水中学的私生子，孤零零地站在一片油菜地里。苇河西岸是店铺林立的镇中心，镇上街道不多，却干净，家家户户门前屋后栽有核桃、李子和山楂。从苇河西岸到东岸去上学，没有桥，只能踩着河底的几块青石过河。好在水不深，流也不急，站在青石上可以看到水中游来游去的小鱼。有机智的学生用细绳拴住空罐头瓶，里面放一点饭团，将瓶置于水中，待贪吃的小鱼进到瓶中，再猛地提起来，会捉住许多青脊银腹的小鱼。养着小鱼的罐头瓶就成排地放在教室窗台上，成为一道风景，老师也懒得管。河底的青石路东头通甜水中学，西头是甜水有名的五魁驴肉馆。小嫚的梦就出现在这样一个真切的环境里。

梦中，小黑向她求救，说马五魁要害他。马五魁是五魁驴肉馆的老板，一个能把账算到骨头里的生意人。他的驴肉馆，三百六十五天一天消耗一头驴，大年三十也不收刀。驴肉馆门前的场院成了驴的鬼门关，有驮货或拉车的驴经过这里时，不用吆喝便会加快步伐，逃离这血腥之地。马五魁是临夏人，黄胡子，单眼皮，将军肚，喜欢穿无领白汗衫，二十几岁开驴肉馆，开到了四十几岁，算是甜水先富起来的一拨人之一。梦里，小嫚见到浑身湿漉漉的小黑被绑在木桩上，正痛苦地挣扎，见到她，小黑说："小嫚你快救我。"小嫚说："你已经被淹死了，怎么会在这儿？"小黑说："我惦记这些驴，天天在河边为驴引路，怕它们掉到河里。"小嫚说："你死后我为你哭过好多回。你平时在哪里呀？"小黑说："河水又湿又冷，没有落脚的地方，我就在芦花里蜷着。"小嫚哭着上前给小黑松绑，她闻到了一股紫花苜蓿干草味儿，这气味让人想起一截点燃的蚊香，把她从梦境中熏醒。醒后小嫚觉得蹊跷，怎么平白无故会做这样一个梦？小黑多年前放学时，遇到椅子山跑山洪，浅浅的苇河顿时激流狂奔，柳罐斗大小的石头在河里翻滚，小黑不知怎么发现一头被洪水冲走的小驴，为了救这头小驴，小黑不幸溺水身亡，这件事让她难过了很久。小黑是她最好的朋友，两人在紫花苜蓿草垛间捉迷藏时头上沾满草屑的情景历久弥新。

小嫚有事愿意和全婶说。全婶油饼烙得好，为小嫚出主意也能拿捏好火候。小嫚说了昨夜的梦，全婶听后摇摇头，说这个梦她圆不了，得回去问老伴。全婶老伴全叔外号“全大下巴”，是甜水镇骡马市场上的牲口牙纪。牙纪是一个几近消亡的古老职业，说白了就是骡马交易中介，凭牙口判断牲口年龄，在交易中捅袖袖、定价码，有黑话一样的指语，什么伸七捏八钩子九，讨价还价全在袖里搞定。全叔和牲口打了一辈子交道，对牲口说的话比对人说的还多。骡马市场上的客户常常见全叔独自和一头牛、一匹马对话，说了些什么谁也不知道。全叔吃素，身上却带煞气，街上的恶狗都怕他，再厉害的狗见到他要么摇尾示好，要么就夹着尾巴溜掉。

全叔对小嫚梦的解析简单至极：石磨豆花要来新人了。小嫚有些不解，小黑求救和店里来新人有什么关系？再说，自己从没有想过要雇人的事。小嫚没有多问，这个梦在心里如同一箩待磨的豆子，越胀越大，越来越沉。

二

五魁驴肉馆欠了石磨豆花两年的账，每次催要，马五魁都是一副死猪不怕开水烫的无赖相。马五魁老账不还，新账还在增加，小嫚面子矮，不愿意撕破脸皮，驴肉馆来赊石磨豆花，还是照给不误。五魁驴肉馆那么大的生意，一点石磨豆花值几个钱？马五魁不至于总是赖账不还吧！小嫚不知道，马五魁欠账不还有他的目的，就想让小嫚来求他。马五魁天天吃驴三件，甜水有几个跳广场舞的女人喜欢跟他搓麻将，但小嫚对马五魁颇为不屑，认为马五魁有点像捞上岸的河豚，一个劲儿地膨胀。有钱又怎样？小嫚对全婶说，有了钱就咋呼的男人其实不值钱。全婶的话更狠："马五魁算什么？连驴都不如。"

但是，小嫚免不了与马五魁打交道，两年的欠账，对于本小利薄的石磨豆花来说不是小数。小嫚来找马五魁，叨着烟的马五魁正和三个女人搓麻将，见小嫚来了，马五魁一边搓麻将一边说："要不要打一圈儿，小嫚？赢了给你输了算哥的。"小嫚说："我还要忙着磨豆子，麻烦你把账结一下。"马五魁说："好说好说，不就几个豆花钱吗？明儿个就结。"小嫚站在那里没动，马五魁说过多少次明儿个了，也不见他结账。麻将桌旁有个抽烟的女人叫季子红，在石磨豆花旁开了个保健品专卖店，店面冷清，便总是搞促销活动忽悠一些老人。有上当的老人举报到镇工商所，工商所所长侯仲杰发狠话要查。让举报人失望的是，侯仲杰亲自到季子红店里查了几次，查处的事便没了下文。季子红见小嫚不走，劝小嫚："回去吧小嫚，不说明儿个结吗？"小嫚知道等下去也不会有结果，就扭头离开了。房间里满是刺鼻的烟味儿，小嫚差点被呛出眼泪来，她不理解那三个女人怎么能坐得住。

第二天再去，马五魁把小嫚领到办公室，关上门说："现在青藏铁路通了，我想去西藏旅游，带上你怎样？开销由我出。"小嫚冷冷地说："我没工夫，天天两筲豆子等我磨呢。"马五魁脸色有点绿，道："多少女人想跟我去我都没答应，给你面子你还不识抬举。"小嫚不想和他纠缠，说："别人去我不管，我知道自己没有理由和你去旅游。”马五魁办公室里挂着一张唐卡，唐卡下有转经筒、香炉，他走到转经筒前轻轻拨动了一下，转经筒开始转动。他说：“我们做生意的应该到西藏求个活佛保佑，听说挺准的。”小嫚说：“我等着结账呢马老板。”马五魁说：“坏了坏了，会计去县城看病了，慢性阑尾炎，今早走的，你下次再来吧。”小嫚叹口气：“那我明天再来。”

再次来五魁驴肉馆，还没进门，小嫚看到门前木桩上拴着一头黑驴。很瘦的一头驴，皮毛暗淡，沾满尘土。她停下脚步，这么一头驴马五魁也忍心杀？她过去抚摸了一下黑驴的鬃毛，鬃毛很乱，缺少梳理。黑驴抬头看着小嫚，目光哀怜。小嫚觉得这目光好熟悉，似乎在哪里见过。黑驴除却眼圈、嘴头、前胸口、两耳内侧是白色，其他部位皆为黑色。拴驴的木桩很粗，小黑当年叫它“索魂桩”。木桩是槐木，粗糙的树皮早已被磨掉，露出裂开的木纹，泛着黑乎乎的油腻。小嫚转身到河边薅了一把紫花苜蓿放在驴跟前，黑驴甩甩尾巴，并不低头吃草，目光一直跟着小嫚。

马五魁已经在窗内观察了好一会儿，看到小嫚去河边薅草，便推门出来。这是一头抵账的驴子，因为太瘦，他正愁着催肥。催肥需要几麻袋豆粕，现在饲料看涨，买豆粕要花不少钱。他不明白小嫚怎么会对这头黑驴感兴趣，看了一会儿，下意识发出一声坏笑。

“怎么？看上这头驴了？”马五魁叼着烟从饭店里走出来。

“这么瘦一头驴，你也杀？”小嫚看着腆肚叉着腿的马五魁问。马五魁脖子上挂着一个蜜蜡观音，精致庄严的观音与无领老头衫很不搭。

“不杀驴，我卖什么？”马五魁将燃着的烟头掷在地上，上前拍了拍黑驴的脖颈儿道，“瘦不打紧，至少驴三件和驴板肠能卖好价。”

小嫚心里一紧，再看黑驴，两只大眼睛还在望着她，眼角似乎有些湿。小嫚叹了口气，她知道自己无法救这头驴，不管什么驴，也不管胖瘦，只要往五魁驴肉馆门前的索魂桩上一拴，就等于被判了死刑。她对马五魁说：“我是来结账的。”

马五魁眼睛眨了眨，又点燃一支烟，深吸几口，吐出个慢慢放大的烟圈，又一口气将烟圈吹破，然后说：“这样吧，看你可怜这头黑驴，我就做点善事，你把黑驴牵回去，顶两年的豆花账，咱俩两不亏，怎样？”

小嫚心里算了一下，黑驴顶两年的豆花账，亏马五魁想得出，这是明睁眼占便宜。马五魁见她没有回话，又跟了一句：“不顶就算了，侯所长预订了明晚的驴三件，明天一早这驴就下锅了。”说完，斜眼观察小嫚，他知道自己的话标枪一样击中了小嫚的软肋。或许，黑驴能听懂马五魁的话，马五魁下锅一句刚说完，黑驴竟然伸长脖子叫了三声，叫声凄切，让人心里发颤。马五魁被吓了一跳，嘴上骂一声，朝驴屁踹了一脚。小嫚听到驴叫后忽然想起高老师说过，驴叫在古代是受人追捧的美声，古代“建安七子”之一的王粲、曹丕皇帝都学过驴叫。高老师是甜水中学的历史老师，教过小嫚，是石磨豆花的常客，有时吃完豆花也不回学校，到隔壁找全叔对弈。高老师对驴叫的褒扬影响了小嫚，她听到黑驴的叫声不但不反感，反而觉得很嘹亮。她说："顶账就顶账，这驴我要了。"马五魁愣了一下，似有一朵花在脸上绽开，说："好好好，我这就写字据。"小嫚摸了摸黑驴的脊背，有一种皮包骨的手感，心中对这头驴充满怜悯。马五魁拿来字据，小嫚看了一眼，签上名字，亲自解开缰绳，牵着黑驴头也不回地走了。马五魁拿着一纸字据，斜靠着那根索魂桩，看着小嫚牵驴慢慢走远，又点上一支烟大口大口抽起来。

雷子见小嫚牵着一头黑驴回来，跑过来接了缰绳，嘴笑得合不拢。雷子没学过哑语，无法与人交流，在甜水几乎没有朋友，有了驴，雷子就有了伙伴。石磨豆花西面是蒲河，河边有草甸，草甸上是大片野生紫花苜蓿，正适合放牧。以往雷子没活儿的时候就到河边玩耍，持一根竹竿钓鱼，现在有了驴，他就有了营生。全叔听老伴说小嫚牵了头驴回来，感到很意外，小嫚买驴不找他当参谋，这事说不过去啊，他便来看看到底是头什么驴。小嫚说："马五魁顶账给我，我就牵回来了。"全叔明白了，掰开驴嘴看了看，目光泛出神采："才三岁，好驴！"小嫚疑惑地问："这么瘦，好在哪儿呀？""这是广灵驴呀！"全叔兴奋地说，"五白一黑，叫'黑画眉'，通人性，能负重，还长寿，拉磨拉车那是一等一！"黑画眉？小嫚觉得这个名字好，这名字像人，像鸟，就是不像一头驴，但全叔这么叫，就等于给这头驴子命了名。她琢磨，那晚的梦是不是与这头黑驴有关？

小嫚开始留心黑画眉。雷子教它拉磨，拴好套后，黑画眉竟然不戴蒙眼就默默地围着磨道转圈。黑画眉拉磨用心，每一步都走得坚实有力，只要小嫚在看，黑画眉就兴奋，大大的眼睛如同黑玛瑙一般流光溢彩。小嫚觉得没有必要将黑画眉的眼睛蒙上，让一个人稀里糊涂干活且不好，让一头驴蒙眼拉磨就好吗？

黑画眉颇有君子之风，它的礼让完全颠覆了小嫚对驴的认识，黑画眉的石槽也是黑背的饭碗，雷子喂食时没有偏向，同步进行，将不同的饲料各置一边，中间用一块隔板分开。黑背吃东西时，黑画眉不会去石槽吃草料，它站在一边静静地看着。黑背狼吞虎咽的时候，它还会甩甩尾巴，不时打个响鼻，像自己吃到了可口的饲料一样高兴。雷子不会说话，却能看出黑画眉的谦让，就比比画画想给黑背另准备一个食盆。小嫚没有同意，在同一个石槽子里吃食，像人一个锅吃饭一样，黑背和黑画眉同属石磨豆花，为什么要分槽饲养呢？

小嫚男人休渔期回来，黑画眉在草地上撒欢跑了两圈儿，把河畔的野鸭惊得扑棱棱飞走。男人说："这驴懂得里外，就应该是咱家的牲口。"小嫚说："不要用'牲口'这个字眼，它是黑画眉。"

驴一岁等于人七年，三岁的黑画眉正处于青春期，浑身散发着活力。一次，雷子牵它去镇东粮站驮黄豆，路过五魁驴肉馆门前它忽然停下了，盯着那根曾经拴过自己的索魂桩，两只耳朵矛一样前竖。索魂桩上拴着一头灰秃秃的小母驴，低眉顺眼，眼睛盯着地面，地上有一摊似血似油的污渍。黑画眉走过去，在毛驴身上嗅了个遍。毛驴很顺从，两只耳朵向后并拢，这是表示亲昵的动作。黑画眉和毛驴头顶头靠在一起。马五魁出来了，高声说："这是小嫚那头驴吗？小嫚都喂啥，喂得这么肥？"说完，在驴背上拍了一巴掌。黑画眉甩甩脖颈儿上的架，用力喷了个响鼻。黑画眉不一样的响鼻表达不同的情绪：喜悦，响鼻清脆响亮；忧郁，响鼻低沉拉长；不满，则是一种喷射。黑画眉这声响鼻，很明显在表达对马五魁的不满。

三

三个月，黑画眉不催自肥。小嫚说这要归功于雷子，雷子和黑画眉兄弟般相处，一早一晚都散放黑画眉去蒲河边吃紫花苜蓿，有夜草可吃的黑画眉怎能不肥？

黑画眉来到石磨豆花后，不用戴笼头，也不用缰绳，除了拉磨上套外，其他时间都是散放。雷子只要在黑画眉脖子上拍两下，它就会跟着走，雷子在前，黑背在中间，黑画眉殿后，在蒲河畔构成一幅优美的乡村图画。

让小嫚对黑画眉心生敬意的是，黑画眉在母驴的问题上绝不苟且。东街邓皮匠家一头母驴到了发情期，邓皮匠相中了威风凛凛的黑画眉，来找小嫚求情，让黑画眉配种。小嫚懒得处理这等事，便请全叔来办。邓皮匠家的母驴是一头晋南驴，清秀细致，背腰平直，算得上是驴中佳丽。邓皮匠在它的宽额上系了红缨，看起来更加楚楚动人。整整三天，黑画眉不为所动，无论母驴如何表示亲昵，黑画眉总是雕塑一样，邓皮匠只得牵着母驴无功而返。

让小嫚始料不及的是，一向温驯的黑画眉竟然把杨光给踢了。杨光是谁啊？甜水街面有名的愣头青，城管中队长，他姐夫就是大名鼎鼎的牛志。一日，雷子去河边放驴，在店里忙碌的小嫚忽然听到黑背狂叫起来，黑背从不谎叫，叫得这般激烈，肯定是遇到了歹人。小嫚记得三伏天的一个夜晚，因天热，她只穿件内衣开着窗子睡觉，半夜里黑背忽然狂叫起来。她被惊醒后打着手电到院子里察看，发现院墙根有一只皮凉鞋，黑背的嘴角带着血渍。她知道院子进来人了，被黑背咬了一口跳墙而逃，慌乱中落下了这只皮凉鞋。黑背的狂吠让她想起了那天夜晚的事，雷子毕竟是个哑巴，没法与人交流，她便快步来到河边，只见杨光正捂着裤裆蹲在地上哎哟哎哟叫唤。原来，杨光是来没收黑画眉的，他手持一根柳条抽打驴肚皮想赶驴走，结果被黑画眉踢在裤裆处。雷子则抱紧黑背，不让黑背再冲上去撕咬。杨光个头不高，权力不小，甜水镇大小店面都拿他当盘硬菜。他到石磨豆花吃早饭从不付钱，吃完撂下一句：“记我姐夫账上。”其实，牛志吃豆花不欠账，每次都扔下十块钱，找零都不要。牛志有这样一个小舅子，跟着吃了不少挂落儿。杨光蹲在草地上说：“镇上有规定，散放牲口一律罚没，这黑驴还敢踢我，今天不把你送到驴肉馆宰了，我他妈不姓杨！”说完，又哎哟哎哟叫个不停，看来黑画眉这一蹄子踢在了要害处。

“你怎么能抽驴肚子呢？驴和马的肚子是万万抽不得的，若是马，一抽就惊；若是驴，则会尥蹶踢人。”小嫚解释说，“杨队长你可要记住，打哪儿也不能打驴肚子。”

小嫚不明白杨光怎么会忽然来这一手，如果不让放牧，通知一声不就完了？为什么要等到黑画眉体壮膘肥再来执法？她怀疑背后有人捣鬼。她说：“黑画眉还要回去拉磨，你把它没收了，明早就没豆花吃了，到那时甜水镇都会知道是你没收了黑画眉。”杨光一双小眼睛转了转，道：“你说咋整？”小嫚说：“先让黑画眉回去拉磨，明天再去找你商量处罚的事。”杨光常来吃石磨豆花，他也不希望明天没有豆花吃；此外，黑画眉没有缰绳，他想牵也无法牵，黑画眉又不会主动跟他走，便点点头同意了。杨光想站起来，弓着腰又蹲下了，气哼哼地道：“我还没娶媳妇，要是被这黑驴踢废了，你要负责任。”小嫚轻轻一笑：“杨队长，你还是找驴算账吧。”

午后，小嫚去镇里找牛志。牛志中午有接待，下午正歪在沙发上犯困，见小嫚进来，耷拉着眼皮问：“啥事？”小嫚说杨光要没收黑画眉，请牛镇长给讲讲情，镇上禁止放牧的事也没见到告示，怎么说没收就没收？牛志性子直，听完小嫚的诉苦眼睛顿时瞪圆了，骂道：“这个二百五又让人当枪使了！”抄起电话打给杨光，劈头盖脸一顿骂。原来，这主意是季子红出的，季子红为了给侯所长弄驴三件，鼓动他没收黑画眉，然后卖给驴肉馆，驴三件给侯所长，驴肉钱就留给城管队当经费，马五魁那边她去说。牛镇长在电话里骂："你再听那个骚娘儿们的馊主意，我就把你给骟了！"小嫚觉得牛志真是个好人，骂小舅子就像骂三孙子，不搞官官相护。有牛志撑腰，黑画眉总算安全了。不过，小嫚想不通季子红这么做是为什么，她明明和马五魁穿一条裤子，为什么又去傍侯所长呢?

说起季子红，全婶对这个时髦女人的评价与众不同。"她也不容易，"全婶说，"街面上的事不是女人说了算，不能把脏水都泼到女人身上。"全婶的话让小嫚憋在肚子里的气消了不少。季子红的确不容易，上次忽悠老年人高价买保健品的事虽然摆平，但侯所长水蛭一样吸住了她。侯所长小气、猥琐，害着痂气，没有哪个女人会看上他，相貌出众的季子红更不会喜欢他。有一次季子红来吃豆花，对小嫚抱怨侯所长太色，隔三岔五到店里拿玛卡胶囊吃，也不知道吃了后到哪里去寻欢作乐。侯所长喜欢肉，早晨也要到五魁驴肉馆吃驴肉包子，他说早晨不吃肉，一天没精神。他和季子红之间的关系说不清道不明。小嫚有点同情季子红，尽管出了黑画眉的事，让她再来吃豆花有些不自然，但小嫚并不把话说破。倒是被姐夫撸了一顿的杨光缓过神儿来，酒后找上门对季子红破口大骂，说："你给相好的弄驴三件，差点让驴把我给废了，你缺德不缺德！"这些话被全婶听到后告诉了小嫚，小嫚说，人总有犯浑的时候，过去了就让它过去吧。

黑画眉危机解除，小嫚松了一口气，这件事也应了全叔的一句话：仁畜自有天助。

小嫚觉得黑画眉不是一头驴，而是一个不会说话的人，甚至比人更值得信任。她每次去看黑画眉，它都会打一个响鼻，甩一甩尾巴，她知道这是在向主人示意。她仔细观察黑画眉，越看越像当年的小黑，小黑虎头虎脑，长得像电影《闪闪的红星》里的潘冬子。小黑跳进苇河救驴的情景恍若就在昨天。河水中那头小驴浮上浮下，下游几十米就是陡坡深潭，小驴被冲下去必死无疑。小黑将书包塞给她，三两下脱下褂子跳进河里，用力将驴往河岸推，待岸上同学拉住驴时，他却脚下一滑栽进激流，被山洪冲下深潭。小黑为了一头驴结束了十五岁的生命。小黑落入深潭，第一个跳下去救人的是马五魁，那时马五魁还年轻，身体也棒，他潜水摸到了小黑，和众人一起合力将他打捞上岸。小黑的死让小嫚精神恍惚了很久，学习成绩直线下降，每次打开课本，看到的要么是小黑，要么是那头被救的小驴。小嫚就是那段时间对驴眼有了刻骨铭心的印象。小嫚没有考上高中，初中毕业就跟父亲学做石磨豆花。父亲说，“一招鲜，吃遍天”，学会了石磨豆花，一辈子饿不着。

“我怎么看到黑画眉总想起小黑？”她问全婶。

“小黑是淹死的，淹死的人不能托生。”全婶说，“你去城隍庙烧点纸吧，老全说当年那个学生溺水后，苇河再没发过水，也就再没淹死人，死人的魂魄只能挂在芦花上摇荡。”

小嫚很清楚这是迷信，但为了小黑，她还是去城隍庙烧了两刀黄表纸。小黑是多好的男孩啊，好人的灵魂应该有个归宿。回来时，小嫚遇到了站在河边剔牙的马五魁。马五魁看小嫚去城隍庙烧纸感到奇怪，那地方只有给死人报庙、送盘缠才去，小嫚无缘无故去烧什么纸？他好奇地问：“你去城隍庙干什么？”小嫚不愿意与他搭话，便没头没脑地回了一句：“替你送盘缠。”一句话把马五魁的脸说得煞白，他骂了声“操”，便扭头回去了。

小嫚轻松了不少，心里那一筲泡好的豆子磨成豆汁流走了。其实，她知道这么做有点愚昧，但不管用什么办法，能做到心理安慰就达到目的了。

回到石磨豆花，黑画眉正在葫芦架下站着，见到她竟迎上来，在她身上嗅了嗅，好像在寻找什么。她抬起手臂闻了闻自己的衣袖，结果闻到了紫花苜蓿浓郁的干草味儿。她想，这回可好了，自己和黑画眉气味相投了。

四

马五魁也有苦恼的时候，他的苦恼在季子红身上。季子红本来答应跟他去西藏，最后却跟侯所长去了。为此，马五魁大发牢骚，说有多少钱也不如有权好使。

事情并不像马五魁想的那么不堪，季子红去西藏从某种意义上讲是响应镇政府号召。镇政府召开民营企业发展工作会，牛志在大会上批评说：“你们这些个体户都照镜子看看，个顶个鼠目寸光，整天守着甜水一市三分地，能有多大出息？你们要走出去，深圳、海南、西藏，只要有路的地方都应该去，开阔视野，取回真经，把企业做强做大。”侯所长领会镇长意见快，散会第二天，就给镇上的个体户发通知，要组织大家去西部考察，其中最重要的一站是西藏。季子红当然不会错过这个机会，她来动员小嫚一起去，小嫚说：“我一个卖石磨豆花的，去西藏抢人家的酥油茶生意吗？”季子红不这么想，她有她的打算。就这样，季子红跟侯所长去了西藏。

被放了鸽子的马五魁决定不去西藏，他说：“老子不能步人后尘，要去就去东北！”他带着几个喜欢跳广场舞的女麻友去了东北，长白山、威虎山、大顶子山，转了一路山，打了一路麻将。跟他去的女人回来说，马五魁将整个东北骂了一圈儿，好像不是去旅游，而是去打架。

季子红从西藏回来，人黑了不少，与侯所长的关系近了许多，两人可以毫无顾忌地在一张小桌子上吃豆花。季子红是个爱炫耀的女人。小嫚在洗碗，季子红拉着小嫚从厨房来到餐厅，在她崭新的苹果手机上一张张翻照片。“这张咋样？这可是纳木错，圣湖！”不厌其烦地给小嫚分享她在雪域高原上的快乐。小嫚本不想看，但经不住季子红的一再介绍，便在围裙上擦擦手，接过手机翻看。手机里的照片全都人大景小，去西藏是为了看景色而去，你照些大头贴回来有啥用？在椅子山也能照，还用上青藏高原？但她嘴上不说，她不想扫季子红的兴。照片无所谓，倒是季子红手机皮套上的味道引起了她的好奇，这味道怪怪的，闻到后像有只无形的小虫往鼻子里钻。她问季子红这是什么味儿。季子红神秘地说："费洛蒙香水，你不懂。"

晚上，去西藏的考察队员在五魁驴肉馆聚会，侯所长高原反应没缓过来，加上马五魁不怀好意猛劝酒，侯所长酒有点高。晚上九点，季子红打电话，说："小嫚你看好狗，侯所长喝多了，要喝碗豆花解解酒。"店已经打烊，但季子红来电话，小嫚不得不起身应酬。她让住在厢房的雷子拴好黑背，自己打开院门，见季子红扶着侯所长摇摇晃晃正走过来。

"多了？"小嫚问。

"多了。"季子红说，"侯所长和马五魁拼酒，一人一瓶，两人都萎了。"

侯所长意识有些模糊，嘟哝道："我鞋呢？我不能光着脚。"

小嫚和季子红低头看，侯所长脚上是一双崭新的鳄鱼牌皮鞋。季子红说："新鞋，他担心丢在五魁驴肉馆。"

雷子将黑背拴好之后，把黑画眉也拴在葫芦架上。拴住才安全，这是上次杨光来没收黑画眉后，雷子心里生出的想法。

小嫚热了两碗豆花端上桌，又上了一盘油饼。石磨豆花的确能解酒，这个结论是牛志得出的，牛志每次醉酒都来喝两碗石磨豆花。牛志的经验是，豆花要热，多放胡椒，这样几口喝下去，体内的酒会变成汗排出来，酒困自然解除。牛志把这一经验分享给大家，无意中为石磨豆花做了广告，让午后和晚餐之后的石磨豆花，又多了一份生意。

季子红正在减肥不愿意多吃，侯所长却胃口大开，吱溜吱溜，两碗豆花不一会儿就见了底。令人奇怪的是侯所长吃豆花不出汗，而是走肾多尿，吃完两碗豆花就说要出去方便。雷子已经回厢房，两个女人又不便扶他，侯所长便自己到院子里解手。因为醉酒，视线不清的侯所长靠在了黑画眉的尻子上方便起来，大概他把黑画眉当作一堵墙，把石槽当成了小便池子。正在他解开腰带的时候，黑画眉本能地向后蹬了一腿。这一腿，便把侯所长踢趴下了。小嫚和季子红闻声出来，见状急忙扶起侯所长，好在黑画眉蹄下留情，侯所长没有受伤，只在屁股上留下一大块淤青。被扶起的侯所长说："我还没来得及方便，就被马五魁推倒了。"季子红知道他真的多了，只好扶他到院外方便，小嫚摇摇头回屋了。侯所长这泡尿时间不短，院子外草地里扑扑腾腾动静不小，过了好一会儿，外面才恢复平静。小嫚出门看，人已不见踪影，知道是走了，便关门熄灯，不再去理会。

次日一早，黑画眉已经拉完磨，小嫚和全婶正在店里忙，季子红急匆匆赶来。季子红头没梳、脸没洗、妆没化，一副憔悴的模样让小嫚很吃惊，她一向注重装扮，今天这是怎么了？

"我的手机不见了，你看到我手机了吗？"季子红很急切。

小嫚和全婶店里店外找了个遍，也没有找到。季子红几乎要哭了："天哪，这可如何是好？现在的网络可是能杀人呀！"小嫚说："你丢部手机，跟网络有什么关系？"季子红的眼泪还是下来了，道："你不知道，小嫚，手机里有些东西是不能给人看的。”小嫚恍然大悟，照片！季子红丢的手机里肯定有不可示人的照片！这时，雷子出来把缰绳解开，提着鱼竿领着黑画眉和黑背去了河边。

“小嫚，你再好好找找，你找到手机我给你一万块。”季子红开始悬赏，看出来她要急疯了。

“你还是回家好好找找吧，床底、枕下，还有卫生间，用别的电话拨一下。”小嫚说。季子红说：“都找遍了，手机被我设了静音，能打通却没人接。”季子红脸色有些灰黄，丢失的手机如同一枚无声炸弹，将她瞬间炸回了原形。“我得离开甜水了，”她说，“手机里的东西一旦流出来，我就没法在甜水做生意了。”季子红红着眼圈说，“小嫚，姐以前有对不住你的地方，你别往心里去，姐打算离开甜水去县城。”

小嫚和全婶不知怎么安慰她，看来丢失的手机太重要了。“本来想留个撒手锏，没想到成了我的致命伤，我是自作自受！”季子红喃喃地说。说这些话时她精神有些恍惚，很像昨日侯所长醉酒的状态。

“要不要找全叔算算？”小嫚说。

季子红摇摇头：“知道的人越少越好。”

突然，草地上的黑画眉叫起来，叫声划开晨雾，在蒲河两岸久久地回响。黑画眉早晨去草地从不叫，今天这是怎么了？小嫚站在院子里向外张望，雷子是聋哑人，他在河边钓鱼，听不见黑画眉的叫声。小嫚感到奇怪，对季子红说：“我们去看看黑画眉是不是踩到了水蛇。”两人来到黑画眉旁，发现黑画眉面前是被压倒的一片紫花苜蓿，草地上季子红的手机赫然在目。天哪！季子红扑腾跪下去，双手抱住手机，禁不住喜极而泣。她想起来了，昨夜侯所长借着酒力，在河边的草地上与她好一顿忙活，应该是激情中将手机掉在了草丛里。或许是手机上的费洛蒙香水刺激了黑画眉，让它引吭高叫。季子红说：“我要买一千斤黑豆犒劳它，黑画眉发现的不是一部手机，是我的命啊！”

五

黑画眉挽救了季子红，这让季子红对黑画眉的态度发生了一百八十度转变，她真的买了一千斤黑豆送来做饲料。小嫚不收，季子红说，这是黑画眉应得的奖赏。不仅送黑豆，季子红还经常过来给黑画眉梳理毛。她在网上买了一个小铜铃铛挂在黑画眉脖子上，这样，黑画眉拉磨时便有了悦耳的铃声伴奏。季子红渐渐与侯所长变得疏远，也不再去五魁驴肉馆搓麻将，她甚至戒掉了烟瘾，只要有空闲，她要么在店里做瑜伽，要么就到石磨豆花来为黑画眉梳理鬃毛，与小嫚说说话，话题总是围绕着黑画眉展开。季子红问：“小嫚，你相信人会变吗？”小嫚说：“当然会变，坏人能变成好人，好人也会变成坏人。”季子红望着窗外的黑画眉说：“它怎么能找到我的手机？”季子红一直想不通，手机若是黑背叼回来的这不奇怪，黑画眉发现后叫个不停便有些不可思议。小嫚想了想，道：“站在我们的角度，黑画眉是一头驴。如果站在黑画眉的角度看我们，我们又是什么呢？全叔说过，用‘蠢驴’这个词来骂人，恰恰说明人比驴蠢。”

季子红的变化让侯所长和马五魁产生了越来越深的矛盾，他们都认为季子红因为喜欢对方而冷落自己，他们没想到自己的竞争对手原来是一头驴。

问题爆发在一张网络照片上。在当地网络论坛，有人发了一张侯所长与季子红的合影。如果说是一般合影，哪怕亲密一点也不会有问题，关键是这张照片透露出的信息涉及信仰，照片上的侯所长和季子红正在一尊佛像前虔诚地上香祈祷，看上去如同一对新人在拜天地。照片被人举报到纪委，把它上升到信仰不纯的高度。上级一调查，问题就来了，你侯所长带人去考察经济，到庙里干什么？去了就去了，还拜佛上香，还拍照留念，这举动就太离谱了。上级下令，侯所长停职检查，并严厉问责了甜水镇安排的考察举动，牛志为此领了个记过处分。牛志很窝火，这事到底是谁举报的？牛志的驴脾气上来了，非要查个水落石出，要让举报人吃不了兜着走！

根据侯所长的怀疑，牛志把马五魁叫到办公室，问他是怎么回事。马五魁万分委屈地说：“牛镇长啊，我整天搓麻将，什么网不网的，根本就不会弄。”马五魁说的是实话，他真不会上网，他只会用办公室的电脑斗地主。接着马五魁发出一声坏笑，小声说：“侯所长遍地撒情种，不知哪粒长出刺来了。”马五魁这话说得狠，还真把牛志说服了。他知道，马五魁要想整侯所长会有一百种办法，唯独不会选择时髦的高科技。

牛志来找季子红，问她把在西藏拜佛的照片都发给过谁。季子红说她微信朋友圈有五百人，应该都能看到这些照片。牛志一听傻眼了，这个范围就不好调查了，就问："你猜网上的照片是谁发的？"季子红说："你别查了镇长，这照片是我发的，要问罪你就找我吧。"牛志不相信季子红的话，但他很佩服季子红的担当，便哈哈大笑说："算了，你挺爷们的，我过去小瞧你了。"季子红说："过去的我，你小瞧不冤枉；现在的我，你高看也没错，因为我有榜样。"牛志好奇地问："能给季老板当榜样肯定不赖，你是说豆花小嫂吧？"季子红摇摇头："不是，是黑画眉。"牛志张大了嘴："你在学一头驴？"季子红点点头："没错。"牛志说："你带我去看看这头驴，到底有什么好。"季子红带牛志来到磨坊，用一把梳毛刷为黑画眉梳理。黑画眉见了牛志，两只耳朵摇动了一下，便盯着牛志的裤裆看。开始，牛志并不在意，但黑画眉目不转睛地看他的裤裆，把他看得有些发毛。他低头一瞅，发现裤裆开着，露出大红的裤头，急忙转身扣好扣子，对季子红说："这驴是挺神的。"季子红说："每次看到它，我总会想起吉祥天母，那是绿度母的护法。吉祥天母的坐骑是一头马骡，马骡的父亲就是黑画眉这样强健的驴，天母骑着骡子飞行在天空、地上、地下，因此有'骡子天王'之称。"牛志听不懂什么骡子天王，他看季子红一副虔诚的模样，摇摇头说："看来你去西藏收获还真不小。"

侯所长坚信照片和举报信都是马五魁干的，原因是季子红跟自己去了西藏，马五魁心头醋意一直未消。侯所长在甜水深耕十年，从专管员到所长，一路积累了不少资源，他不想栽在一个自己的管理对象手上。作为马五魁昔日的朋友，对五魁驴肉馆的猫腻他早有所知，比如用骡子肉来假冒驴肉，用五粮醇假冒五粮液，还用鸭肉抹驴油假冒驴肉串，等等。尤其是骡子肉一事，要是被甜水人知道了，他马五魁就没法在甜水街面上混了，因为甜水人非常忌讳吃骡子肉，认为老年人吃了会诱发旧患，年轻人吃了不生孩子，马五魁这么干真是缺了大德。

马五魁用骡子肉充当驴肉的做法小嫚早就听说过，她和高老师、全叔议论过此事。高老师说："'驴肉香，马肉臭，打死不吃骡子肉。'古人既然有这个谚语，肯定是从生活实践中得出来的结论，马五魁这么干太不讲究了。"全叔的话总是带有某种神秘色彩，他说："驴也好骡子也罢，都不要吃为好，古人的餐桌上根本没有这两道菜。很多忌讳都是用命换来的，马五魁自己姓马，却肆无忌惮地杀驴宰骡，人不报天也会报。"

五魁驴肉馆的厄运果然被全叔言中。县食药卫生站对五魁驴肉馆进行了突击抽检，发现了驴肉馆长期以骡子肉充当驴肉的造假问题，勒令驴肉馆停业整顿。消息一出来，人们大呼上当，驴肉馆的一些常客更是忧心忡忡，担心稀里糊涂吃下去的骡子肉不知何时会在体内兴风作浪。马五魁成了人人唾弃的害人精，连那几个跳广场舞的女人都和他划清了界限。

小嫚觉得虽然马五魁粗鄙，但五魁驴肉馆毕竟是二十多年的老店。她还记得上学时的五魁驴肉馆，门前挂着四个带飘带的大红幌子像四个大红灯笼，喜庆红火。驴肉馆虽然欠账，但每天都从石磨豆花进货，算是老主顾。她和季子红说：“侯仲杰在赌气，冤家宜解不宜结，还是化解了好。”季子红说：“黑画眉让我悟出了许多禅意，我不再掺和马、侯之间的是是非非了。”小嫚只能自己去和侯仲杰谈。

侯仲杰被停职后门庭冷落，以前天天泡在饭局上的他深感世态炎凉，跟随他去西藏的大大小小企业主都土遁了一样，连个电话也不打。一大早，他泡了一壶墨汁样浓的普洱，在家里闷头喝茶。小嫚敲门进来，他端着茶碗愣了半天，才问：“你怎么来了？有事？”小嫚说：“来看看你，你现在是虎落平阳，心情肯定不好。”小嫚这么一说，侯仲杰便开始大骂，骂举报人，骂那些势利眼的小老板，骂上级不分青红皂白就停他的职。他骂了一大通，才回头说：“危难见真情，小嫚你能来看哥，哥就是被停职也认了，毕竟在甜水还有你这么个朋友。”小嫚在侯仲杰大骂的时候，看到地上有一只皮凉鞋，这是一只很眼熟的皮凉鞋，她忽然想起来了，这不是那天落在自家院子里的皮凉鞋的另一只吗？再看侯仲杰没穿袜子的右小腿，一道深色的伤疤十分显眼。

“你和马五魁之间的梁子能解就解吧，僵下去对谁都不好。”小嫚说。

侯仲杰没想到小嫚来给马五魁说情，拧着眉头问：“马五魁让你来的？不对，应该是季子红，季子红天天往你那里跑，是她让你来的吧？”

“没有谁让我来。”小嫚说，“我是希望驴肉馆别倒，毕竟是家老店，黄了可惜。马五魁能拉直那些弯弯肠子，你就大人大量一回。”

侯仲杰摇摇头：“这小子太阴，竟然写匿名信，在网上发照片，我咽不下这口气。”

小嫚说：“你应该知道我的黑画眉吧，那是马五魁顶账给我的，季子红当年撺掇杨光没收它，说是为了你要吃驴三件。后来这件事被牛镇长拦下了。按理说黑画眉应该痛恨害自己的人吧，但黑画眉没有这么做。那天晚上你和季子红在草地上打滚，结果季子红手机丢了，手机里的东西把季子红吓得要死，店都不想开了。你知道是谁把手机找回来的？是黑画眉！黑画眉在吃草时发现了手机。这件事让季子红知道了什么叫放下，什么叫感恩。我劝你还是息事宁人为好，再说，人还不如一头驴吗？”

小嫚一番话把侯仲杰说动了心。他眨眨眼，嘴唇努了努，道：“那不是便宜了马五魁？我都停职了，他却毫发未损。”

“马五魁怎么能毫发未损？驴肉馆停业整顿，厨子、服务员都回家了。”小嫚说，“你停职，他停业，你们扯平了。”

侯仲杰还在犹豫，他在甜水一向威风八面，这次栽了跟头有点抬不起头来，关键是季子红不再理他，让他大有赔了女人又折兵的羞耻感。他的心态小嫚猜得一清二楚。要想从根本上解决问题，必须把季子红这枚绣球从两头狮子中间摘除，否则，马、侯不会和解。

“你不要以为季子红倒向了马五魁一边。季子红现在的心思与你们二人无关，全在黑画眉身上。黑画眉是她最好的朋友，你们俩都败给了黑画眉。季子红也不是过去的季子红了，从西藏回来后，她成了一个端庄贤淑的女人。”

侯仲杰有些怀疑，甜水街上梨花带雨、摇曳多姿的季子红会变成一个文静淑女，而且仅仅因为一头驴子？

“侯所长，有些事你该学学我，得饶人处且饶人吧。你看你这只皮凉鞋，它的另一只在哪儿你应该比我清楚，可是我没有声张。我想，给别人留面子，也就是给自己留出路。”

侯仲杰的脸色突然涨红了，红得像猴腚。他喝了一口普洱，擦擦嘴角的茶汁，道：“你别说了小嫚，哥给你面子，你去和马五魁说吧，这事到此为止！”

从侯仲杰家出来，小嫚直接去了五魁驴肉馆。馆内冷冷清清，厨师服务员已经放假，昔日喧嚣的麻将室也没了动静。马五魁一个人坐在办公室里抽烟，眼皮有些浮肿，左腮像馒头一样隆起。见小嫚进来，他坐着没起身，不耐烦地说：“来要账？我说小嫚，咱能不能别落井下石？”

小嫚摇摇头说：“马老板，我不是来讨账的，我是为你的驴肉馆才来。你我都是做生意的，民不和官斗的道理不会不明白，你和侯所长斗，你有多大的胜算？”

马五魁站起身，哭丧着脸说：“哪是我要和他斗？是他揪着我不放。县食药卫生站站长是他中专同学，他要找我麻烦还不是易如反掌？我正为这事犯愁呢。”

小嫚把自己去做侯所长的工作，侯所长答应和解的事告诉了他，让他主动上门，两人把话说开。马五魁有些发蒙，结结巴巴地问：“小嫚、小嫚，你……你怎么会帮我？我挺对不住你的啊。”小嫚冷冷地说：“我帮你是因为黑画眉，你没杀这头通人性的驴，是你的一份福报。”

马五魁一个劲儿地点头，小嫚帮他的理由原来在这里，这让他心里很惭愧，做生意都盼着邻居倒，谁像小嫚有这种菩萨心？难怪季子红早就说，小嫚就像一碗不温不火的石磨豆花，虽说不是高大上的海参鲍鱼，但人人都喜爱。

六

马五魁和侯所长交恶全甜水镇都知道，包括牛志在内的许多人都认为两人的矛盾不可调和，龙虎相斗，必有一伤。全叔不这么想，他对高老师说：“马、侯两人虽然势同水火，但有人还是能摆平的。”高老师问：“你是说牛志？”全叔摇摇头：“是小嫚。只有小嫚出面，这场龙虎斗才能化干戈为玉帛。”高老师有点不信：“小嫚的话就那么管用？这两个人可都是甜水镇响当当的人物。”全叔说：“以我对小嫚的了解，她肯定会出手。”小嫚果然出手了，当全婶把小嫚出手的结果告诉全叔和高老师时，正与全叔对弈的高老师下巴仿佛坠了秤砣，张大的嘴半天没合上。

全叔说：“小嫚是行了黑画眉的面子。”高老师捏着一枚棋子，却不知落到哪里，他满脑子都是黑画眉。黑画眉种种异常之举通过全婶的嘴他没少听，比如黑画眉会在早晨或黄昏时低头朝老井里看，眼睛眯起来，像人一样笑。而早晨和晚上看老井，老井里的水就是一面镜子，难道黑画眉在照镜子？全叔说，驴看井不奇怪，西藏的野驴在干旱缺水的时候会在河湾用蹄子刨出一口井来，当地人叫“驴井”，野驴除了自己饮用外，还为其他动物提供水源。

高老师落下棋子，问全叔：“我看黑画眉时总有种似曾相识的感觉，我就瞎想，黑画眉是不是被小黑附体了？”

全叔盯着棋盘，没有回答。

全婶把高老师这句话告诉小嫚，小嫚扑哧一下笑了：“我和小黑同桌，又亲如兄妹，小黑为何会来吓我？话又说回来，小黑的魂魄要能附体倒是好事，他游荡的灵魂也好有个安置。不过，听说附体的东西有鬼魅味儿，而黑画眉身上却是实实在在的紫花苜蓿干草味儿。”全婶活了五十多年，从没听说什么鬼魅味儿，问全叔，全叔说：“鬼魅味儿就是啥味儿也没有，气味发自体物，而鬼魅因为是虚化的魂魄，是灵气，所以什么味儿也不会有。”全婶说：“小嫚小小年纪怎么会懂这些呢？”全叔道：“玄机不玄，有些人对很多东西能无师自通。”

高老师的历史课不饱和，校长让他把生物课兼起来，他欣然接受。但第一天上生物课，他就被一个学生问住了。学生的问题很简单：为什么说六畜兴旺，而不是七畜八畜或九畜？他说这个问题一两句说不清，等下堂课再讲。放学后他请全叔到石磨豆花吃饭，想请教一下六畜方面的学问。这种知识问网络靠不住，全叔作为牲口牙纪，应该有权威答案。

两碗石磨豆花，一把嫩葱，一碟豆瓣酱，几盘小菜，两人相对而坐，小酌长叙。与全叔交往多年，高老师对动物、植物兴趣大增。高老师认为，全叔带给他的是一个全新的观念体系，这个体系不是把人作为万物之灵，而是作为万物中平等的一员来看待，这让高老师有了许多新看法。全叔自己带了酒，是用牛膝、杜仲等几味中药泡的药酒，他每晚喝二两，不多也不会少。高老师承认知识储备不足，一个关于六畜的问题就把自己难住了，只能来求助全叔。店里食客已经陆续离开，高老师让小嫚也过来坐下。

“所谓六畜，就是马牛羊豕犬鸡，是人早期饲养驯化的动物，后来成为家畜，马牛羊为上品，猪狗鸡为下品，此六者皆入属相，可以借物喻人，故有六畜之说。”全叔开门见山，从来不云山雾罩兜圈子。

高老师点点头：“看来，六畜乃家畜中的精英。”

“六畜以马为首，之后的五畜可对应五味、五色、五音、五德、五行，演绎出一个超乎牲畜的世界。”全叔果然学识渊博，一个六畜概念，竟能发散出这般大道理。高老师心中敬佩不已。

坐在一旁的小嫚突然插话问：“驴呢？怎么评价驴？”

全叔扭头朝窗外看了看，灯光下，黑画眉正安静地在石槽前吃草料，黑背趴在一边，下颌平放在两只前爪上，几条葫芦蔓爬到石槽上方的棚架上，大大小小的葫芦悬挂着，一幅恬静惬意的田园景象。见全叔没有回答，小嫚接着说：“我老是觉得黑画眉不是一般的驴，它能听懂我的话。”

“驴当然能听懂人话。古代文人雅士多喜欢骑驴，北宋的王安石官至宰相，却一直骑驴不骑马，就是因为驴通人性，懂人话。”全叔说，“西汉时期，朝中有‘四宝’之说，是琥珀、珊瑚、翠玉和驴，驴被称为‘奇畜’，在御花园中放养。很可惜，后来驴的地位江河日下，究其原因，在人不在驴，驴还是驴，人却不是古时的人了。”

小嫚说：“驴通人性，为什么在六畜之外？”小嫚问到了核心。

“谁说驴在六畜之外？”全叔的下巴高高仰起来，语气不容置疑，“不对，应该是六畜之上！”小嫚和高老师都愣了一下，全叔可谓语出惊人，六畜之上，驴的地位将超越牛马。

全叔说：“驴比牛马被驯化为役畜要早很多，说明它辈分在六畜之上；驴能怀仁含义、顺天应时，说明其德行在六畜之上；驴与人气味相投，水流湿，云从龙，说明它志气在六畜之上。”

小嫚问：“什么叫怀仁含义、顺天应时？”

“天性慈悲，解人危难，顺德从善，这就是怀仁含义。”全叔打着手势道，“打个比方说，马会骇，牛能惊，但驴不会狂蹶，不会伤人。驴在路上遇到倒卧之人，要么绕行，要么跨越，绝不会践踏。所谓顺天，就是顺从使命，人让驴拉磨，驴就无怨无悔地转圈儿，这是役畜的天职，尽天职亦是顺人道；驴在夜晚会叫，但它从不乱叫，驴叫与更次相应，叫声是替人打更，这不就是应时吗？”

高老师插话：“气味一说怎么讲？”全叔说：“动物以气味辨亲疏，眼里不分美丑妍媸，包括发情求偶，皆以气味为信号，同声相应、同气相求就是这个道理。”

驴有这么多好处，人真不该辜负驴。小嫚心生感慨。

全叔接着说：“驴在六畜之上还有原因，六畜乃六牲，六牲充庖为祭可为常理，而驴在六牲之外，故不可杀之过当，这是对驴的敬畏。民间有句话常常被误读，即‘天上龙肉，地上驴肉’，此言不是说龙肉、驴肉如何美味，而是强调龙肉、驴肉吃不得。想想看，龙作为民族之图腾、皇权之象征，能吃吗？敢吃吗？同样，对怀仁含义的驴你又如何下得了刀、张得了口？”

小嫚道：“全叔这话应该让马五魁听听。”“释家有偈语，‘万事皆空，因果不空’，马五魁总有回头的一天。”全叔问小嫚，“你不是说当年他还下河救过小黑吗？”小嫚说：“是的，当时马五魁第一个跳下深潭，很勇敢。”

七

季子红的保健品店不开了，她加盟了一家医药公司，开连锁药店。季子红在做出这一决定前对小嫚说：“当年，看到有人凭两只甲鱼就能卖三年鳖精，我觉得这是本事，便开始搞保健品。入了行我才知道，这钱赚得心慌，人一辈子还是活得踏实好，心安，才有幸福感，所以我要改行，正经卖药。”

季子红让雷子帮忙做一件事，就是把她店里的某些保健品装入纸箱，趁着夜幕，挖个深坑埋掉。之所以选择在夜里埋，是怕有人看到给起了去。

药店开业那天，来了几十个熟人，门前摆了七八个鲜花花篮，其中就有马五魁和侯所长的花篮。马五魁和侯所长握手言和后两人各得其所，侯所长停职两个月后得以复职，马五魁的驴肉馆交了罚款后也正常营业。两人都感谢小嫚，如果没有小嫚从中斡旋，打到今天两人也不见得有胜负。

药店开业，没有致辞，没有剪彩，季子红只请牛镇长将牌匾上的一块红绸布一把扯下就算礼成。雷子帮忙放了一挂三万响的鞭炮，鞭炮很响，但雷子是聋哑人，不怕，别人都捂着耳朵，唯有他站在那里憨憨地笑。鞭炮放完，众人放下捂耳的手，却听到隔壁传来一阵嘹亮的驴叫声。驴叫好似和着短促的节拍，众人都伸直了脖子，倾听这不期而遇的驴叫。

没有人发现，季子红的眼角有泪水流出，她能听懂黑画眉为何而叫。

黑画眉停止叫声后，小嫚对季子红说：“你这药店里很奇怪，没有来苏水味儿，也没有中药味儿，倒是满屋子紫花苜蓿干草味儿。”季子红点点头说：“不是紫花苜蓿，是黑画眉的味道。”

开业仪式结束后，马五魁请侯所长吃饭，不去五魁驴肉馆，而是去椅子山水库边一户农家乐吃鱼。邀请小嫚和季子红，两人婉言谢绝了。她们都希望两人真能和好，而男人和好的标志就是一顿透酒，借着酒劲揭掉最后一层窗纸。

季子红要到椅子山北面的青堆镇进一批药，如果从公路绕过去，开车得小半天；如果从椅子山下的小路过去，也就十几里。小嫚说让雷子去吧，黑画眉已经配了挂胶轮车，几个钟头就把药拉回来了。季子红同意了，给雷子写了便条，让他赶车去山后的青堆镇。从甜水去青堆镇全是五尺宽的田间土路，典型的牛马道，走不了汽车。都说老马识途，其实真正认道儿的是驴，驴车拉了货，只要绕过椅子山，不用人赶，自己就会把车拉回来。雷子去拉过几次黄豆，返回路上往麻袋上一靠，抱着鞭子就呼呼大睡，睡醒时，已在石磨豆花门前了。

雷子拉了一车药，将驴车赶过椅子山，走上那条窄窄的牛马道。道旁开着成片的山菊花，稗草已经成熟，那是牛马的最爱，黑画眉却对此视而不见，它从不在路上捡东西吃。它吃东西除了在院子里的石槽中，再就是在蒲河边的野草滩上。黑画眉步伐平稳踏实，午后的阳光似乎有催眠的效果，在沉寂世界里的雷子特别爱睡觉，不知不觉已经打起鼾声。雷子是孤儿，流浪来到甜水，到石磨豆花乞讨被小嫚收留。他很感激小嫚，视小嫚为恩人，自觉担负起保护小嫚的责任。一次，一个货车司机醉酒在石磨豆花纠缠小嫚，他拎着把铡刀就过来了，把司机吓得屁滚尿流逃走了。

当然，他拎着铡刀不是来拼命，小嫚和司机发生争吵时，雷子正在给黑画眉铡草，全婶过来向他勾勾手，他没多想卸下铡刀拎着就过去了。这件事在甜水传开，街头小混混都不敢来石磨豆花滋事，一来怕那条咬人下死口的黑背，二来怕拎着铡刀拼命的雷子。杨光曾经在外面说，和谁打也不能和聋哑人打，因为聋哑人听不见，到了法庭上法官也愁。杨光说过在甜水他只怕他姐夫，后来出了铡刀事件后，甜水人都知道杨光还怕雷子。

晃晃悠悠的驴车什么时候停下的没人知道，雷子睡得太沉，昨夜他垫了磨道，又新錾了磨齿，睡觉时已是子夜。

小嫚和季子红估计雷子应该回来的时间却没有回来，便有些不放心，说去看看吧，别出什么意外。在通往椅子山的草绳一样的小路上，两人看到熟悉的驴车停在路中间一动不动，快步走过去，两人顿时吓呆了——黑画眉前面躺着个人，仔细一看，是马五魁。马五魁喝醉了，呕吐后就伴着一堆呕吐物睡在了路中央。小路很窄，马五魁在前面一横，驴车就过不去了。两人叫醒马五魁，又推醒沉睡的雷子。小嫚和季子红都感到后怕，若是黑画眉不停下，那么驴车就会碾过马五魁，这么重的驴车碾过去，马五魁肯定去城隍庙报到了。

马五魁明白了事情经过后，酒被吓醒大半。他和侯所长酒喝得很开，都觉得再闹下去对不住小嫚一片苦心。人家小嫚图啥呀？人家是真心实意帮咱们，再说咱们这么对着干，让季子红也瞧不起。两人说话掏心窝，酒就下去得快，结果都喝高了。侯所长在农家乐就睡了，他觉得自己还能走，便摇摇晃晃往回走，没想到走到半道酒劲上来，就倒在路中央稀里糊涂睡着了。本来已经站起的马五魁，看着黑画眉好一会儿，突然扑腾一声跪在黑画眉蹄前："仁义啊，你比人还仁义啊！人遇到醉鬼都会迈过去，你一头驴子却怕伤到我，停下来保护我。"马五魁真流泪了，他知道，是黑画眉救了自己一命。

一周后，马五魁来找小嫚，还清了欠账。他说，五魁驴肉馆不开了，他上次去椅子山吃饭，发现椅子山上植被茂盛，各种野生菌类资源丰富，他准备将驴肉馆改成菌王火锅城，从此与肉类告别。马五魁信心满满，临走时说，当然，石磨豆花还是要天天进货，作为菌王火锅永远的配菜。

马五魁真的回头了，全叔的话又一次应验。

小嫚很开心，她觉得整个院子甚至整个甜水镇都充满了紫花苜蓿的干草味儿。夜里，小嫚又做了一个梦，梦见小黑在新开的菌王火锅城门前垛草。她问："你垛什么呢？"小黑说："紫花苜蓿啊，城隍庙里闹饥荒呢。"小嫚说："我来帮你一起垛。"她抓起一捆紫花苜蓿，闻着香甜清新的干草味儿，舍不得放手。醒来发现，自己抱着枕头睡了一夜。

松树镇

/// 金仁顺

我们到达松树镇的时候是下午三四点钟，在火车上度过的最后一个小时，空气已经变得清新沁凉，夹杂着怡人的松香气息。火车站很小，还是三四十年代时日本人修铁路时盖的，灰扑扑脏兮兮的。几棵美人松也是那时候栽的，早就有了腰身，拧着股劲儿一直拔到天上去。

来车站接我们的赵红旗、张景乾、小莫都是我堂兄的朋友。他们四个加上另外四个男孩子，年纪差不多少，从小一起长大，既是同学，又是邻居，性情相投，初中时候燃香磕头拜过把子。八个少年形影不离，好勇斗狠，名噪一时，连社会上的混混也让他们几分。

赵红旗是典型的东北大汉，个子高，块头大，像截铁塔似的，是私营煤窑的煤窑主；张景乾是副镇长，是“有身份的人”，举手投足里面总有股“看山是山，又不是山”的劲儿；三个人里面，小莫最有亲和力，他长了一张喜洋洋的脸，笑口常开，我们这次住的旅馆就是他家开的，他们开来的丰田越野车则是赵红旗的。

松树镇坐落在山间，四条街组成个“井”字，也有小贩叫卖，也有妇女站在街边聊天，孩子四处跑，但松树镇就是给人一种很沉静的感觉。夕阳西下，云彩在山顶上飘荡，像镶了金边的婚纱裙子。

他们在镇子里最大的饭店给我们接风。而“最大”也不过四五十平方米、放六张桌子而已。老板娘高大丰满，眉毛纹得像毛毛虫，上下眼线也都纹了，在眼角处向上那么一挑，把眼睛变成了两尾写意小鱼，嘴唇抹得红通通的，她跟赵红旗、张景乾、小莫熟得很，招呼我们坐下喝茶吃瓜子。

赵红旗不看菜谱儿，交待老板娘：“挑好的弄一桌。”

“你们来这里拍电影？”赵红旗问，“这里有什么好拍的？”

“这个电影是写生活在煤矿的几个初中生的故事。”我说。

“什么样的故事？”

我大概地讲了讲这个故事，讲到主人公男生被录像厅老板娘勒索，后来跟同班女生借钱不成，差点儿杀了这个女孩子时，赵红旗他们没有流露出任何惊奇的表情，他们似乎把这个故事当成了真事儿，听完后，觉得不过瘾似的说起学校里其他的一些恶性案件。有几个初中生，把学校里刚分来的英语老师强奸了，事发时教室里还有另外几个男生旁观；还有几个女生，只因为一个女生长得太漂亮，让她们看不顺眼，就上去一顿拳打脚踢，差点儿毁了她的容，她们被抓到派出所后，还跟警察叫板：“我们没到法定年龄呢，又没杀人放火，你教育我们几句不还得把我们放出去嘛。”话题逐渐扯远了，他们又说起其他的社会案件，最近镇里有个很有名儿的煤窑主被人枪杀了。这个人和另外一个人合开煤窑，开始时也是小打小闹，但慢慢地干大了，几百万资产是至少的，他想和合伙人拆单单干，结果没等签合同，他就被干掉了。

“绝对是他身边人干的。”小莫说，他跟这个老板是朋友，事发后他接到消息，赶在警察前面去了趟现场，室内也没有打斗的痕迹，从伤口上看，是凑近了太阳穴开的枪。

“活儿干得相当专业。”

“说这些事儿，”张景乾提醒小莫，“也得看看地方。”

“不就我们这一桌嘛。”小莫说。

我们说话的过程中老板娘开始上菜。

“好好侍候着，”赵红旗跟她开玩笑说，“他们是来拍电影的，没准儿弄个三陪小姐之类的角色让你演演。”

“你又有老婆又有老铁，还有好几个小蜜，”老板娘笑微微地说，“哪轮得上我啊。”

小莫正咬着瓶盖，听见老板娘的话，咯咯笑。

我们喝的是白酒。来之前我给周为和方磊讲过，煤矿的人野，直率爽气，跟他们喝酒，能喝要喝，不能喝也要喝。如果你有酒量却不喝，他们就会认为你很假，不实在，瞧不起人。而一旦给他们留下坏印象，事情就不好办了。

周为和方磊喝得很痛快，半小时没到，两个人就先后冲到卫生间吐了。

“不能喝你们不早说，”赵红旗说，“看你们上来就干杯，我还以为碰上高手了呢。”

张景乾叫老板娘泡壶热茶来。

老板娘泡了壶茉莉花，还洗了山楂。

“吃山楂解得快。”她把盘子放到周为和方磊的面前，跟赵红旗说，“别往死里灌人家，跟土匪似的。”

“你跟我这么说话，”赵红旗说，“就像土匪老婆似的。”

“土匪老妈还差不多。”老板娘笑着回敬了一句，抓了把瓜子，到外面跟厨师聊天去了。

我们吃完饭出来，天黑得透透的，星星像是从很远的地方射过来的长矛，穿透黑夜的帷幕，露出点点银亮的矛尖。镇子很静，在酒桌上听了那些故事以后，这种静谧变得阴险和杀机重重了。

小莫家的旅馆是一栋两层小楼，一共八个房间，厕所是公用的，没有洗澡间。唯一一间带浴室的房间，是小莫自己用的，他带我们去看他的浴盆，他介绍那两条金龙鱼的样子就好像它们是他的儿子。

第二天一早起来，夏末秋初的季节，洗脸的水居然冰手。洗过脸后，神清气爽，我们散步走过两条街，去昨天吃过饭的饭店。街上不少骑自行车上班的人，铃声嘀铃铃响，树上还有雾气没有褪尽，像丝丝缕缕的白絮。空气又凉又湿，有重量似的。

赵红旗和张景乾先到了，餐桌上面摆着煮鸡蛋，馒头，葱油饼，小米粥，几个凉菜都是大盘的，老板娘跟我们打了声招呼就进了厨房，接着听到里面一阵声响，她又端出四盘热菜来。

“弄得太隆重了，”我说，“平时我们都不吃早餐的。”

“也没什么好吃的，你们将就将就，”赵红旗说，“晚上我看看能不能弄个野狍子，烤着吃吃。”

“千万别，”我们几个直摆手，连说好几遍，务必让赵红旗相信我们是认真的，不是跟他客气。

“那吃蛤蟆吧，现在的蛤蟆最肥。”赵红旗问小莫，“哎对了，老吴不是会捉蛇吗？让他捉两条来。”

“千万别千万别。”我们又开始猛摆手。

“我最怕蛇了。”我说。

“切成段炖熟了，你根本看不出是什么玩意儿。”小莫说，“女孩儿吃毒蛇还美容呢，脸上不长疙瘩。”

“我宁可长疙瘩。”我说。

周为和方磊也坚决反对吃蛇：“从现在开始除了绿叶儿的东西其他的我们都不吃了。”

张景乾让我们逗笑了，对赵红旗说，“给他们弄点儿新鲜榛蘑炖老母鸡。”

吃完了饭，张景乾去上班，赵红旗开车，带着小莫跟我们去山上。公路像层层捆缚山的绳索，我们像陀螺似的转了一圈儿又一圈儿，往下面看时，松树镇变成了一个漏斗的底座。又开了一会儿，一些小煤窑开始出现在我们眼前，规模不大，大部分是斜井，往外运煤的小火车车厢，跟棺材差不多大小，开动的时候晃里晃当地响。工人们每天坐着这些小火车进掌子面工作，下班再坐这小火车出来。

赵红旗和小莫谁都认识，方磊和周为拿着摄像机取景的时候，他们跟煤窑主，或者主管聊天。

他们无一例外地问我们是干什么的。赵红旗说我们是拍电影的，他们的回答全都一样："这地方有什么好拍的？！"

"是煤矿里一些中学生的故事。"赵红旗说。

他们很快谈起真正关心的事情，贮藏量怎么样？煤质如何？找到买家没有？今年冬天的煤价是涨还是降？他们都为钱焦虑，工人的工资拖欠得太久了，再不赶紧把煤发走弄回钱来，不知道哪天刨煤的大镐头就刨到他们的脑袋上了。

"你们早晨醒来，一抬头看见的是太阳初升，"赵红旗对我和小莫说，"我每天睁开眼睛，先得琢磨这样那样的费用，没有个三千四千的，推不开门啊。"

"进钱的时候你怎么不说呢，"小莫跟我说，"有钱的时候，唱卡拉 OK 他给我们一人找三个小姐。"

我们的笑声在山坡上滚动，方磊隔着百十来米，把镜头转向我们，赵红旗踢了小莫一脚。

赵红旗的矿在小煤窑里算大的，除了一个斜井，还有个竖井，他说这个竖井是以前国营煤矿留下来的，现在也能用，但太深了，有二百米呢。

我拽着井边防护用的绳索，探头往下看，黑黑的一柱空洞，通向地心，看得人眼晕。

方磊没敢上去，他是南方人，白白净净的，现在脸色更加苍白，他见我从上面下来，说我："真是个心狠手辣的女人。"

"你知道左拉吧？法国作家？"

方磊说知道名字，但没看过他的作品。

我说左拉有一次去煤矿做实地考察，在一百五十多英尺的井下，看到一匹高头大马拉着满满一车煤在隧道中走，他问向导："你们每天是怎么让这匹牲口进出矿井的？"矿工们以为他在开玩笑，都笑起来。后来发现左拉是认真在问，才回答他说："这马还是小马驹时，还能塞得进我们下来时乘的罐笼时，就被运下来了，这马是在井下长大的，因为没有光亮，一两年后它的眼睛就全瞎了。它在这煤道里面拉车拉到死为止，然后被埋在这里。"

"左拉把这件事情写到了他的小说里面。"我说。

方磊的眼睛湿湿的，转身走了。

周为和赵红旗他们也听见了我的话，谁也没说什么。

我们在山上看到更多的被废弃的矿井，井口边煤渣石成堆地堆着，一度被工人们踩出来的小路重又被荒草覆盖，斜井像个既敞开又遮掩的房间，仿佛是专为罪行和勾当准备的；有一些竖井没有任何防护措施，深度少则十几米，多则几十米，有的井口边上长满了杂草，周为说这些杂草是“塞壬的歌声”。

赵红旗和小莫不知道什么是“塞壬的歌声”，我解释了几句。

“你们文化人，”赵红旗说，“说话带拐弯儿的！

“景乾没准儿能知道。”小莫说。

“你觉得这地方行吗？”我问周为。

“我想要的东西，这里差不多都有。”

周为想在山坡上面找一棵树，不要树林，要孤零零的一棵，越老越高越粗越枝叶如伞越好，最好是梨树。他描述我小说里面的场景，问赵红旗和小莫有没有可能找到。

“就算有那样的树，”赵红旗说，“也早让人砍了。”

临下山前，小莫采了一大把雏菊放到车的后备箱里。

我们回饭店吃午餐，第三次登门，才注意到牌匾上面的五个大字：甜蜜蜜酒家。

饭店里另外有两桌客人，喝得脸红脖子粗的，张景乾坐在他们中间，脸已经是猪肝色了。我们一进门，赵红旗和小莫立刻被人拉过去，一直到我们这边菜上齐了，他们才回来。

“我看你们吃得都不多，”张景乾说，“让他们少炒了几个菜。”

少也还有八个呢，而且桌中央的蘑菇炖老母鸡是用盆盛上来的。赵红旗问喝不喝酒，周为说，下午还要去学校看景，不喝了吧？

“行，不喝就不喝。”赵红旗一边让老板娘盛饭，一边给我们每人倒了杯啤酒，“当水喝，爱喝多少喝多少。”

我们的饭没吃上两口，邻桌有个人拎着三瓶啤酒，带着杯子走了过来，他说他是红旗、小莫镇长——说到张景乾时他冲他嘿嘿一笑，“我有点儿高攀哈，”——的朋友，而我们是他朋友的朋友，当然就是他的朋友。

“朋友肯定是朋友，”没等我们接腔儿，赵红旗先站了起来，很亲热地拍拍来人的肩膀，掏心掏肺说什么机密话儿似的凑近那个人耳边说，“昨天他们喝了两杯啤酒就吐了。这样行不行？他们一人喝一口，剩下的我来。”

“看出来了吧？”来人指指赵红旗冲我们笑，“大哥是个讲究人！”

“那是那是。”我们说。

“别喝多了，就一人一口。”小莫提醒我们。

我们一人喝了一口，赵红旗挨个端起我们的杯子，把酒喝光。

“我也喝三杯。”敬酒的人自己给自己倒酒，啤酒沫像花朵在他的杯子里面盛开了三次，未及凋谢就被他吞下肚去，“这旯旮穷山恶水，有用得着我的地方，吱声！”

他刚回去，另外一个人就走了过来，也是带着三瓶啤酒和一个空杯子。话也说得和前一位差不多少。还是赵红旗替我们挡，我们喝一口，剩下的由赵红旗来。这一位又换来另一位，另一位接另另一位，每个人都过来敬酒，赵红旗、张景乾和小莫轮流上场，有时候，对方还会抢着替我们喝，我们三个人的杯子沾过多少人的口水，已经数不清了。但每次轮到我们三个人喝那表决心似的一口时，我们谁都没含糊。

午饭吃完，已经三点多钟了，为了醒酒，他们让老板娘沏热茶，厨师去市场买了一筐无核野枣，名字叫枣，实际上是微型的奇异果，皮是绿色的，很薄，酸里面夹着甜味儿，是长白山山区的特产。

小莫揭张景乾的老底，说他以前是文学青年。写过诗，其中有一首他还记得，叫《山》：“这山望着那山 / 那山望着这山 / 这山觉得那山高 / 那山看着这山好 / 这山崇拜那山 / 那山爱慕这山 / 这山望着那山 / 那山望着这山 / 地老 / 天荒。”

我们鼓起掌来：“真棒嗳。”

张景乾的脸本来就是紫红色的，也看不出他有多窘。

“我谈恋爱的时候跟我对象动不动就来首诗，弄得她老崇拜我了。”小莫说，“结婚以后她才知道诗是景乾写的。”

下午四点半钟，我们终于要离开“甜蜜蜜”了，这时去学校已经来不及了，赵红旗带我们去看国营大煤矿。

国营大煤矿到底气势不同，井口有十来米宽，高度也差不多有十来米。这张大嘴把整座山变成了巨大的青蛙，沿着井口墙壁点亮的灯光，像一个个泡泡从青蛙的嘴里吐出来。

我们刚好赶上白班工人下班，几百个工人，戴着带探灯的安全帽，穿着覆盖了煤尘的工作服，脚蹬着长统胶靴，手里拎着装着饭盒的网兜，从井口深处走出来，先是黑暗的一部分，然后从黑暗的背景中挣脱，朝我们走来。他们个个高大健壮，几乎都不说话，黑黑的脸让他们看上去既深沉又阴沉。

“这感觉太棒了！”周为激动起来，他盯着工人的模样儿，就好像他电影里的人物要从那中间跳出来似的。

方磊扛着摄像机在拍摄，有个工人经过他身边时，问他：“你们是焦点访谈的吗？”

“不是。”方磊回答。

赵红旗、小莫、张景乾在离我们几米远的地方说着话儿，这时都转过头来朝我们这边望着。

“那你们是哪儿的？”

“电影学院的。”周为回答。

那个工人转身走开，跟另一个人说：“他们是电影学院的。”

随着他的声音在空气中的传播，某种紧张感舒缓开来，仿佛原本有个无形的、巨大的系结，被扯开、抻平了。

晚饭我们又回到“甜蜜蜜”，中午变成了啤酒战场，大家都没怎么吃东西，进门的时候，发现老板娘和厨师在给我们包芹菜馅饺子，菜绿盈盈的，加了很少的精肉，看上去很清爽。

“你真是我肚子里的蛔虫啊，”赵红旗跟老板娘说，“知道我惦记啥。”

“肚子里的蛔虫是宠物啊。”小莫一本正经地说。

“狗嘴里吐不出象牙。”老板娘笑骂，转身跟我们说，“买到山梨了，你们先吃几个，解解酒，开开胃。我这就烧水下饺子。”

山梨个儿小，皮糙肉硬，但味道绝佳，是很硬的时候摘下来，放到一种特殊的蒿草里面捂熟的。

“以前没发现你这么善解人意啊。”赵红旗咬了口梨，冲着老板娘笑，“你就像这梨，越捂越有味道啊。”

小莫的脚在桌子底下朝赵红旗踢，但却踹到了方磊的腿上，他疼得叫出了声，从椅子上直跳起来。

“哎哟，对不起对不起——”小莫说。

老板娘跟厨师收拾好东西，回厨房去了。

“大哥啊——”小莫冲赵红旗说。

“一撅腚就知道你拉什么屎。”赵红旗脸沉下来，做了个让他闭嘴的动作。

“你拉完屎倒是痛快了，”小莫哼一声，“擦屁股的时候别找我啊。”

“在饭桌上呢，”张景乾敲敲饭桌，“文明点儿！”

小莫起身走出去，不一会儿带着一大把雏菊回来，他钻进厨房，弄了个大雪碧瓶子剪成的花瓶装着花，抱出来放到我面前:“送你的。”

“猪脑袋长犄角，”赵红旗哼一声，“净整那洋（羊）事儿。”

吃完晚饭回到小莫家的旅馆，赵红旗他们找了个人，组成了麻将局，周为、方磊和我聊了会儿天。“‘甜蜜蜜’那个老板娘要是能演我们电影里那个三陪，还真行，”周为说，“这个老板娘，成熟体贴、有心机、绵里藏针，对于一个初中男生来说，对付老板娘，就像小鸡跟老鹰叫板，戏剧性多强啊。你写的那个原来看着也行，但一比较，就觉得有些轻飘飘的了。”

“她不会演的，”方磊低头看着小腿鸡蛋大的一块淤青，小莫那一下子还真是踢得不轻。“在这样的地方，演了三陪，她还不得让人说闲话说死。”

“不一定非让她来演，但可以把那个人物朝这个方向改改。”周为问我，“你说呢？”

“行啊，试试吧。”

赵红旗他们打麻将打到了天亮，吃早餐时，没精打采，呵欠连天的。张景乾吃了饭直接去上班了，我们要自己去学校，赵红旗和小莫不肯。

镇中学走路也就十五分钟，建在一个山坡上面，有高高的砖砌围墙，进入大门前有几十级水泥台阶，进门后正对着大操场，大门口往右，麻将牌似的建着四排房屋，每排有八间教室，房屋中间有一条通道，通向后操场，后操场的两边，有长长的水泥砌的厕所。进大门往左边走，是一座二层小楼，是教职工楼。

校长是个五十来岁的女人，矮，胖，既矜持又和善。来之前小莫说，她之所以能在校长这个位置上坐稳当，是沾了她派出所所长弟弟的光。

校长看了周为和方磊的教师证、身份证，也看了我的记者证，她很认真地挨个打量我们，她不相信我们，但又找不出可疑之处。

“是个什么样的电影呢？”她问。

“就像《阳光灿烂的日子》。”周为回答说。

校长没看过《阳光灿烂的日子》，但她显然听说过，电影的名字似乎也让她放心不少。周为又说了这部电影如何蜚声国际影坛，拿了多少大奖之类的话，绘声绘色是他的本事，别说校长，连我这个故事的原创者都忍不住顺着他现在的思路走下去，禁不住去想，真的啊，我们是可以拍成《阳光灿烂的日子》的啊，那也不用“地下”了啊。

我们得到了校长的允许，去初二初三班寻找演员，学生们听说来了拍电影的，都炸了锅似的兴奋起来。先前的几个班都不理想，在初三三班，女班长听说我们的身份和来意后，脸涨得红红的，眼睛紧盯着我们，身子动来动去，唯恐我们的目光会错过她。

“我当然不会错过她，”事后周为跟我说，“这个女孩子张扬、卖弄、渴望名利，还有她那长相举止，再合适不过了。”

但他故意忽略她，目光停留在一个神情羞怯的女生身上。

“你愿意和我们谈谈吗？”周为问她。

她点点头，脸红得像苹果。

我们往外走，走到教室门口，周为像突然想起什么似的，回头看看那个女班长，她眼泪汪汪的，仍然紧盯着我们。

“——你也来吧。”周为说。

女班长低低地叫了一声，她从座位上站起来时，把桌椅弄出很大的响声。加入到我们阵营后，她紧紧地拉住同学的手，两个人交换了一下又惊又喜的目光。

我们来到学校外面的水泥台阶上，校长被市教育局打来的电话叫走了，方磊举着摄像机对着这两个女孩，比较内向、羞怯的，叫孙甜，女班长叫张今芳。

“你们要拍什么样的故事？”张今芳问。

“拍的时候会有剧本。”周为说，“现在还只是看外景和选演员。我们有可能选中你们，也有可能选不中。”

两个女孩子沉默了。

“除了学习，你们有什么业余爱好？”周为问。

“我喜欢唱歌跳舞。”张今芳说。

孙甜没吭声。她是个小美人，很耐看。

“她唱歌跳舞也挺好的，我们开联欢会时，都是一起排练一起演出，”张今芳替孙甜回答，急不可耐地问我们，“如果我们拍了电影，是不是就会像魏敏芝那样？”

“你想像她那样吗？”

“当然想了。”张今芳说，“我很想当明星。”

“你想当明星吗？”周为问孙甜。

孙甜点点头。

“可我不是张艺谋啊，你们会不会失望？”

“不会，”张今芳说，“总归是拍电影啊。”

我们还需要找到一个男孩，这是电影里面最重要的角色。刚才在八个班里挑，没有一个男生适合。

张今芳听见我们的话，推荐她的男朋友，“刚才你还拍他来着，坐在我们班最后那排的高个儿男生。”她跟方磊说。

方磊倒回带子，周为抻头看了看那个男生，“我们考虑考虑。”

周为说，问孙甜，“你有男朋友吗？”

孙甜摇摇头。

“追她的人多着呢。”张今芳说，“比追我的还多。”

孙甜用胳膊肘推了张今芳一下。

“她们行吗？”往回走的时候，小莫问。

“差不多，”周为说，“具体拍的时候，还得好好调教调教。我们想要她们本色出演，只要她们到时候不怵场就行。”

“这样就行了？！”赵红旗问，“那我不是也可以演？”

“可以啊。”周为说，“到时候有什么角色适合真找到你，你可别推啊。”

“算了吧，”赵红旗说，“我可不行。”

我们走下山坡，拐向小莫家的旅馆时，经过一个市场，在市场的头儿上，有个很大的西瓜摊，老板说西瓜是昨天刚运来的，给我们搬来个小圆桌，几个小凳子，老板拿着刀刷刷几下，把西瓜剖好，递给我们。

有个少年在不远处，跟一条大黄狗在玩儿，“蹲下！”“起来！”少年在驯狗，狗要是听话，他从兜里掏出几粒花生米给它，狗要是不听话，他就打狗爪，一边打一边还叫：“打爪！打爪！打爪！”

方磊举起摄像机对着男孩子拍了一会儿，倒过来给周为看。

“你们认识他吗？”周为问小莫。

小莫问西瓜摊老板：“谁家的孩子？”

“老白家的，”老板叫了一声，“白云飞，你过来！”

白云飞回头看看，带着狗过来。人和狗都脏兮兮的，同时也都有股难以言传的快乐和自由。

“你怎么不上学呢？”周为问。

“你是老师吗？”白云飞反问。

“我还真是老师。”周为说。

白云飞愣了一下，上下打量着周为，“——不可能。”他看看方磊，“你们是电视台的吧？”

周为不置可否，问他：“你想不想上电视？”

“我上电视干啥？我也没做啥好事儿——”白云飞说，“也没做坏事儿！”

我们都让他逗笑了，周为看了我一眼，我也觉得他很合适。

“我们是拍电影的，”周为说，“你想不想拍电影？”

这回，白云飞是认认真真地看着我们了：“——我能拍什么？”

“那先不管，你就说你想不想拍？”周为问。

“——想。”

“你走近点儿，”周为说，“看着镜头，你做一个很恨的样子。”

白云飞犹豫了一下，对着镜头瞪了一下眼睛，他脸上单纯的笑容瞬间回缩攥紧，挤压出恶相，还有股狠劲儿。

“再笑一个，越高兴越好！”

白云飞好像还被刚才的情绪控制着，过了一会儿，才笑出来，他的牙挺白的，很整齐。

“我们中午带着他一起吃饭吧？”周为问赵红旗，“我需要和他多接触。”

“你带他睡觉我们也管不着啊。”赵红旗呵呵笑着说。

我们把白云飞带到“甜蜜蜜”，老板娘听说这是我们挑中的演员，很好奇地打量他，厨师也跑出来，他认识白云飞的爸，“后山那个老白，对不对？”

白云飞点点头。

“吃完饭去你家看看，行吗？”周为问。

“行啊。”他很爽快。

赵红旗和小莫还是陪着我们，他们把车开到山脚下，说好了在这里等，我们就单独跟白云飞走了。山坡上面的房子错落地建着，每家都有前后院，方磊跟白云飞落在后面，嘀嘀咕咕的，周为低声跟我说：“他们聊私生活呢。”

“这个小家伙挺有点儿意思的。”

刚才吃饭时，白云飞承认自己有女朋友。不过不在这里，在另外一个镇上，他经常沿铁路走两个小时去看她。

“我今晚还去！”他说。

他等不及要把自己要演电影的消息告诉她。

白云飞的家在一个歪歪扭扭的胡同里面，院子里面种着棵沙果树，小果子结在树上，正在从青转红，房子是三间红砖房，挺破败的，后院子里种着的向日葵，有两三棵长疯了，一直窜到房顶上，黄艳艳地仰脸追逐着太阳光。

周为和方磊激动得不得了，四处找角度拍向日葵。

一个中年女人走出来，看到那么多陌生人跟着儿子回来，其中一个还扛着摄像机，吃惊不小。

她的眼睛跟白云飞很像，年轻的时候，想必也是让很多男人心动过的。但长期的愁苦在她的脸上生了根，改变了她的容颜，她的薄嘴唇紧紧地闭着，像两片小刀子。

我们为这样贸然登门跟她道歉，她点点头，恨恨地盯一眼白云飞。我们说要请她的儿子演电影时，她又惊奇地打量他，好像突然之间他变陌生了。

白云飞家所有的一切，都沾着煤味儿，走进屋里，仿佛夜晚提前降临了。墙壁发黑，厨房炉子上面的墙壁则是墨黑，上面浮着很厚的煤粉和灰尘，炉子上的饭锅和水壶，被煤烟熏得乌涂涂的。橱柜里面的盆盆罐罐，盘子碗筷子非残即旧，既旧且残。

房间一共有三间，两间带窗子的房间，家具很少，无非是地桌，木凳和箱子，箱子上面摞着被褥。在厨房的旁边有一间很小的房间，开门就是炕，没有窗，炕上面坐着个女孩子，光着身子，皮肤黑黄，表情憨痴，瞪着跟妈妈和哥哥很像的大眼睛，“咯”地一笑。

我的心一紧，好像被她的笑容咬了一口。

白云飞的妈妈过来，抬手放下了门口的布帘。

“生下来就傻。”她跟我说话，眼睛却望着方磊。那个摄像机似乎让她很不安，仿佛那个是枪口。

“如果我们用白云飞，”我悄悄问周为，“会给他多少报酬？”

“没多少，”周为说，“意思意思而已。”

我们离开的时候，白云飞也要跟我们走。

“你留在家里吧。”周为说，“我们一个月后回来找你。”

“你们肯定会回来吗？”他问。

“当然了。”周为笑笑。“你得好好上学，好好听父母的话啊。”

白云飞点点头。

赵红旗和小莫在车里睡着了，老远就听见他们的打鼾声。我们说演员定了，景也看了差不多了，今天晚上就走。

他们不让，“哪能说走就走？”赵红旗说。

“反正一个月后就回来了，还有不少工作要准备呢。”周为说，转向小莫，“你们家旅馆别住外人了，都给我们留着。我提前一个礼拜跟你联系。”

小莫说没问题，他马上开始修浴室。

我们在松树镇的最后一顿饭吃得像年夜饭，赵红旗张景乾小莫都喝了不少酒，我们也各尽所能地喝，老板娘陪我们坐了半天，跟我们每个人都单喝了一杯。

“这顿饭我请客！”她强调。

“我们回来的时候，”周为说，“得把你这儿变成剧组食堂了。”

“那是我的光荣啊。”老板娘爽快地说，“放心吧，我不挣你们钱，就收个工本费。”

我们去车站的时候，张今芳和孙甜不知道从哪儿听来的消息，跑来送我们。

“你们一定会回来的吧？”她们问了一遍又一遍，火车开起来时，张今芳一边跟着火车跑，一边还在问。

“一定。”我们跟张今芳挥手，跟孙甜挥手，跟赵红旗张景乾小莫挥手，跟松树镇挥手。我们确实以为我们会回来，在一个月后。但我们没有，三个月后也没有，三年，十年。我们没再去过松树镇。

今年冬天下第二场雪的时候，我接到陌生人的电话，他先确认了我的身份，接着说自己是警察，直到他提到孙甜，提起松树镇，我才明白这不是哪个朋友跟我搞恶作剧，“我们想请你来一下。”警察说。

我出门的时候，雪已经下了半尺了，雪花很小，散落成了棉絮末，落到皮肤上，点点滴滴的湿凉。我站在街边打车打了好半天，很后悔刚才拒绝他们派车来接我。最后我主动提出加钱，才有司机愿意拉我去铁北监狱。

接待我的警察姓刘，电话也是他打的。他在市局负责普法教育方面的工作，正在拍的专题片里面涉及孙甜的案子，孙甜拒绝合作，除非他们安排我跟她见面。

“她干了什么？”

“杀了她男朋友。”

刘警察带我进了一个小会客室，房间不大，放了一张很大的桌子，椅子是折叠的沙发椅，墙上没贴“坦白从宽，抗拒从严！”的条幅，刘警察给我沏茶前还问了我一句：“天冷，喝乌龙茶吧？”

我说好，“她为什么杀她男朋友？”

“她跟电视台台长有暧昧关系，被她男朋友发现了，小伙子要把事情捅出去，她就杀了他。”

刘警察打了个电话，让人把孙甜带过来。他把沏好的茶放到我面前，纸杯有些烫，茶是好茶，暖香袅袅。

“被捕前孙甜在电视台当主持人。是招聘的。她原本希望能通过台长的关系，把自己调进省台呢。她很漂亮，又上镜，拍专题片真是可遇而不可求。”

门外有人敲门，两个警察带着孙甜过来，一个说了几句就离开了，另一个跟孙甜并排坐在了桌子对面。刘警察给他们一人一杯茶，然后走到旁边，打开了录像机，我看了他一眼，但他并未做任何解释，好像这是一件理所当然的事情。

孙甜穿着囚服，头发和脸孔都很干净，眼睛比我记忆中要大，也更亮。她坐在我对面，打量着我，确认我是当年到过松树镇的那个人以后，问我：“你们怎么没来拍电影？你们不是说一定会来的吗？”

“投资方撤资，我们也没办法。”我没说我们拍的是个地下电影，是个烧钱的玩意儿，投资方的艺术热情燃烧了一阵子就清醒过来了。

“我们一直等你们来！”孙甜说。

“——对不起。”

“谁都知道我们要拍电影了，谁都问我们，在电影里面要演什么。”孙甜看着我，“我们不知道电影里要演什么。你现在告诉我，那个电影讲的是什么故事？”

那是十年前的剧本了，有些细节连我自己也记不清楚了。但我不能不回答孙甜的问题，“是煤矿里的几个初中生，白云飞扮演的男生跟你还有张今芳扮演的女生是同学，白云飞很喜欢你，但你却跟体育老师好上了，还怀孕了，他为了帮你忙，去找张今芳借钱，在电影里，张今芳的爸爸是小煤窑主，很有钱。张今芳不肯借钱给白云飞，说话还很刻薄，把白云飞给惹火了，他就想绑架张今芳，跟她爸爸要钱，张今芳逃跑时，掉到了一口废弃的矿井里。白云飞去勒索张今芳的爸爸，被警察抓住了，他到底也没能帮上你——你演的那个女生的忙。”

“什么破剧本！”孙甜沉默了一会儿说，“难怪拍不成。”

“她是怎么干的？”他们离开后我问刘警察。

“她开车撞死了他。被人看见了，还记住了车号。”

“——她会死吗？”

“——谁都会死。”刘警察笑了一下。

警车开了两个多小时才把我送回家。外面黑沉沉的，我的脸映在玻璃上面，闪闪烁烁，表情则是支离破碎的。

我下车时，雪也停了，地面上的雪如新铺的被褥，闻得到淡淡的，清冷的芳香。

桔梗谣

/// 金仁顺

忠赫放下电话，心脏怦怦怦地跳着，他的手发麻，抽了两下，才把纸巾从盒里抽出来，吸掉眼窝里的泪水。

忠赫到衣橱里找了件新衬衫，拆包装时，手指头被大头针扎出了血，血滴黏稠，像颗红豆。新衬衫折痕明显，浆过的衣领卡着后脖颈，忠赫又脱了下来，换回了平时穿的旧衬衫，弯腰穿鞋的时候他动作有点儿急，脑子里面忽悠一下，眼前有些发黑。“慢点儿，慢点儿！”他提醒自己，扶着墙壁慢慢直起身。

春吉不在家。退休以后，她跟小区里另外几个女人组成了麻将小组，每天三四个小时，在几家轮番打打。在他们家打麻将时，春吉总是留朋友们吃饭，冷面啦，野菜酱汤啦，蔬菜肉丝面片啦，她兴致高昂地让人吃这个吃那个，哪怕是盘炒土豆丝，好像经过她的手之后，就变成了世间难寻的美味。

忠赫想象不出秀茶如今的模样儿。在朝阳川的时候，他家和秀茶家隔得不远，房前屋后种着几十株梨树，每年梨花盛开的半个月里，他们会被一场阳光晒不化的大雪掩埋住，天黑以后忠赫站在自家窗口朝秀茶的房间望去，她有时是雪国里的仙女，有时则变成灯笼里面的灯芯。四十年过去了，他的腰围变过好几个尺寸，头发灰白像黎明的天色，好在，他的腰杆还是拔得直直的，这是几十年如一日，坚持每天走路一个小时的馈赠。

在候车室的门口，在嘈杂的声音、难以形容的味道以及流动的色彩中间，忠赫还没从出租车上下来就看到了秀茶，穿着紫灰色套装，和以前一样苗条，肤色也还是白得像豆腐，皱纹没把她变丑，把她变温柔平实了，像穿旧揉皱了的棉麻布衣服。忠赫胸口闷闷的，像压上了石磨——以前在朝阳川时，他家院子里就有一盘，清晨或者傍晚，他和秀茶常坐在石磨边儿上做作业。高中毕业以后他们也还保留着在石磨边儿看书的习惯，大多是从县图书馆借来的小说，里面写些什么他早就忘了，但他记得秀茶边看书边哼的歌儿：

白色桔梗花啊紫色桔梗花，站在山坡下，花像海洋从天上飞流而来，漫山遍野，凝神细看，白色桔梗花啊紫色桔梗花。

“忠赫——”

秀茶的微笑近在眼前，但转眼就浸到了湖水里面。忠赫抹了一把泪水，秀茶的眼睛里也泛起一片水雾。

秀茶参加了她所在城市的夕阳红艺术团。在第四候车室里，有她二十九个同伴。“我们刚从长白山旅游回来，在这里换火车。”

他们只有一个多小时的时间。

忠赫带秀茶去了候车室旁边的咖啡座。那里卖的咖啡是速溶袋装咖啡，忠赫把服务员叫来，又要了两杯铁观音。他还点了牛肉脯、鱿鱼丝、话梅，“这个茶太硬，稍微吃点东西，要不胃会不舒服。”

秀茶笑了：“你还是那么细心。”

“你怎么找到我的？”他问她。

“想找总能找到。”她说。

他很惭愧。他没找过她。但他从没忘记过她。有好几年的时间，每晚临睡前一个小时，他给妈妈按摩手臂和腿脚，老太太翻来覆去地回忆朝阳川的陈年旧事，忠赫能在妈妈提到的每个人身后、每件事中间看到秀茶。“累了吗？”他离开时，老太太问他。或者是，“天天这么按来按去，还要听我唠叨，烦死了吧？”

“我愿意给妈妈按摩到一百岁。”忠赫真心真意地这么说，这是他跟秀茶相处的时间，怎么会累、会烦呢？

忠赫难得发脾气，但春吉训斥女儿时除外。每次女儿透过责骂眼泪汪汪地朝他转过脸，他都会看见秀茶的委屈，他用更阴沉更难看的脸色回应春吉，拉着女儿出门，带她去饭店吃饭，买礼物给她。

“小时候我很恨你，”儿子有一次对他说，“你对妹妹好得恨不得含到嘴里，而我就像你要吐出去的什么东西。”

“女孩子当然要娇惯一点儿。”他说。

他从小就习惯了对女孩子好。他跟秀茶上学时，碰上泥泞难走的路，他都是背着她过去的。她伏在他的背上，让他想起一只收拢翅膀的鸟。春天的时候，忠赫给秀茶编蝈蝈笼，为了把干玉米秆破成细条，手指头划出好多道细口子，洗手时疼得龇牙咧嘴的。有一年端午节，他给秀茶采染指甲用的酸浆草时，被蛇咬了，幸亏是草蛇，毒性不大，他妈妈吓得半死，抱着他的腿用嘴往外吮毒液，吮得嘴唇都肿了。秀茶的父母在旁边看着，摩挲着手帮不上忙，被忠赫妈妈的身体语言羞臊得满脸通红。

忠赫的妈妈二十一岁守寡，独自把忠赫带大，供他读书到高中毕业。忠赫的衣服永远是干干净净的，哪怕只有一套衣服，也是晚上洗好晾干，早晨干净整齐地出门。

老太太一辈子只对忠赫提过一个要求：娶春吉。

“我喜欢她的大脸盘儿，福相。”老太太说，“屁股也长得好，能生出好孩子来。”

如老太太所言，春吉生了两个好孩子。在孩子长大的过程中，春吉像发面的面团儿一样越来越浑圆，睡觉时呼噜打得一嘟噜一串儿的，忠赫常会梦见自己站在秋天的稻田地里，风吹稻浪，像涛声一样响亮，他变成了稻草人儿，破衣烂衫，伸着胳膊，眼看着秀茶从田埂上走开却叫不出声来。

去年刚退休的那几个月，忠赫着了魔似的想念秀茶家的豆浆。那间老豆腐房光线昏暗，地面上水渍渍的，刚点出来的豆腐在豆腐包里颤颤巍巍地抖动。豆浆装在粗瓷盆里，他和秀茶往里面撒几粒糖精，每天上学前喝得肚子胀胀的，打嗝时嘴里有一股豆香味儿。忠赫跑遍了城里所有有豆浆卖的地方，发现那股鲜嫩的味道再也找不到了。

“嫂子好吗？”

春吉和忠赫结婚那天，秀茶是以他妹妹的身份，拿着木瓢，隔着喜桌——让一对木头鸳鸯，一对蒸熟的、嘴里叼着整支红辣椒的公鸡母鸡，各种糖果、水果、鲜花，还有十几种糕饼摆得满满登登的——朝新娘子伸过来，春吉把一大捧糖果扔进去。后来忠赫听说，秀茶把糖讨来后钻进树林，一颗不剩地全吃光了。她把糖纸用熨斗熨平，折了个鸳鸯放在家里的窗台上。

秀茶结婚时，忠赫天不亮就起来，跟另外几个小伙子一起在院子里打打糕，刚蒸熟的糯米米粒晶莹剔透，像颗颗泪珠，他们用的木锤三斤半重，要几万锤才能把这些泪珠打成死心的一团。

秀茶的男人姓尹，是部队转业干部，虽然年轻，但自有一股慑人气势。他跟秀茶订婚的时候，忠赫也在酒桌上作陪。男人们在酒桌上喝酒，女人们的饭摆在豆腐房那边，酒喝到一半时，秀茶被她爸爸叫过来，给客人们敬酒，她低垂着眼睛，睫毛像副门帘，敬酒的时候手在发抖。忠赫从来没喝过那么难咽的酒，酒里面带着锯齿，每一杯喝下去，都是一道伤口。

秀茶说，老尹五年前得过脑血栓，治疗得很及时，现在走路什么的，都不影响。儿子给她雇了个全职保姆帮忙照顾。

“他叫万宇。”秀茶说。

“——我去见秀茶了。”

忠赫换了拖鞋，径直走进他的房间——孩子们自立门户后，他们就分房睡了——墙上挂着老太太的照片。是她过六十大寿生日那天拍的，她穿着雪白的朝鲜族服装，领口袖口镶着白色丝缎，胸前的蝴蝶结打得端端正正，头发梳得一丝不乱，别住头发的簪子是忠赫用根木筷子雕刻成的，打磨，上漆，再打磨，花了整整一个星期。

老太太目光幽深地望着忠赫。

老太太去世前的两年，喜欢坐在放在阳台的藤椅里，眯着眼睛望着远处的长河，黄昏时，阳光像泼洒的蛋黄覆盖在河面上，流淌的河水涌动如大蛇，一口口吸光蛋黄汁，直至把整个太阳都吞下肚去。

忠赫陪着老太太坐着，太阳往下落时，他想起很久以前跟秀茶坐在长满红菇茑的山坡上，她用细草棍儿把菇茑的筋络和籽粒从小米粒大小的洞里挑出来，把空空的薄如蝉翼的菇茑壳放在舌头上，像小灯笼那样吹满它，又用牙齿把里面的气挤出去，然后再吹满，再挤出去。她给他也弄了一个，那个小小灯笼似的壳，落在他的舌尖上，酸甜味道中夹杂着苦味儿，为了把它吹满气儿，他全身所有的力气都用上了。

“——你去见秀茶了？”

春吉还站在门口，忠赫朝她转过头时，她把手里攥着的东西朝他用力地扔过来，但那东西轻飘飘地，隔着老远就落到了地上。

“我以为你出车祸了，要么就是心脏病，脑出血。你去见秀茶了？！你见秀茶不能打个电话？！不能留个纸条？！”

忠赫看着春吉，她的脸涨得通红，眼泪从眼眶里跌出来，漫漶在脸上。春吉如此愤怒，却连忠赫的衣角都没沾到，像那个飘到地上的布袋子一样。刚才他坐在车里回家时，司机跟他说话他也是反应了好一会儿才回答。

“——这不是回来了嘛。”他说。

“回来了？”春吉冷笑一声，“魂儿呢？跟着秀茶走了吧？”

她说得对。他的魂儿就像块骨头，被秀茶的话叼走了。

忠赫不想跟春吉吵架。他们之间使用的语言从来没什么暴力，多年来跟妈妈一起生活，忠赫觉得骂了别人，自己会更加难堪。话说回来，春吉也是个温和的女人。他们上次闹不高兴是一个多月前，春吉请朋友们在家里吃烤牛肉，好几个小时以后家里还飘荡着烤肉的味道，忠赫去厨房烧开水时，发现水壶上面覆盖着油腥儿，他生起气来。

晚上吃饭时，春吉做了油焖带皮小土豆和凉拌黄豆芽，饭是白米里面加上了松仁核桃仁芝麻红豆，用石锅蒸出来的，掀开盖子，清甜气息扑面而来。忠赫一闻到饭香，火气就没了。

孩子们相继打电话回来，春吉明明在客厅，电话仍然响个没完，忠赫只好用分机接。“你去哪里了？让妈妈担心得要命。”

孩子们跟忠赫说完，要跟妈妈讲话，忠赫去客厅叫春吉，春吉眼睛盯着电视，不接他递过去的电话。

“你妈还生气呢。”忠赫跟孩子们说。

“那你就想办法将功赎罪吧。”孩子们笑着放了电话。

地方台每天晚上播三集韩剧，剧目不同但故事都差不多，不是两兄弟爱上同一个姑娘，就是两姐妹爱上同一个男人，要么就是两兄弟爱上了两姐妹。这些荒唐可笑的故事，动不动就让春吉鼻涕一把泪一把的。

“你多大岁数了还为这些东西哭哭啼啼的？”忠赫笑话她。

“你知道什么？！”春吉回敬他。

他知道什么？！那她呢？离开朝阳川以后，她偶尔还和镇里的人联系，而他是决意跟所有人都断了联系的。

看完电视剧春吉也不睡，客厅里灯光亮着，在门缝下面透一截进来。

忠赫去卫生间时，看见春吉把前几天别人送的新鲜沙参从冰箱里拿出来，沙参疙疙瘩瘩的厚皮跟鳄鱼皮差不多，要用小刀一点点剥下来才行，他从卫生间出来时，“——秀茶也老了吧？”春吉忽然冒出一句。

“像她那样的眼睛，老了的时候眼皮会耷拉下来把半个眼睛盖住。”

春吉心地不坏，忠赫也知道他顺水推舟地说句话就会让她消气儿，可他们谈论的是秀茶啊，“她现在也还很漂亮”。

“她就是太漂亮了，”春吉说，“妈妈才不让她当儿媳妇的，妈妈说，三岁看到老，秀茶那个长相身段儿，不会有好命的。”

“妈妈还说你是个厚道人，心眼儿好呢。”

“你这是什么腔调啊？”春吉朝他扬起脸，春吉手里的那把刀他几天前刚磨过，锋刃摸起来像冰茬儿。“我说秀茶坏话了吗？”

“我也没说你说她坏话啊。”

“秀茶本来就过得不好嘛。”春吉说，“她男人老打她，孩子被打流产过，还有一次打折了肋骨，她回娘家养了两个月呢。”

忠赫的胃里面就像刚喝了一大碗热辣椒水，身上却打冷战似的哆嗦着。他盯着春吉，想用目光戳穿她的谎言，让她把说过的话收回去，但他的目光遭到了回敬。

“你不相信？”春吉说，“朝阳川谁都知道。”

谁都知道，但他不知道。但如果他知道，他会怎么样呢？他有勇气去把秀茶从那个人身边带走吗？秀茶在挨打的时候，期待过他的到来吗？既然连春吉都知道秀茶的事儿，秀茶肯定觉得他知道她的状况。

“他们闹了大半辈子，上了法庭，总算离了婚。那个男人离婚以后天天喝酒，别说当领导，连工作也丢了，还得了脑血栓，不知道秀茶怎么想的，放着清净日子不过，又回去侍候那个男人去了！”

他怀疑春吉和秀茶说的是不是同一个人。今天秀茶说起老尹时，就像说一个乖巧听话的孩子。还说儿子有空的时候，带着他们去动物园、水族馆、游乐场，拿他们当小孩子哄。

“——秀茶的儿子，”他嘴里发干，吐出来的字像一颗颗火星，“叫万宇，是吧？”

春吉抬起头，他们对视着，都看到了更多的东西。

“——可能是吧。”春吉又埋头剥起沙参来。

忠赫回到房间，直接走上阳台。阳台上面凉飕飕的，大河边儿上新近开发了好多楼盘，他们刚搬来这里时，河堤是石头垒出来的，石头缝里长着杂草，现在已经被水泥堤坝和成排的丁香树取代了。春末夏初，白色和紫色丁香花开得烟一片雾一片，让他想起朝阳川漫山遍野的桔梗花。但现在什么也看不见。黑黪黪的，一团虚无，风的手时轻时重地在人身上摸索一阵。

“秀茶找你干什么？”春吉跟过来，问他。

他很高兴他们站在黑暗里，这样的光线，话比较容易说出口，“万宇下个月结婚，秀茶邀请我们去参加婚礼。”

“我们的孩子结婚时她没来啊。”春吉说，“她儿子结婚倒要我们去随礼？！”

春吉让女儿挑了一家有名的美发店，花好几百块钱烫了头发，没过几天又剪掉了，只留下些发卷儿。

“那不是白花钱了？”忠赫问。

春吉说就是这么个过程。她离远了让忠赫看，“这个发型显瘦吧？”

忠赫什么也看不出来，但很肯定地回答：“瘦了不少呢。”

春吉还让女儿买回一摞面膜，每晚看韩剧时敷，白煞煞的面膜覆盖着整张脸，眼睛、鼻孔以及嘴唇抠出几个洞，忠赫第一次看见时吓了一跳。

“你抽什么疯？”

春吉在面膜下面白了他一眼。

春吉买衣服买鞋子，连内衣也买了好几套。“爸，你初恋情人到底有多漂亮？看把我妈折腾的。”女儿进门后把几个纸拎兜扔下，“大”字型扑倒在沙发上，“老妇聊发少女狂啊。”

“我这个月的业绩算泡汤了——”

“陪你妈买买东西就这么不耐烦，”忠赫说，“养育之恩可不是嘴皮子碰碰就报答的啊。”

说是这么说，忠赫也觉得春吉过分。她连饭也不吃了，每天细嚼慢咽一个苹果。自己不吃，给忠赫做饭也对付，一个星期让他吃了三顿泡菜肉丝炒饭。她还建议忠赫跟她一起喝淡盐水，吃苹果。

“胃肠也需要大扫除啊。”春吉说。

出发的前一天，春吉染了头发，染发膏的盒子上面把她染的颜色叫“甜蜜焦糖”。他跟春吉抱怨，她头发上那股蜡烛融化的味道让他吃不下饭。

“是要见到万宇了，紧张的吧？”春吉说。

春吉经过这些日子的捣腾，像变了个人似的，不光外貌，她说话做事，也变得不大一样了。

“说你的头发，关万宇什么事儿？”

“嫌弃我？”春吉拉下脸来，“我还不去了呢。”

她把门在身后摔上。

“我也没说什么啊。”忠赫推开门，“你发什么脾气？！”

“想想就窝囊，”春吉别扭起来，“你们做的好事儿，过了四十年拿出来展览，我还要去捧场？！”

忠赫刚要开口，被春吉“没有这么欺负人的！”吼了回去。

忠赫没辙，把儿子女儿叫了回来，两个孩子跟春吉关上门说了两个小时，儿子先出来，压低声音跟忠赫说：“同意去了。”

“明天我开车送你们去。”儿子说。

他们在沙发上坐了一会儿，儿子忽然笑了，忠赫看了他一眼：“你笑什么？”

“——没什么。”

又过了半个多小时，女儿眼睛红红地出来：“明天我也去。”

她跟哥哥一起回家，忠赫送他们出门时，女儿扭头看看他，凑到他耳边低声说：“我都有些等不及要见见这位哥哥了。”

她叫得那么自然，忠赫心里雷一阵雨一阵，眼睛湿了。

第二天他们一早出门，忠赫和儿子坐前面，女儿和春吉坐后面。女儿先是把春吉从头夸到脚，仿佛她是个大明星似的，然后又说，他们四个很久没单独在一起了，“就像去春游”。

“秋游。”儿子纠正她。

“管他春夏秋冬的呢。”女儿一路张罗，吃这个，喝那个，说从原野上卷起的晨雾像棉絮似的，突然又指着沐浴在阳光中的枫树尖叫，“看那棵树啊，像烧着了一样！”

“别一惊一乍的。”春吉训她，从昨天晚上孩子们离开，忠赫总算听到她又开口说话了，“你也是当妈的人了。”

他们直接去了酒店。两个男人先下车，女儿在车里帮春吉补了补妆。

“他和我，谁大？”儿子问忠赫。

“——你比他大几个月吧。”

他们坐电梯上楼，连女儿都变沉默了。电梯门一开，忠赫就看见了秀茶，一个女人正拉着她往大厅里走，她用眼角余光看见他们，一下子站住了。春吉也看见了秀茶，脸色发白。

秀茶裙摆阔大，衣带飘飘，像踩着云彩奔过来，老远就冲春吉伸出了双手。两个女人加起来一百二十多岁了，抱着对方，像小孩子一样哭了起来。

刚才拉秀茶进厅里的女人过来，有些摸不着头脑：“怎么哭起来了？时间到了快进去啊。”

秀茶没理她，用纸巾替春吉吸了吸眼泪，目光在忠赫脸上一掠而过，落到他的一双儿女脸上：“你们都这么大了。”

他们一起鞠躬，给她行礼问好。

秀茶把他们拉起来，眼泪又涌出来。

女人拉秀茶一把：“都等着呢。”

“我们一起进去。”秀茶拉住春吉，带着他们往厅里走。在门口遇到手挽手的新郎新娘。

忠赫嘴唇发干，全身微微颤抖。万宇个子挺高的，穿着黑西服白衬衫，胸口别了一朵粉色玫瑰花，他的单眼皮、高鼻梁、略厚的嘴唇跟忠赫一模一样。看到忠赫时，他的表情一凛。

春吉只顾打量万宇，踩到了秀茶的裙子，差点儿把她绊倒。

“快点快点。”女人不停地催促着，推着他们这一群人先进去，秀茶先把他们送到预留的贵宾席上，才坐到礼堂中间新人家长的位置。忠赫看到老尹，坐在秀茶椅子旁边的轮椅里面，头发剪得短短的，胡子刮得干干净净，黑西服白衬衫，领带很漂亮，半边身子不动，另外半边不停地颤抖，他的眼睛盯着一个固定的方向，嘴唇哆嗦着，忠赫怀疑他还能不能完整地说出话来。

司仪宣布吉时已到，婚礼开始，全体贵宾起立，迎接新人出场。音乐响起，不是通常的婚礼进行曲，而是一组朝鲜族民谣，来宾们和着主持人鼓着掌，看着新郎新娘款款走过撒了玫瑰花瓣的地毯，一直站到台上。

司仪开始介绍新娘——他身后的大屏幕随着他的介绍，展示出新娘从婴儿直至眼下各个时期的照片——她是艺术学院的舞蹈老师，今年二十八岁。父母的掌上明珠，聪明伶俐，从五岁开始就被人追，为了万宇她至少伤了一万个男人的心。主持人的话引来阵阵掌声，年轻人聚堆儿的几桌不时传来叫好声。新娘之后介绍新郎，万宇从小聪明过人——忠赫紧盯着大屏幕上的照片，这孩子小时候非常瘦弱，有些惊恐地瞪着镜头；五六岁以后，他好像不那么怕照相了，其中有一张照片活脱脱就是忠赫小时候的模样儿；七八岁的时候，他一脸忧郁，肯定是个不爱说话的孩子；十几岁的时候，忧伤、内敛变成了他表情里固定的一部分；二十岁左右，他的眼神里面有了冷峻、沉着的东西，长成了男人了——他以优异成绩考入北京纺织大学，十年前创建了自己的企业，现在企业已经有固定的六七百名员工，产品不光在国内销售，在韩国、日本，乃至东南亚市场也逐渐打开了局面。“为什么现在才结婚？”主持人把话筒伸向他。

“本来没有结婚的打算，”万宇说，冲新娘笑笑，“一不小心被俘虏了。”

酒宴持续了很长时间。

万宇带着新娘过来给忠赫和春吉敬了酒。新娘近看更漂亮，敬酒的姿态很优美，嗓音甜甜地管忠赫春吉叫“舅舅、舅妈”。秀茶应付了一阵客人后，推着老尹过来，忠赫跟他握了握手，老尹的手比他想象得有力量，然后保姆就带着老尹先回家了。

那些年轻人打开了音响，一边吃饭喝酒，一边唱歌跳舞。

秀茶和春吉说起过世了的忠赫妈妈，两个人泪眼汪汪的。忠赫第一次听说，秀茶当年生万宇时，月子没坐好，差点儿丢了命，是他妈妈买了熊胆托人送过去的。

“你长得很像你奶奶。”秀茶拉着忠赫女儿的手，感慨地说。

忠赫去了一趟厕所，万宇在洗手，他们的目光在镜子里相遇，忠赫冲他点点头，走进厕所，解裤带时，他的手抖得很厉害，花了平时两倍的时间。他摸到了裤带里面的信封，除了由春吉带着的三千块钱礼金，他把自己的两万块私房钱全提了出来，他知道万宇不缺钱，但他不知道，除了钱，他还能怎么表达自己的感情。

出来时，万宇用纸擦干了手，还扯出两张递给忠赫。他们一起走出洗手间，万宇掏出烟盒，抽出一支双手递给忠赫，然后又拿出打火机给他点着。

“——对不起。”忠赫抽了口烟，他说话时，刚好咳嗽起来，他怀疑万宇压根儿没听见他说了什么。

忠赫摸着裤子里的钱，刚要拿出来，有人脸喝得红红的一把抓住万宇，把他拉回大厅，万宇匆忙中回头冲忠赫点了点头。

忠赫回到礼堂，一个女人站在圆桌子上面拿着麦克风在唱歌，桌子周围里三层外三层的是跳舞的人，先是《阿里郎》，然后是《桔梗谣》：

白色桔梗花啊紫色桔梗花，站在山坡下，花像海洋从天上飞流而来，漫山遍野，凝神细看——

忠赫回到桌边儿，秀茶和春吉脸红扑扑地跟着唱：“白色桔梗花啊紫色桔梗花。”唱完后两人搂在一起，咬着对方耳朵说着什么，春吉边笑边指着酒杯冲女儿叫：“倒满倒满。”

女儿给她们倒上酒，扭头冲忠赫做了个鬼脸，说：“她们已经约定了五十件事儿了，要去给奶奶上坟，要回朝阳川豆腐房做一次豆腐，要摘梨，还要在明年春天的时候去看梨花……”

小村“总统”

/// 孙春平

一

山坡上有一垛饲草，是老爹郭顺成霜降后一边放羊一边割的，垛在那里备作大雪封山时的饲料。郭金石在草垛上委出一个窝，躺在那里晒太阳，望蓝天，听风声呼呼地在山坡上掠过。

耿家屯就在山脚下，百十户人家，错错落落地贴山而建。村前就是庄稼地，虽说不上一马平川，但起起伏伏的也说不上贫瘠，种高粱有米饭吃，种苞谷有饼子啃，种大豆榨油做豆腐，种啥得啥，得啥用啥。一条乡路飘带似的甩向很远的地方，骑上两个钟头的车子，就到了县城里。按说，耿家屯不该还是眼下这种灰土土的穷样子。郭金石当兵时的那个坦克团也建在这样的丘陵地带，可附近的屯落都种果树，养肉牛，还扣了一片连一片的大棚。站在山上往下看，那蔬菜大棚白亮亮的犹似一片永远不会融化的瑞雪，又像一洼又一洼清亮亮的水塘。隔三岔五见有大大小小的各种车辆不时开到屯里去，装满了茄子、黄瓜、西红柿，再轰轰隆隆地开往远方。大棚好像工厂里的车间，不断有产品输出的屯落自然很趁钱，富得流油。去年秋上，屯子里家家户户比赛似的买摩托，听说一个屯子一家伙就买了五六十辆。部队再训练时，屯里的姑娘小伙子疯骑着屁驴子追坦克车玩。

可耿家屯的姑娘小伙子们哪有人家玩得潇洒？！躺在山坡上，可以看到屯里墙根下，坐着许多晒眵眯糊的人，年轻人和老头老太太们混在一起，或东家长西家短地扯闲篇，或在地上横画五道，竖画五道，拣几块石子撅几节秫秆节，就玩起了那最原始的棋弈。更多的是躲在屋子里，整日整日地“搬砖”（打麻将）甩扑克，都动点输赢，玩急了就掀桌子，甚至舞菜刀抡棒子，对掘一阵祖宗后再坐回桌前一赌高低。郭金石回屯后没几天就拉过一回这样的大架，闹得村长耿老德都去镇唬了一阵，走时又吐唾沫又跺脚地骂：“妈的，脸都叫熊瞎子舔去了！玩，玩吧，看你们啥时候玩出个头！”其实耿老德也玩，那天就是在牌桌上找到的他，而且一玩就是三星横空，小鸡子叫头遍。也是他的话：“这一大冬天，不玩干啥去，挠墙根子啊？比偷鸡摸狗扯哩哏啷强！”

刚回屯里的头几天，郭金石走东家，串西家，挨家去拜那些远的近的沾亲的和不沾亲的三叔二大爷婶子大娘们，接着昔日下河摸鱼上山掏鸟的伙伴们就拉他去喝酒。劣质老白干，一捧花生米，你一口我一口地抢着酒瓶子嘴对嘴地灌，喝得红头涨脸五迷三道了，就又拉他上麻将桌。喝酒他不推辞，怕冷了肩头齐的弟兄们的情意，可麻将他却坚决不上场，只说部队上不让玩这个，手生，待见习见习再上场演练。一来二去地，伙伴们不再勉强他，那种热热闹闹的客气也渐渐地淡了。

他去过两次村长耿老德的家。耿老德叫耿德贵，是村支书，又兼着村委会主任，是个直来直去的实在人。但乡亲们不叫他支书或主任，只叫村长，把村委会则几十年一贯制地仍叫着大队。郭金石想给耿老德提提建议，说咱屯咋不扣大棚？那玩意儿见效快，贼来钱，何必人人都闲着晒眵眯糊“筑长城”？耿老德说，乡里也组织我们去外地参观过，我也知道那玩意儿来钱，可投资太大，出手吓人一个跟头。扣棚又是竹竿子又是薄膜的，外加找人垒大墙，哪个棚不得万八千元钱呢？郭金石说，要是屯里人往一起凑凑，先弄起一个两个的，有了示范，就不愁三个四个了。耿老德说，先给谁凑？挣了好说，赔了可找哪个坟头哭妈去？又说，地都分给各家各户了，按地的薄厚，村东三根垄，村西五根垄，羊拉屎似的，散不拉叽的能扣棚？郭金石说，我们部队旁边的那个屯子，为扣棚，把地又收回来重新划分了，改条条为块块。耿老德说，电匣子里早讲了，土地一包到户，三十年不变，我耿老德长几个脑袋？郭金石干嘎巴嘴再说不出别的来了，回家把这些话和老爸老妈一学，郭老顺说，你是部队里的豆馒头吃饱了撑的，咸（闲）吃萝卜淡操心，屯里的事你少掺和！老妈则说，过了年就二十四了，屯里跟你挨肩的，孩子都满地跑会叫爹了，你先张罗说媳妇吧。

郭金石不愿和屯里人再多谈及的另一个话题就是耿长林。耿长林与郭金石是同时入伍的，可新兵连一结束，郭金石去了坦克团，耿长林却派到师部机关给首长当了勤务兵。刚去坦克团的时候，郭金石还有几分得意，当兵就得有个当兵的样，驾着几十吨重的钢铁战车，轰轰隆隆地往敌阵里横冲直撞，横扫千军如卷席，那是何等地威风！有时耿长林碰到他，也唉声叹气地发牢骚，说早知来部队低眉顺眼地给当官的打杂，还不如在家侍候那几根垄呢。可万没想到，过了两年，耿长林进了军校，毕业后就是一杠两星的军官了，郭金石却连准考证是啥样都没看到。在乡中学念书时，郭金石是班长，耿长林只是个课代表，在部队时也是郭金石先入的党，还立过一次三等功，咋说，也该郭金石在部队长干下去。他最怕屯里人问："长林不能再回屯里来了吧？""念完军校能当多大官？""你咋不也去军校里念几年？"哼，那是谁想念就能念的事吗？郭金石知道，耿长林是沾了师部机关的光，随便哪个首长一句话，都比自己在坦克团摸爬滚打几年顶事得多。可这话跟谁说去？传到别人耳朵里，反倒说咱姓郭的没真本事又气皮肚子小心眼……

想着这些心事，暖洋洋的冬日当头晒着，就觉地皮颤动起来了，坦克车的履带翻犁似的卷起黑黑的泥土。坦克在一个蔬菜大棚前停下来，棚帘掀处，钻出高高挑挑的一个姑娘来。姑娘叫朱巧云，手里拿着两根绿莹莹顶花带刺的黄瓜，递给他，说，吃吧，刚洗过的，脆着呢！正是寒冬腊月，朱巧云却只穿着一件白汗衫，胸前有两座秀美的小峰高高地耸着。郭金石左右扫了一眼，低声说，也不加件衣裳，风硬着呢！朱巧云说，你咋也只穿一件单军衣？郭金石说，坦克里热得像烤箱。朱巧云说，大棚里也热着呢，像蒸笼，不信你进来瞧瞧。说着一只软软的小手就来拉他，吓得他忙又左右瞧……

郭金石突然觉得鼻子痒痒的，重重地打了个“阿嚏”，人就醒来了。他有些焦恼，一个多美的梦！可他刚要骂句什么，就见耿晓玲正弯腰对着他咯咯地笑，手里还拿着一支干枯的狗尾巴草在他鼻前抖动。郭金石翻身坐起来，想想刚才的梦境，脸竟热热地烫起来。他讪讪地问：

“你……咋跑这儿来了？”

耿晓玲反问：

“我咋就不能到这儿来？这片山姓郭呀？”

郭金石被问住了，笑了笑，又问：

“有事吗？"

耿晓玲说：

“我爸叫你呢，叫你这就去。”

耿晓玲的爸爸就是耿老德。

郭金石望了望山坡上的羊：

“羊不没人管了？”

“我替你看一会儿。”

郭金石往山下走。刚走了几步，耿晓玲又叫住了他：

“哎，金石。”郭金石回转身，见耿晓玲的脸上倏地飘过一朵红云。

“长林来信了，还向你问好呢。”

“你不给他写封回信？”

“写……写什么？"

“随你怎么写！”

“算了吧！”

“你这人真是！人家那么关心你，你也不关心关心人家。”

“有你关心就行了呗！”

“吃醋啦？”

郭金石苦笑笑：

“我可不吃醋，而是在喝西北风！”

“西北风咋也有点酸气？”耿晓玲笑了笑，突然变得有些吞吐起来，“我想问你，念军校的人……往家写信，不受……限制吧？”

郭金石怔了怔，旋即明白了，心头陡然升起一丝幸灾乐祸的快意。耿晓玲和郭金石、耿长林都是同学，当初两人当兵走时，耿晓玲当着两人的面，一人送了一个挺精致的笔记本，写信时，也都捎带着问上对方一句好。可耿长林考上军校后，耿晓玲写给郭金石的信就少起来，后来就完全没有了。郭金石情知是怎么回事，只好把一股酸酸的滋味吞咽到肚子里。

“我也没去过军校，哪知道。八成是功课紧吧！”

“那你……最近没收到长林的信？”

“没有！”

“那你快去吧。我爸找你，八成是好事呢。”

耿老德找郭金石的意思挺明确，说几个支委研究过了，村里眼下的党员就数他年轻，准备叫他当治保委员，半脱产，一年给一千五百元的补助。说是征求本人的意见，可那神情却一目了然，被赏了一官半职的没有不感恩戴德欣然领命的道理。可郭金石还是陡然吃了一惊，没料到乱糟糟的脑袋还没理出半点头绪，自己对日后何去何从还没有半点打算，支书已给自己铺好了人生的路子。他愣了一会儿神，说，让我再想想。耿老德说，这还寻思个啥？不是党员，这事还轮不着你哩！

郭金石又回到了山坡上，躺在草窝窝里想心事。耿家在屯子里是大姓，耿家屯几十年间，支书换了一茬又一茬，却一直都姓耿，支委们也大多姓耿。可耿老德挺会搞“统战”，安排进一个外姓人，就算一个代表面了。可他其实什么也不会算，当治保主任除了处理处理屯里打架斗殴偷鸡摸狗的事，能叫屯里也热火朝天地干起来富起来吗？

其实前几天郭金石也收到耿长林的一封信。耿长林在信里还跟他讲了许多掏心窝子的话，说论实力，你更应该到军校里来；还说这年月，人不能只凭实干傻干，好比打仗，不光要有正面进攻，还得善于利用地形地物，迂回出击……那封信郭金石就藏在内衣口袋里，不时掏出来，也不知看过多少遍了。

几天后的大清早，郭金石换了一身干净的衣裳，推出自行车，对老爸说，我进城去战友家里待两天，你去替我跟村长说一声，就说那活我不想干。郭老顺扯着嗓子喊，人家赏你件袍子披，你还端起来了，那你还想干啥？郭金石也不答话，骗腿蹬上车子，冲出小院远去了。

郭老顺去了耿老德家，不安地观察着村长的脸色，说，那混账小子，不识好歹的东西，你白惦着他啦。耿老德倒没说什么，只是淡淡地笑了笑，就说些别的了。

二

郭金石没有去战友家，他去了县城里的劳务市场。

县城的十字街口，坐落着一座两层飞檐斗拱的鼓楼，据说是明清时期的建筑，挤在四周山一样的高高低低的楼房中，自视清高中却显出了一种格格不入的寒酸、落寞与陈旧。可城里人舍不得扒掉它，还时不时地粉刷打扮一番，说是古老历史的一个见证。劳务市场就在鼓楼下，每天百十多人，或贴墙而坐，或蹲成一个个圈圈扯闲白，手里操着刨锯、瓦刀、管钳之类的家什，脚下还戳着比巴掌大不了多少的牌牌，上面写着“木工”“修暖气”“刮大白”之类的字样。字都写得歪歪扭扭，没有章法，却透着主人的粗豪与纯朴。

郭金石没有家什，脚下也没有小牌，他也不凑到人群中去，只是远远地坐在马路牙子上，闷着头一颗接一颗地抽烟。他用粉笔在自己身边画了个圆圈，圈里写了两个大字，“力工”。也有卖功夫的过来跟他搭话，问他卖什么手艺。郭金石指指脚下的字，说，我什么技术也没有，只有两膀子力气。问话人讥嘲地笑了，说，现在就人臭，不值钱，找卖力气的还用到这儿来？随便在大街上吆喝一声，屁股后立马能跟上一大溜儿，拿鞭子赶都赶不开。郭金石只是笑笑，也不辩解什么。

有手艺的人一拨拨地来了，又一拨拨地被人领走了，走时都不无得意地对还得等下去的陌生朋友打招呼：“我先去了呀！”赚得众人一片羡慕的目光。

郭金石冷冷清清地孤坐了三天，很少有人来跟他搭话，更别说来跟他讨价还价的。每天见日头压了西山，楼房的影子黑沉沉地压下来，他就骑上车子往远远的耿家屯蹬去，到家时已是满天星斗了。第二天早起，吃了饭，夹起本《三国演义》，再用毛巾裹上两块苞米面锅贴大饼子，故作不见老爸老妈探询的目光，就又沿着山路飞驰而去。

三天中，也不是完全没有机会。第一天上午，有个工程队的来找人装卸水泥，说活儿累，又埋汰，可在工钱上找。计件，一天能挣个三五十的。有人指指他，喊，只挣力气钱的活儿来了！郭金石笑了笑，摇摇头，没动窝。待工程队的人走了，又有人对他说，那活不干也对，挨多大累不说，一天弄个灰猴子样，干完活得咋洗？回家媳妇都不让你钻被窝。第二天，又来了一个穿中山装的，胸前还戴了一枚校徽，一看便知是县高中的。县高中的说找劳动力挖排水沟，一天二十元，晌午还供一顿饭。郭金石这回动了心，起身跟在人家身后，可只转了两个圈子，又坐回原处去抽烟了。市场上的那些常客们就开始数叨他了，说你小子是不是缺心眼？谁家还缺新姑爷等你去呀？这样的俏活再不干，你就蹲一辈子马路牙子去吧！郭金石仍是一笑没言语。

第三天太阳压山的时候，街道上的人流已蚂蚁搬家似的稠密起来，待价而沽的手艺人多已归巢，就见有辆紫红色的桑塔纳嘎吱一声停在路旁，里面钻出一个圆圆胖胖的中年人，大声喊：

“有去装车卸车的没有？”

有人接话：

“干啥？”

“运煤！”

“啥数？”

“一天十五元！”

“供饭不？”

“自个带！热饭的地方现成，开水管够！”

人们哄地笑起来，你看看我，我看看你，没人再搭话。这价钱有点欺负人，一个大小伙子干一天再刨去晌午那顿饭，跟白干差不多了。

中年人又喊了一遍，把一条腿缩回车门里去，加了一句：

“没人愿去我可就走人啦！”

郭金石起身迎过去，问：

“往哪儿运？”

“县委大院！”

“你是哪个单位的？”

中年人怔了怔，口气挺冲：

“愿去就去，不去拉倒，问这干啥？”

郭金石笑了笑：

“我……我叫人诓怕了。干完活不给钱，我上哪儿找去？”

中年人说：

“我姓姜，县委办公室的主任。”他又指指车牌子：“你找不着我，还找不到这个车？”

其实郭金石早就注意到了桑塔纳的牌号，三个0后的尾数是18。虽非前几号首长专用车，但也显赫得可以。他只是想再具体认定一下。他说：

“啥时候去干活？”

“明早八点，到县委大院传达室等我！”姜主任临钻进车门，又补了一句，“自个儿带晌午饭啊，挨饿可找不着我！”

在人们的笑骂声中，桑塔纳远去了，郭金石也蹬上了自己的车子。他觉得三天不但没有白等，而且还算顺利。

三

从车站货场往县委大院运煤，上午两趟，下午两趟，东风大卡车，四个装卸工，全要大板锹，实在不轻巧，时间赶得紧紧绷绷的。晌午就歇在大门口传达室里，有火炉，可以烤烤饼子热热菜，炉上的大水壶整日嘶嘶地冒白汽，喝开水确实管够。第一天下工前，郭金石递给门卫师傅一根烟，恭恭敬敬地问：

“大哥，我家离得远，白天干活累得够呛，来回还得蹬好几个钟头的车子。我就在你这屋对付几天行不？”

门卫是个三十多岁的小伙子，姓赵，是前几年县里一个什么头头的远房亲戚，说话办事大大咧咧，总觉有什么靠山似的。他冷冷地说：

“我这人毛病多，睡觉就怕有人在旁边打呼噜，家里连只猫都不养的！”

郭金石忙说：

“我这人别的优点没有，只这一宗，睡觉老实！闭上眼睛就是一宿，消消停停的啥动静没有，死狗一样！”

赵门卫又说：“这小火炕腚大的地方，咋挤两个人？”

郭金石指指靠墙的木条长椅子：

“我睡椅子上，反正也就十天半月的事。大哥包涵点吧。”

“大哥”再无话可讲。第二天一早，郭金石自行车尾架上就驮来了从部队带回来的那套行李，方方正正棱角分明，让人看了就生出别一样的感觉。

郭金石勤快，清早一起，不光把小屋内外收拾得清清爽爽，还抓把铁锹，把大门口的那个小花坛清理了出来。这个季节，花坛里的红红绿绿早已荡然无存，只剩些枯枝败叶在寒风中支棱八翘地瑟瑟抖动。郭金石该拔的拔，该埋的埋，又把那花畦像大姑娘理头发似的细细地梳理了一遍，连着忙了两三个早晨，惹得县委机关的人上下班都要驻足赞上两句。

除了勤快，郭金石还会来事儿。那一天傍晚，姜主任到门卫房来玩象棋，怀里还抱着个小丫蛋。郭金石听说是姜主任的外孙女，眨眼间就从对面食品店里抱回一堆小食品来，姜主任过意不去，说，你干一天才挣几个钱儿，买这个干什么？郭金石说，挣钱为的啥，还不就为花的嘛！我喜欢小孩儿。说着就从姜主任怀里接过孩子，抱到旁边逗着玩去了。那一天姜主任兴致极好，连杀了赵门卫三盘没还手。临离开时，半开玩笑地对赵门卫说，人比人得死，货比货得扔！看看小郭才在你这屋里住几天，就旧貌换新颜，变了样了。恨得赵门卫直翻白眼，好半天没理郭金石。

郭金石吃完午饭也不闲着。别人抽抽烟喝喝水歇歇乏的工夫，他提着大板锹又回到了煤堆旁，将刚卸下的煤铲到大堆上，又把大煤堆拍理得似他的行李，刀切似的有棱有角。挨地面的地方，又专用煤块摆出笔直的一条线，看了像件大工艺品，又惹得大院里的人谁见谁赞。有一天姜主任走到煤堆旁，有一搭没一搭地跟他唠闲嗑，问他家里都有啥人？在部队干了几年？入没入党？又说这活儿本不该你干，你咋不去跟大伙一块歇歇？郭金石说，在部队习惯了，反正待着也是待着，不如顺手收拾收拾顺眼。姜主任连着说了几个“好”，还在郭金石的肩上重重地拍了几拍。

郭金石听说，姜主任还在会上狠狠地表扬了他一通。姜主任主管机关后勤，常给勤杂人员开会。那一天，姜主任说人家郭金石，虽说是从劳务市场上找来的，说声活干完了就拍拍屁股走人的事，可你们睁大两眼看看，人家眼里有多少活儿？手上干了多少事？大家都跟人家好好学学！尤其是你们这些临时人员，别说手里还没抱上铁饭碗，就是抱了，咱县委大院也是铁打的衙门流水的官，莫说你们还算不个官儿。我可把丑话说在这里，各位都长点记性，竞争机制，优胜劣汰！对抱铁饭碗的怕一时半晌还吓唬不住人，但对你们临时工，那可就是我一句话的事，可别到时候哭天抹泪地吃后悔药。说得那些人大眼瞪小眼，怔怔地谁也说不出话来。

赵门卫心底的忌恨和防范，终于在运煤任务就要完成的前两天中午爆发为一场单方面的大打出手的局部闪击战。那天中午，郭金石将自己的饭盒拿上火炉时，见赵门卫的白菜炖冻豆腐已在咕噜咕噜地翻花山响，就端起来放在了炉角。赵门卫进来见了，立时就瞪起了眼睛，问谁把我的菜盒拿走了？郭金石说，我看熟了。赵门卫说，熟了怎么地，我这人牙口不好，就爱吃烂糊的。我家里有儿有女，用得着你来孝敬我？郭金石说，我是好心好意，你怎么骂人？赵门卫说，你好心好意？我看你是黄鼠狼给小鸡拜年，没安好心呢！郭金石忙说，好好好，怪我怪我，怪我手欠，我这就给你端回来重炖行吧？说着就伸手去拿菜盒，只听“哎哟”一声，菜盒烫得他脱了手，一盒黄的白的连汤带水都扣在了炉前灰渣里，屋子里猛然腾起一股烟灰之气。赵门卫气急，照着门面伸手一个直冲拳，顿时一股鲜红的东西从郭金石鼻孔里流了出来。众人急起身拦护，郭金石却并没有回手反击的意思，只是捂着鼻子，眼里有泪在汪汪地旋，说，赵大哥，我咋的你了？你手这么黑？菜扣了，我赔你还不行吗？赵门卫骂，妈的，我手黑不如你心黑！就你心里那点鬼算盘，以为谁傻看不出？嫌我手黑，你他妈的痛快给我滚蛋！照说，一盒寻常饭菜，本也不值什么，赵门卫也并不是为了几口饭菜就不顾天不顾地出手玩命的人。他是心里有火，又是股说不清道不明的暗火，他恨不得把这个给他烧了暗火的人一拳就打回老家去。

郭金石跑到街上，很快买回两盒饭，放在桌子上，嘴上的血迹却不擦。说话间，姜主任进了门卫房。半个月来，郭金石早摸透了这个规律，每天上下班，姜主任都要到门卫房里转上一圈，问有什么事，再叮嘱几句什么。那赵门卫见顶头上司进门，先自有点慌了，急抓了条毛巾，暗塞给郭金石。郭金石却只作不觉，忙着收拾炉前的残迹。姜主任看了郭金石脸上的血迹，自然要问。郭金石说，刚才不小心，鼻子撞在了门上。见有人用眼睛直睃赵门卫，姜主任心里也就明白了，顿时黑下脸，问，是不是你把小郭打了？赵门卫无话可答，便吭哧憋肚地说他把我的饭盒整翻了。姜主任说，嘀，你耍蛮还有理由了？是不是觉得有啥靠头，就跑县委大院称王立棍来了？这也是你立棍的地方？又转向郭金石，问，小郭，你想不想留在这门卫干？郭金石忙说，赵大哥不是干得挺好的嘛。他不说想干，却也没说不干，似乎还替赵门卫说了情，更恨得赵门卫牙根直痒，变成了生嚼黄连的哑巴。姜主任说，小赵，你收拾收拾东西明天回去吧，工钱我按整月给你。小郭，从明儿起，你就把门卫这摊事管起来。今儿我就杀鸡吓唬吓唬猴，我看谁往后还敢在我眼皮底下乍刺儿！

第二天一早，赵门卫就捆起行李走人了。郭金石望着赵门卫推着自行车，步履沉重地走出很远，直到消失在熙熙攘攘的人流中，才返身回了门卫房。他的心情也很沉重，眼望着自己那方方正正的行李好发了一阵呆。

三

郭金石留在县委门卫干了一个多月后的一天，又收到耿长林从军校写来的一封信，信里说军校的课程和训练都很紧张，又说军校的教官很严厉，还说给他介绍女朋友的不少，都是城里的女孩子，条件都不错，他就准备择其合适者考虑一个了，还问他回家后搞对象了没有……末了加了一句，说好长时间没给耿晓玲写信了，不知她的近况如何，请他见面时代问她一个好。看了信郭金石心里就明白了，嘿嘿冷笑了一阵。这封信名义上是写给他的，实则是曲径通幽，让他把话传给耿晓玲。在军校捧过书本的到底和没进过那大门的不一样，懂得用战略战术了，在搞对象上都玩这一套，吓不吓死个人？郭金石思来想去的，回耿家屯时，就把耿晓玲叫到没人的地方，干脆把信递过去，嘴里却淡淡地说：“长林来信了，让我给你问好呢。”耿晓玲看着信，脸色就变白了，呼吸也急促起来，最后把信往他手里一塞，转身就跑。从耿晓玲捂着脸的动作和一耸一耸的肩头看，郭金石知道她哭了，自己心里也跟着有些酸，却泄恨似的骂：“该，叫你眼皮浅，攀高枝，到底叫人家老太太擤大鼻涕，甩了吧？这叫自作自受，自个找的！”

在县委当门卫，最大的方便就是认识的领导多。门卫房备着象棋扑克，下班后，各部的部长主任常好凑来坐一坐，斗斗技艺，也逗逗嘴巴。还有县里的局长们，各乡镇的头头脑脑们，有时来县委开会办事，或到县委集中坐车出门，都好进门卫房避避风寒。一来二去地，郭金石便知谁谁是哪个洞府的神仙，管的啥，是啥脾性喜好，进而慢慢地又知道谁和谁是拐着啥弯儿的亲戚。郭金石便不时暗下感慨，原来认识人了解人的学问还挺深奥，怕不是自己这种小人物三年两载能琢磨得透彻的。

但郭金石要结识的人，却不能没有个主攻方向。这他懂。在部队训练时，首长们就一再讲，打仗关键在用心，动脑子。在瞬息万变弹雨纷飞的战场上，一定要认准哪是制高点，突破口，攻其一而遏其十，占据了制高点就掌握了主动权。县委有位副书记，叫任殿斌，四十岁左右，主管着常务和组织干部、纪检政法。他原来是省里一位大头头的秘书，下来锻炼的，家也没搬来，独身住在县委大楼的一间宿舍里，再回省里另有重用看来也是早一天晚一天的事情。因有着这些背景，主管的事情又重要显赫，在县委大院里就非另几位副书记可比，连一把手对他都有着别一样的客气。

任书记忙，白天忙，晚上也忙。白天忙，是会多，找他的人也多；晚上忙，则是多为应酬，省里来的人他要陪，市里和兄弟县来的人他也要出出面。常务嘛，一把手一时顾不过来的他都得照应。所以每晚回宿舍都在十点左右，身上又总是带着浓浓的酒气。郭金石做了门卫不多日子，这些规律就摸得准准的了。他每晚把大门上了锁，就静静地守在窗前，待大门外一有雪亮的小车灯光晃过来，他就学着耿长林在部队给首长当勤务员的样子，急跑去开了锁，打开大门。待任书记进了宿舍，刚刚脱了大衣，他随后又提着两只暖水壶进去了。先在茶杯里泡上滚烫的热茶，又在脸盆里倒上水，试试温度，说，任书记，洗洗吧。任书记对下面的局长乡长们常是脸面凝霜，不苟言笑，对他却很客气，说，好，好，我来，我来吧！反正夜里门卫也没啥事，大门不是锁好了吗？你坐下看会儿电视吧。说着，就把直角平面的大彩电打开了，又亲自为他选一个热热闹闹武打枪战的片子，自己惬惬意意地擦脸洗脚。待一切收拾得差不多了。郭金石起身将脏水倒出去，送回脸盆时，说，任书记，你歇着吧。任书记忙说，再看一会儿，再看一会儿。郭金石就再看一会儿，但决不多看，顶多十分八分的工夫。任书记对郭金石很满意，说他到底在部队锻炼过，积极主动且又进退有度，这个小青年选得不错。这话又由姜主任传到郭金石耳朵里，姜主任说这些话时，直拍他的肩膀，连说，小伙子，行，连我都跟着脸上添光，好好干吧！

任书记当然也有晚上没应酬不出去的时候，就在屋子里看书。任书记看的书都包着牛皮纸，见有人来就往行李下一塞，也不知是些啥书，反正都挺厚的。郭金石见任书记没出去，就用柴草烧炕，然后把还存些火星星的草木灰扒成一堆，里面埋上两块家里窖存的地瓜。待夜深时，他又提上两壶水，再用毛巾把烤熟的地瓜一裹，直奔任书记的宿舍。仍是先斟茶倒水，然后把毛巾款款一抖，说，任书记，看了大半夜书，饿了吧？尝尝我们庄稼院的嚼货。任书记一看地瓜，就笑了，说，你咋知道我得意这口？当年下乡插队，半夜饿得肚子叫，我们就在灶坑里弄这个吃。好，尝尝，看看你的手艺到不到家。

除了甜甜软软的烤地瓜，郭金石有时也烤土豆，热腾腾地直起沙，任书记吃时还好蘸点白糖。也许是酒席宴上山珍海味大鱼大肉吃得腻了，任书记吃这些土嚼货时就显得格外香甜，一边吃还一边跟他拉家常，问家里的人口啊，问地里的收成啊，问屯里都有些啥新奇事啊。郭金石就山南海北地说，把些道听途说的都现发现卖出去。任书记听了高兴，有时送给郭金石个磁化杯什么的，有时又塞给他几盒高档烟。郭金石也不客气，来者不拒，首长送的嘛！磁化杯摆门卫大窗前，使小伙子凭空上了个档次；高级烟自己舍不得抽，多数待了进到门卫室里有些身份的客人，惹得人们越发对这个小伙子刮目相看。

七九河开，八九雁来。到了开春的一天，郭金石又和任书记闲聊时，问："任书记，星期天还不回家去看看？"

"不回去！"任书洁说，"半月一次，足矣。要不时间都扔道上了。"

"我看您不回去，也不得消停。"

"可不是。有些人专爱星期天来缠你，烦死个人！"

"那还不如到我们屯里去玩玩看看呢，也散散心。"

任书记立刻来了兴致：

"你们屯里有啥好玩的？"

"小满鸟来全。这时节，山上林子里，啥鸟都有了，叽叽喳喳唱得好听。要是找杆汽枪，一天咋也打下一串来。找张网，兴许还能扣住百灵子、哨花子、蓝靛须啥的呢。到家里再尝尝我们庄稼院的水豆腐，保准又鲜又嫩，城里的豆腐根本没法比！"

任书记想了想：

"打枪我不行，白浪费子弹。钻林子也没啥意思，名山大川我去得多了。你家的承包地种上了吗？"

"刚开犁。我爸正种呢。"

"那好，我去帮你老爸种种地，连踏青都有了，顺便搞搞调查研究。"

郭金石高兴了：

"任书记啥时候去？"

“说去就去呗，晚了还等我去种荞麦呀？就这个大礼拜，周六去，晚上再在你家住一宿。家里能给我找个睡觉的地方吧？”任书记还用手比画了一下，“在炕梢给我挤出这么大个地方就行。”

郭金石说：

“看任书记把我们庄稼人说的，别说您一个人，就是县委大院的人都去，我也安排得开！”

任书记忙摇头：

“可别弄得闹闹哄哄的，就我一个人去。你把门卫的事安排安排换换班，就算给我做做伴。”

郭金石说：“汽车还得带上吧？好几十里山路呢。”

任书记说：“行，带上就带上。不过，村里那边，除了你家里，谁也不许惊动！我可是有言在先，咱只是私人交往，纯粹的个人行为！”

郭金石爽爽快快地答：

“行，就到我家里！”

四

说是不惊动别人，可小轿车一开进屯，村街上立时涌满了人。打解放再往前推，山窝窝里一无所长的耿家屯可能还从没来过一个父母官呢。

任书记坐在屋子里和郭金石的老爸郭顺成抽烟喝茶叙家常的工夫，村长耿老德就慌慌地跑来了，没敢直接往屋里闯，找个胆大的孩子把郭金石悄悄地叫到了大门外。那个时候，紫红色小轿车正停在郭家院门外，亮锃锃的晃得人眼珠子疼，一群小孩子围着看新奇。

耿老德一见了郭金石的面就埋怨：

“县里的书记来，你咋也不先跟我吱个声？”

郭金石淡淡地说：

“任书记只说来看看，是私访，告诉谁也不许惊动的！”

耿老德说：

“那晌午饭村里得安排吧？”

郭金石说：

“不用不用。我爸昨晚就把豆子泡上了，任书记点名要吃水豆腐。”

耿老德又犹犹豫豫地问：

“那我……还进屋跟县里书记……说几句话不？”

郭金石忙扯他的袖子：

“你就进去嘛。任书记挺随和的，还给我爸叫大叔呢！”

说是任书记随和，可耿老德在院门外转了两个圈子，还是扭头走了。郭金石招呼了两声，他只是回身摆摆手，脚步却越发地急匆，好像还有什么更重大的事情等着他，闹得郭金石也有些莫名其妙。

待任书记肩扛一把小镐，随着郭家父子说说笑笑上山时，屯里又烟尘滚滚地开进一辆吉普车，车上跳下乡党委书记马庆来和乡长，身后还跟了一个扛着摄像机的小伙子，急急就往山上奔。任书记见了，顿时就冷下脸色，不悦地问：

“你们来干什么？”

马庆来气喘吁吁地赔笑说：

“我们刚知道任书记来……”

任书记说：

“我星期天走走亲戚也得人陪着？郭金石是我的一个小兄弟、好朋友，今天我闲着没事，来帮他种种地，散散心。就这事，你们该忙啥忙啥去吧！都自便，好不好？”

马庆来瞧瞧郭金石，笑容里透着尴尬，说：

“金石，那你就好好陪陪任书记。我和乡长呢，本来今天也要来屯里，检查落实一下春播情况，都在村里。有啥事，你就去村委会找我们。”

任书记也不说什么，转身就去种地。划垄、点种、踩格子，年轻时下乡都干过的，果然不比二八月庄稼人差，惹得郭顺成不住口地赞叹，地头上看热闹的也不住点头夸赞。任书记越发逞起英雄勇，欢实活泼得顿减了十岁，春日下还不时地唱上几句“大鞭子一甩，嘎嘎地响哎——”，连邻近地里的乡亲们都直拍巴掌叫好。

乡里的两个头头虽说去了村委会，两颗心却仍都留在山上，悄悄地打发人给郭家送来了一角猪肉半只羊，还有鲜鱼鲜菜什么的。耿老德又叫耿晓玲到郭家来，给郭金石的妈妈帮厨打下手。

日头傍晌时，郭金石张罗下山回家吃饭。任殿斌正干在兴头上，见邻近地里有人把午饭直接送到地里，就对郭金石说，咱这才干了多大工夫，要想垫补垫补，干脆咱也拿到地里来，野餐！更有情趣，行不？郭金石急急下了山，不一会儿的工夫，耿晓玲挎着篮子来了，高粱米稀饭，小葱拌豆腐，嫩黄瓜蘸家制黄酱，还有肉炒土豆丝，几个人围在一起，果然吃得情趣盎然，连山上的风儿都透着甜丝丝的香气。屯里人便私下嘀咕说，看县里的官，咋跟老郭家人那么亲？莫不是真有点啥亲戚吧？

耿晓玲收拾完碗筷下山时，任殿斌悄悄捅了郭金石一下，还挤了挤眼睛，问：

“这姑娘不错。给我说老实话，是你啥人？”

郭金石脸一红，忙说：

“除了一块上过学，啥人也不是。她爹是俺们村长。”

任殿斌拍了郭金石一巴掌，哈哈大笑着，转身又操镐刨垄去了。

午后又欢欢实实地干了一阵儿活，下山往回走时，郭老顺就把郭金石悄悄往后扯了扯，问：

“晌午那顿饭，就那么着了。乡里头头都在屯里，晚上不一块请过来？”

郭金石看了前面的任殿斌一眼，说：

“不知任书记愿不愿意，再说乡长他们……”

郭老顺说：“当官的心里咋想咱不知道，可咱往后还得在乡长村长手下过日子呢！让到是礼，水大水小别漫了船。我看你还是到大队去跑一趟。”

乡党委书记马庆来、乡长和耿老德果然都来了。任书记心里高兴，身子骨也活泛得兴奋，果然没再说什么，还和乡里的领导开了几句无伤大雅的玩笑。那一顿饭，也吃得热闹、热烈。山里的水豆腐果然鲜嫩可人，往笊篱上一淋，佐上鲜菇肉卤，吃得人满脑子淌热汗。又喝了几盅酒，兴致正高之际，任书记夸郭金石，说这小伙子，论干，膀子上有力气；论说嘴头子也有一套；论心劲，那可都在这里呢。任殿斌又指点着自己的脑袋，又说现在的年轻人，脑筋活，观念新，比起当年自己年轻时只知一门心思傻干，不知强上多少。别看金石现在窝在山屯屯里，日后兴许比在座的各位都有出息呢。夸得众人不住地往郭金石身上看，弄得郭金石差点坐不住了。任殿斌又说，也不知金石有没有对象呢，家里也得有个帮手吧？

耿老德见任书记说这话时，眼睛直往出来进去送碟碗的自家闺女身上看，心里就有了几分明白，忙说：

“任书记经多见广，眼力保准差不了，那就给介绍一个吧。”

郭金石唯恐任书记在这种场合说出什么来，急在桌子底下踢任书记的脚。任殿斌会意，哈哈笑着，顾左右而言他去了。

这一夜，任殿斌就和郭金石住在东屋里，小汽车打发回去了，说好明天过晌就来接。因有做豆腐的火打底，小火炕滚热，人躺在上面，把骨头缝都烙开了，又解乏又泰和，舒坦得没个比。任殿斌早早地洗漱了，就钻进热被窝里去，感叹道："当个庄稼人多好，舒舒心心的，无争无斗无忧无虑，堪比神仙了！"

郭金石不知任书记所言何发，也擦洗一番，上炕钻进了被窝，陪任书记说话。任殿斌伸手咔地拉熄了电灯，伏在枕上抽烟，好一阵不语，突然发问：

"郭金石，你要真把我当个不论尊卑的朋友，今晚就跟我说一句掏心窝子的话。你这小伙子是不是心里有啥事想让我帮你办？"

郭金石一怔，话到嘴边就吞吐了：

"任书记，您这话……"

任殿斌说：

"我今天有点感觉，也许是种错觉。就是错觉，我说出来，你也别生气，咱们是朋友了嘛！有个成语，叫狐假虎威，那个寓言故事你一定知道。我觉得我今天一整天都在扮演那只老虎的角色。可故事里的那只老虎是个傻霸王，它并不知道自己在被耍弄被利用。而我这只老虎，却并不比想假借我的威势的狐狸蠢笨。其实，这一招我也玩过，而且比你玩得更娴熟更高明。说句心里话，今儿一整天，我可都是在心甘情愿地为你配戏，扮演着那只老虎的角色。你跟我说，你到底想干什么？"这后一句话，任殿斌说得很严肃，甚至有些生铁般的冰冷。

黑暗里，郭金石的心紧了紧，脸烫了，浑身都火炭似的烧起来，好似被人一下剥去了衣裳，光赤溜溜地推到了一万度的大灯泡面前，一切都已一目了然无遮无掩，一切都将迎受这如火似炼般的烧灼。如果不是灯熄了，他真不知道将怎样面对任殿斌的那双雪亮亮的探照灯一样的眼睛。

虽然一切都久在谋划之中，可强中更有强中手，兼有着狐狸般精明的老虎还是打了他个措手不及。

话既已说到这个份上，一切委婉都将变得矫情。郭金石狠了狠心，咽了咽干干的喉咙，开膛破肚地亮出了自己的“阴谋”：

“我想当村长！”

“你为啥要当村长？”烟火头在黑暗中红红地闪亮，口气有了审讯般的郑重与严厉。

“我想让耿家屯快点富起来！”

“你有啥本事叫耿家屯富起来？”

郭金石腾地掀开被子，伸手又拉亮了电灯，就那般光溜着身子站在了任殿斌的面前：

“如果让我说了算，我就把全村的承包地都打乱重分，然后组织人扣蔬菜大棚。我当兵的那旮旯条件比我耿家屯强不了多少，人家能干，咱这旮旯为啥不能干？只要让我当村长，一年变个样，两年翻个身，我有这个把握！”

任殿斌问：

“你们现在的村长怎么样？”

“耿德贵今天您也见到了，人根靠本分，不贪不搂，是个老实巴交的庄稼人。可要带一村人富起来，光靠老实本分不行。吃不穷，穿不穷，算计不到总受穷。耿德贵不会算计，只会守家护院。”

任殿斌急急扯了郭金石一把，说：

“你快回被窝去，小心着了凉。”

郭金石再回被窝里，就细细地讲了村里的现状，讲了自己的打算，又讲了当兵那个地方的经验。话匣子打开了，想收也收不住。

任殿斌问：

“你的这些想法，起于啥时？”

郭金石说：

“往近了说，我去县里卖劳力前，躺在山上整整想了十来天；往远了说，我在部队当兵时，就算计着早晚我要跟那旮旯的富屯子一比高低。”

“这么说，这半年里的事情，你都是有谋在先了？”

“谋事在人，成事在天！”

这回轮到任殿斌兴奋了，一下翻身而起：

“不，三分天定，七分人拼！这回我就来给你当这个‘天’！为了助你大事早成，我这个‘天’为你办好如下三件事：一、一个月内，我让你当上耿家屯的‘总统’，保你说了算；二、耿家屯从你掌权之日起，就是我的扶贫点，或曰责任村，大事情你要为我负责，我也给你撑腰出谋；三、我想法从省里给你要来二十万元科技扶贫款，你给我专款专用，全投到蔬菜大棚上，力争在最短的时间内给我闹腾出一点样子来！”

郭金石怔住了，有些不相信自己的耳朵。一切恍如梦中。在他谋划的中短期目标中，要达到当村长的目的，少说也得两三年。他没想到自己的“阴谋”这么快就被人剖剥得如此淋漓尽致赤裸裸的，他更没想到剖剥者还会自告奋勇地当上了他的“后台”和“同谋”，甚至主动提出了自己连想都没敢想的“入伙”条件。

“任书记，这……可是真的？”

“什么真的假的！一个七品县令的国家干部对着亮堂堂的灯泡子说话，你也要来一番防伪打假不成？你再给我详细说说，把你的所有小阴谋小把戏都给我老老实实交代交代。”

这一夜，两人直聊到窗外传来鸡鸣才熄灯。任殿斌说了两三遍“睡觉睡觉，再不睡明天干不动活了”，郭金石才意犹未尽地闭上了嘴巴。可他知道任书记仍在不断地翻身，他猜测着任书记在想些什么的时候，便有漫山遍野的白亮亮的蔬菜大棚海潮般地涌到他的梦境中来了……

五

此后不到半个月，耿老德就被调到乡采石场去当了支部书记。乡党委书记马庆来到屯里摸情况时，则专把话往郭金石身上引，什么要年富力强啊，什么要在外面见过世面啊，什么最好在部队里受过锻炼啊。慢慢地大家都明白了领导的意图，心里说，屯里还没有耿姓之外的人当过一村之长呢，可这话又没法往外亮，就说，金石小伙子是挺精明本分的，可人家在县里干着，月月都有活钱儿，肯回穷山沟里来？马庆来说，他是党员不是？党员就得听安排，服调动，“我是党的一块砖，东西南北任党搬”嘛。这个工作由我做！

村里的党员集中时，郭金石也被叫了回来。马庆来亲自坐镇选举，又亲自提名郭金石做唯一的候选人，再脑瓜子不开窍的人也咂吧出了滋味。原来耿老德被外派和郭金石的回屯任用是紧紧连环的两个套子，上头早定了调子，有了目标。人家对郭金石并没有什么不好的看法，他爹郭老顺是老实巴交的根靠人，小伙子刚从部队锻炼回来，前些日子又让大家亲眼见了和县里大头头的那份亲热，就私下嘀咕金石这小子原来小小年纪就长了白尾巴尖，道行修得不浅，庄稼还没收一季，先就找了靠山，有了来头。这年头，有靠山有来头并不是啥坏事，弄得好，屯里都能跟着沾些光。屯里大当家的心眼活泛点，总比那种杵橛横丧的死脑瓜骨强，而且那耿老德也确实没见有什么特别的政绩。大家这般嘀咕着，在乡党委书记鹰隼一般的目光扫描下，就都乖乖地举起了胳膊，尽管有些迟疑和犹豫。

村支书已经易帅，村委会主任的更换便是绞起辘辘提出桶的事。又开了一个村民大会，还是在马庆来不动声色的目光下，一只只粗黑的巴掌又小树林子般齐刷刷地举了起来。

郭金石从县委大院驮回自己行李后的第三天，就召开了由他主持的第一次村民大会。正是春播大忙的季节，开会自然在晚饭后，一家来个拿事的，借了小学校的一个教室，满满登登挤了一屋子。

春困秋乏夏打盹。在地里忙累了一天的庄稼人，坐进教室先是嗡嗡哄哄地说笑了一阵，说是开始开会，眼皮反倒粘上来，一个个趴在课桌上打起了呼噜。打瞌睡有传染，一个睡，都跟着去梦里娶媳妇了。郭金石见此情景，就把话停下来，打发两个小伙子找来两把镐，把北墙上的窗户咚咚地刨开了。为了御寒，学校一入冬就用土坯和泥巴把北窗堵死了，这个季节开封倒也正是时候。郭金石又问谁家有电扇，立马就有人回家扛来了两三台。北窗一透亮，穿堂风就呼呼地刮起来，又有大开三档的电扇摇头摆尾地一吹，满屋子刷地就像换了一个节气，凉飕飕地让人再难打瞌睡。郭金石说，咱们没事别把大伙往一块拘，开会大家就都提起精气神，有个开会的样子，屯里的事得大家一起商量。人们顿时看出了郭金石的狠劲，心里说，没曾想这小子到部队干了几年，又到大衙门当了几个月的差，还真学来几出损招子，听听他今天能说出点啥样的话来。这一来，人们的腰板就一个个地挺直了。

接着开会。

郭金石说，大家既选了我当村长，我就得想法叫咱耿家屯有点起色，尽快富起来。咋富？一要人勤，二要会算。光靠土里刨食，还按老祖宗的春种秋收猫一冬的办法，下辈子也还是撑不着饿不死的穷样子。扣蔬菜大棚是个现成的招儿，咱得一年四季都手脚动起来。劳动才能致富，汗珠子加算计才能换钱，没听说在热炕头上仰脖躺着天上能掉馅饼的。我的意见，扣大棚的事说动手就动手，前岗那一百多亩地，平整，土厚，地下水脉也好，正适合种菜。村委会决定从今年春天起，就全部收回村里，谁要种，可以另外承包，但必须扣棚种菜，承包费另算，得加上特产费……

教室里嗡的一声就炸起来，有的喊那块地我已经种上苞米了；又有人问，不是三十年政策不变吗？咋六月天，孩子脸，说变就变了呢？郭金石心里早有准备，不慌不忙地说："谁说承包土地的政策变了？没变！只是在具体做法上屯里做了一点小小的调整。上级本来准许屯里可以提留一部分土地做机动处理，可以前咱耿家屯没留，这回留出来，所得收入就抵冲一部分各家各户的土地承包费，大家并不吃亏。据我所知，前岗那块地也是按人头平均分下去的，这回正好按人头都交回来。至于已经种下去的，撒了多少种，用了多少工，大家心里都有数，秋后一并由村里承担就是了。我再跟大家说一句交底儿的话，前岗只是个试验田，咱先蹚蹚路，摸着窍门了，全村的地明年就全都打乱重分，适合扣大棚的都按块块重新承包，所以我劝大家能行风的赶快行风，能唤雨的立马唤雨，谁也别再巴着眼地等待观望。我再想法从上边要来十万二十万的发展大棚专用款，先下手的无息贷用，慢三春的后悔药你自己吃。不会干也不要紧，半月之内我想法请俩技术员来，人家都是多年侍弄大棚的高手，负责大棚设计，负责技术指导，所需费用也都由村委会承担……"

大会开了小半夜，一涉及个人的具体利益，谁也不觉困喊乏了。散了会，就有一拨子人直奔了耿老德家去，一五一十地将新官上任的这把火描述了一番。想从没来参加会的老村长口里讨个主意。有人干脆就喊，郭金石嘴巴上才长出几根胡子，嫩得很呢！要不我们去乡里把他闹下来，这个大东家还得你来当。耿老德叹息一声，摇头摆手说，找乡里有个屁用？你们没看出连乡党委书记都来给人家逢山开路，遇水搭桥？！郭金石敢这么整，是有人哩！小子跟县里的书记搭连上了，胆子大得像倭瓜，腰板粗得赛碾盘，正是杠上开花手气旺的时辰，咱现在去乡里，不是自己去找二皮脸吗？就看这小子有啥招数，再使使吧。说得众人蔫头耷脑地散去了。

郭金石回到家里，老爹郭老顺的脸色也不好看，说看把你小子能的，胯裆里没俩卵子坠着你还飞上天了，阴天下雨不知道，自个儿能吃几碗饭还不知道？是不是觉得县里的书记拍了你两下肩膀，就不知道该先迈哪条腿了？还真就出马一条枪地胡造上了！我看你整乱套了咋揩这个腚！郭金石也不搭话，只是嘿嘿笑着，忙着舀盆水，把脑袋扎里面扑腾起来，恼得郭老顺再也说不出什么了。

第二天，郭金石找到小学校的老师，在屯里几处显眼的地方，用白灰水刷写出两条大标语：

党员不带头致富，浑蛋！

村民不想法脱贫，二头！！

“二头”就是二虎头的缩写，奸不奸傻不傻的意思，东北农村都这么叫。两条标语这么一写，迥然有别于前些年的那些口号，立时在屯里引出一片惊叹与新奇。人们彼此一照面，都是这么两句嗑：“你是浑蛋还是二头啊？”“你才是浑蛋二头呢！哈哈……”

郭金石又编了几段顺口溜，叫老师教给孩子们，孩子们下了学便满街扯着嗓门儿喊：

扣大棚，不受穷，
一年人人吃饱肚，
二年屁驴子（摩托）胯下骑，
三年家家盖小楼，
四年蛤蟆轿（轿车）开进城。
谁不扣棚谁二虎，
白长了两只大眼灯！
……

这么一闹腾，屯里人就坐不住炕了。郭金石给大家算过一笔账，利用春播夏锄这一段时间，把大棚的土墙先筑起来，把抽水井打上，地里照样可先种一季菜或一季庄稼；待一入秋，天将煞冷，塑料就扣上了，里面栽上茄子西红柿，傍年底的一茬收入，基本就可收回成本；再到明年开春四五月间，抢在蔬菜淡季又一茬菜下来，就全是赚的了，一个棚闹个万八千的不成问题。屯里人心里还有另一笔账，郭金石说是能贷来款，先下手的三年内不掏利，白使唤，这个便宜哪拣去？再说又有免费的技术员，只要把家当置在那儿，又学会了手艺，还怕钱咬手？也不是没见过别的村屯干，那白亮亮四季长票子进钱的大棚也确是惹人眼热。以前只是没人张罗，便弄得人们心懒手也懒了。人们都信郭金石说的不是假话、空话、梦话。

果然不多的日子，屯里就来了两个技术员，一男一女，都住在郭金石的家里。人们看那姑娘，高高挑挑的个儿，眉清目秀的模样，说话办事都透着股洒脱爽快劲儿，跟郭金石挺熟悉挺亲热，又知她叫朱巧云，是郭金石从当兵那旮旯请来的，都猜是不是金石早就在外面相好了的媳妇。偷偷问郭老顺和金石他妈，老人们也都一脸懵懂茫然，脑袋摇成拨浪鼓，连说不知道，也看不出。

技术员来了，钱也到位了，郭金石立刻带人动手，在前岗丈量土地，架设电线，找人打井。当初先播下去的田垄里已长出绿油油的小苗，让人们那么一践踏，也就不成了样子。偏偏地当腰有八根垄，东奔西忙的人都得绕道走，谁也不敢踢碰一块土疙瘩。地头立着三个膀大腰圆的汉子，那是这八根垄的主人，是耿氏三兄弟，叫耿大力、耿二奎、耿三彪，个个提着锹抡着镐，口口声声谁碰了他家的青苗就跟谁玩命。正帮着拉电线的郭金石走过去，手里握着一把电工钳子，他知道这几只拦路虎不“请”开，下面的活谁也不能干。八根垄正在腰梁上，躲得了初一躲不过十五，一场恶战势不可免了。

耿大力恶声恶气地喊：

“我们耿家人只会种庄稼，不会摆弄啥鸡巴大棚！”

郭金石说：

“庄稼人种五谷杂粮，谁也没说不是正理，县里也有种粮状元。可庄稼人种菜，谁也不能说是不务正业吧？占你们多少地，在扣棚户的其他地块给你补，这是两不亏的事嘛！”

耿二奎撸胳膊挽袖子地叫：

“耿家屯就前岗这块地好！少跟我拿囊囊揣（猪身上肚皮部位的肉）换里脊，唬你们家老爷子去！”

郭金石说：

“村委会知道这块地肥，所以谁扣大棚谁多交承包款，让出地块的也给赔偿损失！”

耿三彪斜着眼睛问：

“你给赔多少？”

郭金石说：

“村委会请人算过这笔账，占一根垄赔五十。”

耿大力拨浪着脑袋说：

“那不行！少一百元别跟爷们扯这个鸡巴蛋！”

耿二奎冷笑：

“是不是以为谁都是软柿子，好捏？”

耿三彪用镐头把地皮墩得咚咚响：

“脑袋掉了碗大个疤，谁怕谁呀！”

跟这三条汉子搭话的时候，郭金石一直在用手里的钳子剪指甲。电工钳子很锋利，剪指甲虽嫌笨拙些，却咯噔咯噔地剪出别一种趣味。郭金石是一副心不在焉的玩笑模样：

“村委会已经这样定了，咱们都别计较了。怕吃亏，你们都麻溜地扣大棚，我保你们三年后一人一台摩托骑。你们要实在觉得不合算，除了那五十，其余的亏损部分我个人现在就给你们掏腰包。”

耿大力追问：

“你给掏多少？”

郭金石微微一笑，从衣兜里摸出了几枚钢镚镚，在手上掂了掂，说：

“我算过这笔账，赶上最好的年成，里外里，一垄也就少收个毛八分钱。都在这儿了！”耿二奎火了，一掌把钢镚打得满天飞：

“操你妈，耍谁呢！”

郭金石顿时黑下脸：

“嗬，还动上手，骂上人了？！别给你们脸不要脸，跳鼻子往上抓挠！我郭金石敢当这村长，就不怕谁玩横的来邪的！你们哥仨是不是还想耍耍铁锹抡抡镐把？那就来吧！”

说话间，谁也没注意，郭金石手上一使劲，钳子咯噔又一响，左手的小指就齐刷刷地剪断了一截。他把那断指在手上掂，冷笑道：

“你们真有种，就用镐头往我脑门子上砸，用铁锹往我脖梗子上铲，我郭金石要是眨半下眼睛，就不是爹娘养的！”

鲜红的血泉水般喷涌出来，淋洒在春日里热腾腾喧乎乎充满生机与希望的土地上。密层层的豆大汗珠子布满了郭金石的脑门，他脸上的肌肉在抖颤，伸出去的手也在疼得抖颤。围观的人们呆住了，耿氏三兄弟傻眼了。朱巧云急扑上来，掏出白手帕就给郭金石缠。在春天的氤氲里，那白手帕霎时间就殷染成一朵红艳艳的花，红得让人眼晕心跳。

六

这一年的春天，任殿斌又接连来了耿家屯两趟。第一次是自己坐小车，跨下车门，那两条大标语直扑眼帘，任殿斌就笑了，说："这是哪门子标语？郭金石净整怪的！"及至见了郭金石，他却又改了话，指点着村里的院墙，告诉说能写的都写上，干事情就要有个排山倒海不可阻挡之势。到了前岗，眼前的推土机轰轰响，打井机隆隆叫，到处是人欢马叫热汗挥洒的场面，他愈发兴奋，连叫了几个好。

几天后，任殿斌第二次来耿家屯，小轿车后面跟了一长溜面包车，车里拥下百十位乡镇长和村长支书们，说是开拉练现场会。任殿斌叫郭金石讲讲，刚刚从工地上跑下来一身泥土的郭金石立刻变成了红脸关公，汗水在脸上犁出了左一条右一条的泥道道。郭金石说任书记叫我讲，咋不先给我打个招呼做做准备？这不是叫我丑媳妇难见公婆吗？！任殿斌笑说，你还准备个啥，咋想的咋做的就咋说，实惠儿的最好了，不然一准备，难免又连汤带水有了虚的。大伙要看的正是没有油头粉面化过妆的真媳妇。郭金石见推不过，就讲了自己的短期目标和长远打算，又讲了咋开的村民大会，咋铺开的这一片战场。有知点情的，见他的手上还缠着药布，就说，把你手指头的事也讲讲。郭金石说，这有啥讲的，那天吵儿巴火地跟大家合计点事，顺手一钳子，就把手指头当铁线剪下一截儿，便宜狗了，让它开了回洋荤。人们都笑，啧啧一片赞叹。

那天耿老德也在村里，见任殿斌带人往屯里走，忙追上几步，小声说：

“任书记，那天饭桌上的事您还记得不？我家那个丫头晓玲子也老大不小了，我看金石是个能成事有出息的材料，他们俩的事您就费费心，给说说行不？金石听你的。”

任殿斌正在兴头上，说：

“行，我就给他们‘包办’一下。事要成了，金石日后就是你的东床快婿，村里的事还得靠你多支持他。你是村里的元老了。”

耿老德忙说：

“那还用说。没这事我也没少给他出主意，不信您打听打听。”

找了个机会，任殿斌把郭金石扯到一边，就说了那个事。郭金石怔怔地，好半天没答话，一副若有所失、犹犹豫豫的神情。任殿斌问：“你请来的那个女技术员，我看秀秀气气的也不错，你是不是早有了打算？”

郭金石脸一红，忙摇头：

“没有没有！我只是当兵搞共建时认识的她，还没……深谈。”

任殿斌说：“按说，你个人的婚姻大事，我不该干涉。可换个角度，我比你大十几岁，就是你的大哥了，从过来人的角度说两句话，供你参考吧。婚姻的事，可不光是成家过日子，连古代皇帝选妃立后宫，还得思前想后权衡利弊呢。为啥叫个‘权衡’？‘权’字放在头里是个啥意思？你现在是一村之长了，还是要从有利于工作着想，把眼光放长远一些。说得好听一点，叫调动一切积极因素，若换个说法，又叫不能放过一切可借用的力量。话我只能点到为止，你自个儿再琢磨琢磨吧！”

长龙一般的汽车扬起漫天的黄尘，下山远去了。郭金石站在屯口，眼望着县城的方向，好半天闷声不语，连脚窝都没动一动。任殿斌的话似惊心动魄的雷，又似夏夜里耳畔烦人的蚊子叫，轰轰隆隆嗡嗡嘤嘤的在他的脑子里萦绕。对耿晓玲，他本无恶感，甚至当初还暗自渴望两人间应该有个天长地久的故事。可耿晓玲怎么就那般眼窝子浅，一见耿长林有了点让人眼热的地方，忙不颠地就把秤砣偏压了过去。郭金石心里就是不服这个劲，是耿长林先变了心，不再想搭理她，耿老德又见自己有了点造化，才重打算盘想另立炉灶，难道姓郭的就是任人挑拣将就的材料？难道我郭金石只配拣别人挑剩不要的处理品？这一点，那朱巧云就比耿晓玲不知心气高出多少，眼界也看得开阔，他在部队时就没瞧不起他这个穷大兵，他复员回到山沟沟也没挑剔这旮旯穷，只一封信过去，就放下家里挣大钱的活计，二话不说奔了来。两人之间的那层窗户纸虽还没捅破，但彼此的心思在一个眼神一个笑靥里却早已是明明白白，自己怎能学那耿长林做负心的汉子呢！有一天，朱巧云曾半开玩笑地问他，是不是将来我得把耿晓玲叫嫂子呢？他笑了，说，这我可不知道，可她将来若叫别人嫂子，你不会有意见吧？说得两人都笑了。耿晓玲也试探过他类似的问题，问他朱巧云是不是就不再回去了？他则半真半假地反问，那你看她回去好还是留下来好呢？任书记的那番话他不是听不懂，也不是没想过，素不相识高高在上的“老虎”，他尚且还要千方百计攀上去借一借“威风”，这坐地大户的势力他岂不知只可倚重而不可得罪的道理。可对一个庄稼汉子来说，娶媳妇毕竟是一辈子的头等大事，怎么能一“权衡”就“衡”到“权”上去了呢？

思来想去的结果，郭金石决定暂把“宝匣”锁严盖子，绝不能叫耿老德失去希望，更不能因此而让耿氏家族对他产生忌恨。哼，我就不信耿老德还能永远在耿家屯跺一脚晃三晃，待我郭金石羽毛再丰，振翅而起，真正成了一方“总统”，婚娶之事再摆上议程不迟。我郭金石一辈子可做上百上千件低三辈装孙子的事，唯此一件，是无论如何要有自己的拍板决策权的。唉，巧云，只好暂时委屈你的心了……

庄稼人只要开春在地里播下希望，时间就过得风刮似的快了。转眼到了夏天，耿长林从军校放暑假回来，见了屯里的阵势，兀自吃了一惊。那一天傍晚，郭金石陪他到了前岗，放眼已有了些规模的大棚架势，耿长林叹道：

“老天爷真有眼，让你回到了家乡来。要是咱俩换个位置，我真想象不出回屯不到一年的工夫，我能为屯里做出点什么？我是真服了你啦！”

郭金石笑道：

“我这点能耐还不是老兄曲径通幽的无言点化？军功章上有我的一半，也有你的一半。”

关于郭金石回屯这几月的作为，耿长林早已知晓了一些。他说：

“现在有句时髦的理论，叫社会关系也是生产力。你是独有所悟还有实践创新啊！”

郭金石说：“老兄的世界比我宽广，就再助上我一臂之力吧。我可是一直把你列在我的社会关系里呢。”

两人哈哈地笑起来，都笑得很豪爽，也很开心。

七

这一年深冬的一天，郭金石用棉被包裹着一大网袋茄子、西红柿，骑车跑了几十里山路，兴冲冲进了县委大院。这是蔬菜大棚的头一喷果实，西红柿红艳艳的，大圆茄子绿油油的，个个都有婴孩脑袋大小，往茶几上一摆，着实稀罕死人了。任殿斌兴奋异常，亲自召来几个部室的头头脑脑秘书干事们到自己的办公室来看新鲜。宣传部的人还急找来照相机，让任书记和郭金石坐在红红绿绿的果实前，咔嚓咔嚓地拍了好几张，说新闻照片明天就见县报。

人们正夸赞恭维一片热闹时，就见房门开处，走进两位衣冠楚楚的人。任殿斌怔怔神，急迎上去，拉着手老张老李地叫，又给众人介绍，说是省纪检委的领导，处长主任的。让座时，处长却不冷不热地说：

“不坐了不坐了，省委领导要找殿斌谈话，我们这是专程来迎请的。”

任殿斌说：

“那也得吃了饭走。看，刚送来的茄子柿子，我的扶贫村里的大棚头喷菜，偏你们有口福，尝尝鲜。”

来人说：

“没工夫了，车就在外面等着，省委领导叫你马不停蹄即刻就到呢。”

任殿斌忙叫安排自己的车，来人说我带的车有座位，一车走吧。任殿斌见确是急，抓了装手机的小皮包就往外走。到门口还没忘关照郭金石，说你吃过午饭再回去。等我从省里回来，再去耿家屯向乡亲们道喜。又叮嘱办公室姜主任：“你们替我好好陪陪小郭，小郭现在是我们的贵客了。”郭金石忙说，任书记您去忙吧，我在城里还有点联系种子农药的事，这就走，便跟在人们身后一块呼啦啦地下了楼。

人们只听是省里来人专程迎请任书记，又听说是省委领导找谈话，都猜想任书记这回可能要动一动另有重用了，自然格外殷勤热情地送下楼去。连任殿斌本人都猜想此番非比寻常，不然何不打个电话通知一声即可，是不是下一步要安排到省纪检委任职呢？心里便也有些窃喜，只是表情上仍是宠辱不惊的样子。及至一出大门，任殿斌先有些呆怔了，送出来的人也都有些傻眼，随在人群后的郭金石也觉得冬日的太阳怎么变得这般雪亮，晃得眼睛有些发黑，一颗心陡地提升到了嗓子眼。只见一辆装着警灯的高级面包车前，立着两位穿着检察机关服装的人，他们的身后，还有两个威风凛凛的公安干警。任殿斌在片刻的呆怔之后，似乎还想走上前与一位检察官握握手，但那只手被人家抓住就再没有松开，很不客气地被一下推到车里去了。

任殿斌没有挣扎，没有反抗，他似乎一切都在准备，都在意料之中，只是没有想到会是在这样一种时间和场合。在弯腰钻进面包车的时候，他还回头望了一眼，尽管他仍想表现出一种镇静与从容，可那眼神就像被甩到干滩上的鱼，空洞而绝望，全没了片刻之前的那种热烈、自信、潇洒与睿智。在与郭金石的目光相撞时，他似乎还想咧嘴笑一笑，但那笑里也是无奈的艰涩。

郭金石可能今生今世都不会忘掉这种场面和这双眼睛。他不相信那么随和平易的任书记会犯错误，可法律与官场的无情，比冬日的风更为冷酷地一直寒彻到他的心底。他不知道自己是怎么走出县委大院的，他也不知道他是怎样醉鬼似的摇摇晃晃把车子蹬回了几十里外的耿家屯。他只感觉两条腿软软绵绵的像面条，他只觉得路边的杨树干，山脚的石砬子，到处都是那双死鱼样的眼睛。

回到家里，他就一头倒在炕上。老妈来摸他的脑袋，问他是不是病了，他不说话；屯里有人找到家里商量事情，他也紧闭房门，拒而不见任何人。躺在滚烫的火炕上，他想起念中学时学过的一条成语，“城门失火，殃及池鱼”，突然感到自己也像一条鱼，或许也将被甩晾在干滩上，再难掀腾起浪花了……

几天后，有消息传来，说任殿斌涉嫌参与了省里大头头主谋的一起非法走私大案，怕是要在监狱里蹲上一些年头了。很快，又有消息说，任殿斌与那个案子牵连并不很大很深，也没分得什么钱财，他不过是知情未举，跟着吃了锅烙，是权力角逐的一个牺牲品。虽说可免牢狱之苦，但再想出任领导干部就得看来世的造化了……

又过了些日子，乡党委书记马庆来再度到耿家屯亲自主持村支部全体党员大会，与上次稍有不同的是，耿老德也回来参加了。马庆来拍拍自己旁边的板凳，招呼说，德贵同志，你坐这里来嘛。耿老德却只是摇摇头，仍坐在墙角卷他的老旱烟。马庆来便不再勉强他，说，任殿斌利用职权，以势压人，不顾党的组织程序，破坏党的基层组织建设，扶植安插自己的亲信，在耿家屯是最典型的例子。为了彻底肃清流毒和影响，经乡党委研究，决定耿德贵同志仍回耿家屯工作，并作为支部书记的候选人，提交支部大会重新选举。

耿老德咳了一声，接话说：

“马书记，举胳膊前，我先说两句行不？”

马庆来不动声色地说：

“你的意见我已经都知道了，还是选完了你再说吧！”

仍是在乡党委书记鹰隼一般目光的扫视下，党员们又一次举起了胳膊，举得仍有些迟疑，有些犹豫，有些不情愿。

也有人端坐不动，平平静静的神情中透着不肯妥协的执拗。

十三名党员，八票通过。一个很微妙也好悬让领导为难的数字。

耿老德没给自己举胳膊，似乎也在情理之中。

郭金石是那少数中的一员。他坐在马庆来的对面，紧抿着嘴巴，努力把自己的腰板挺得笔直。

乡党委书记直点其名，口气里透着咄咄逼人的严厉：

“郭金石，你为什么不举手？”

“党员没有权利不举手吗？”回答得很平和，平和里带着毫不掩饰的嘲弄。

耿老德深深地叹了口气，没有发表任何意见，起身走出了屋子。

第二天清晨，天还蒙蒙亮的时候，郭金石重又穿上了复员时的那身洗得有些发白的军装，背上还是那个豆腐块似的有棱有角的行李。他悄悄地打开院门，不由就站住了。不知什么时候，院门口横着摆了十几筐蔬菜，有西红柿和茄子，还有没有成熟不该摘下来的牛角青椒和只有巴掌长的嫩嫩韭菜。他只觉心头一热，鼻子酸起来，就有两行热泪簌簌滚落。他弯下身，拣起一只青椒，对着椒尖咬了一小口，甜丝丝的，清凉，还有一点辛辣，但只是一点点，牛角椒还得再长些日子，该追肥了……他蓦地想起衣袋里还装着耿长林前几天写给他的一封信，那信上说，他班上有个战友的舅舅在省蔬菜公司，专门负责组织菜源出口俄罗斯，如果咱屯里的大棚菜下来了，他可以帮助建立起联系……

郭金石站起身，在脸颊上抹了一把泪水，正准备向屯外走去时，突然发现对面的一堵土墙下缓缓站起一个人来。那人不知已在清晨的霜露中蹲守了多少时间，黑棉袄上已满是白花花一片霜花。

“金石，一定要走吗？”耿老德沙哑着嗓子问。

“大叔……”

“知道乡亲们送来这些菜，是个啥意思吗？”

“知道……”

“啥官不官的，别把那东西太当回事。官场上的事，咱庄稼人整不明白，也犯不上为那些烂糟事费心思。人啊，三起三落才是一辈子。我这是代表耿家屯几百口人留你了，先给我耿老德当当村长助理中不？屯里的事，你该咋支派还咋支派，你大叔不是那种死占着茅坑不拉屎的糊涂人！”

郭金石胸窝里荡起一股更大的热浪，霎时间冲激得他全身都烧烫起来。他紧紧拉住老人那双粗粗硬硬的手，动情地说：

“大叔，我还回来，很快就回来！”

郭金石大步登上了屯口的山岗，伫步回望，微微的晨曦中，那片蔬菜大棚映着金灿灿亮闪闪的霞光，还有大墙上的标语，虎生生的仍不失勃勃的气势：

党员不带头致富，浑蛋！

村民不想法脱贫，二头！！

乱季

/// 孙春平

一

电视里正播一周国际形势述评。伊拉克炸炸杀杀的还没消停，巴以那边又战火密布，还说又抓了一个间谍。项林眼盯着电视，突然抓起电话，叫司机马上把车开来接他。正在铺床放被的夫人问，又啥急事呀？这大半夜的。项林忙着穿衣蹬鞋，说，又要打起来了。夫人恨道，打不打起来关你屁事，你是联合国秘书长啊？怕是在外头养小蜜，连觉都不想在家睡了吧？项林不理她，开了门就下楼去了。

乡政府离县城三十多里，四个轮子飞转，也就抽两颗烟的工夫。项林进了大院时，几个值班和明早还要执行拉堵任务的乡干部刚刚扔下扑克，各回屋子正准备睡觉。项林径奔了副书记谷秉芳的屋子。

项林原在县里当局长，到西林堡任乡党委书记兼乡长也有一年多了。西林堡乡在102国道西边，土地一马平川，条件不错，老百姓吃不愁，穿不愁，算是过了温饱线。以国道为界，那边就是东林堡，地理条件跟西林堡差不多，地平路直，土质肥沃，人均占地都是两亩多，可那边的经济状况就远不是温饱型的了，隔路相望，哪个屯子都戳起了十户八户的小楼，姑娘小伙子们连下地干活都骑摩托车，突突突一溜烟，别提多神气了，人均收入要比西林堡高上近千元。东林堡乡政府的门前就是一个蔬菜批发大市场，占地上百亩，光是那个市场，一年的财政收入就在七八百万，大市场带动了蔬菜产业化，全乡农民一年四季往手里搂钱，老百姓不富得流油才怪呢。

其实西林堡的大棚也不少，乡政府门前也有一个市场，所差只是比人家稍迟了一步。这一步可就了不得，好比百米赛跑，响枪时打了个趔趄，要想追上人家就难了。东林堡乡的领头人刘成吉又是赛场上的高手，凭着经验和技巧，越发把西林堡拉得远了，每到交易旺季，吸引得附近乡镇的菜农都往那里拥，大车小辆想挤进去都难，去晚的就得在市场外排队，一排排出好几里。可西林堡就冷清得多了，偌大的市场上车辆稀稀落落，像羊粪蛋蛋儿形不成规模，自然也就难见效益。为这事，乡领导急得嘴巴上直起泡，大会小会没少开，又连轰带撵地让乡干部们天不亮就蹲到各个路口去，把外地的拉菜车往西边拉，堵着西林堡的菜车不要往东边去。可堵紧了，菜农们就和乡干部吵起来，说不是自由交易吗？谁规定的非得在西林堡卖？问得乡干部们干嘎巴嘴说不出话。还有的菜农不争不吵，调头磨车，可转眼的工夫，不定又从哪条乡路上偷偷摸摸过去了，好像土八路打游击，神出鬼没，乡干部倒成了日本小鬼子。大棚菜的旺季在初春，交易高峰主要在每天天将亮到日上三竿的那一阵，所以每天人们回到乡里时，一个个冻得又是蹦又是跳的，嘴里一个劲地骂，骂天气干巴冷老天爷该被刀剐，又骂菜农见利忘义吃里爬外是汉奸，有时连自己都骂，说乡干部们坐在家里像孙子，出去拉堵屁事不顶像傻子，一个个冻得又像王八犊子……

谷秉芳正在洗漱，见项林敲门进来，忙吐了嘴巴里的白沫沫，问，哟，乡长没回家呀？刚才打扑克怎么没看到你？

项林从衣袋里摸出一颗烟，叼在嘴上，说，回去了，又回来了，在家也睡不踏实。眼下咱乡的市场就这么个局面，你是从上边下来的，眼界宽，得帮我多想想办法。

谷秉芳说，我初来乍到的，能跟上鼓点敲敲锣就不错了。有什么需要我做的，尽管吩咐，我这人缺眼力界儿。

谷秉芳原来是团市委农村部的部长，市里组织青年干部到乡镇基层锻炼，便坚决要求下来。县里在安排她去哪个乡时，还很是费了一些脑筋。女同志嘛，又年轻，且不说水平能力如何，只那日常起居便不好安排。县委组织部长把几家有安置任务的乡党委书记找了去，先请各家主动请缨，又介绍说这位谷秉芳虽说是女同志，但风风火火的，有男士之风，在团市委时就经常往乡下跑，一点儿女人的小家子气都没有。乡镇党委书记们闷着头，只是不吭声。组织部长一催再催，项林说，上头既给派下来了，就好像新媳妇进了婆家门，总不能往回打发呀，依我看，抓阄吧。大家立刻表态说，好，抓阄，看谁手臭，活该。没想在那十几个纸团团里，就让项林一把抓到了手，看着大家幸灾乐祸哈哈地笑，气得他直用手抽自己嘴巴，骂，我让你嘴欠！我让你手臭！乐得大家越发不可支，还一再加油，打就真打，使点儿劲！组织部长也笑，强调说，那就这么定了，但我把丑话说在前头，这事到此拉倒，谁也不许再往外说，谁长个娘儿们嘴我跟谁没完，真要传进新来同志的耳朵里，不好！

谷秉芳估摸项林这时候返回乡里来，一定是又有了什么新想法。项林果然问，东林堡的刘成吉你不是认识吗？

谷秉芳点头说，刚到县里报到时，县里组织去东林堡参观，听他介绍过情况。

那他认识你吗？

谷秉芳摇头说，当时一块儿去的有二十来人，虽说挨个握过手，也是礼节性的，后来也没再打过交道。咱记得人家，人家未必记得住咱。

项林沉吟地说，刘成吉那人可了不得，脑子活，胆子大，敢想敢干，招法也多。倒退几年，东林堡是地瓜，西林堡是土豆，不见得比咱们强多少。扣大棚就是他坐了一把交椅后闹腾起来的，建蔬菜大市场也是他的主意。我看咱们要想摆脱被动局面，光拉光堵不行，得想办法从刘成吉那儿淘弄点真玩意儿了。尤其是眼下这一阵，正是大棚里的乱季蔬菜争行抢市的关口，误了一时便误了一季，误了一季又误了一年，不抓紧想想办法可不行了。

谷秉芳说，哪天把他请过来，或者干脆组织乡里干部到他那里去，叫他掰开饽饽说馅，给咱们好好讲半天。刘成吉不至于跟咱们还留一手吧？

项林摇头，他讲的，我还少听了？可讲是一回事，具体操作起来又是一回事，很多事情是只能做，不能讲的，或者是只能讲手心，不能讲手背的。况且，商场如战场，同行是冤家，谁心里不暗藏两张牌？你别看刘成吉嘻嘻哈哈，整个儿一个心大舌敞心不藏事的样子，哼，打呼噜都半睁一只眼，放个屁未必不掺假，比猴子都精。

谷秉芳说，你就痛快说吧，想叫我干什么？我认真执行照办就是。

项林说，刚才我在家，突然想起一个主意。你说，如果咱们暗中派个人过去，鸦雀无声地跟上刘成吉一些日子，看看他每天都在市场上转些什么，都用些啥招儿法，行不行？

谷秉芳点头，是个好主意，知己知彼，才能百战不殆。

项林说，但派去的这个人不能露身份，这老兄要是知道了，立刻就会把派去的人请进宾馆，又是烟又是酒的一顿客气，保准屁也不让你撒抹一分。我思来想去的，这事你去最合适，你认识他，他却不认识你，你又是个女同志，估计他心里更不会设防。你每天天不亮过去，等市场上人一见少就回来。

谷秉芳笑说，给我的任务是当卧底特工。

项林说，话叫你这么一说，先叫我脸红。

谷秉芳说，气不虚，胆就壮，我不光觉得光荣，还挺刺激呢。我看这事就这么定了吧。

项林说，为了不打草惊蛇，只好就得让你吃点儿苦了。你不能坐小汽车去，最好采取鬼子进村的办法，找一辆去那边卖菜的大车，你装作跟车的，保他人不知，鬼不觉。

谷秉芳说，行，什么时候行动?

说干就干，明儿一早就开始吧。项林说道，肩一耸，将军大衣扔到了床上，说正是春寒刺骨的时候，你把这个穿上，虽不好看，但挡寒，又遮眼，一会儿我再给你找顶狗皮帽子，往脑袋上一扣，更让他连男女都辨不清。有句老话，三人同行，小弟受苦，我却让老妹起五更爬半夜地去遭这份罪，不上讲究啊!

谷秉芳爽快地说，你只管把我当老弟，就上讲究了。

二

项林夜不能寐，密谋于暗室，其实刘成吉也没闲情逸致马放南山。

东林堡市场的边上，新建了好几家宾馆，虽说规模都不很大，可档次却不低，设施不比城市里的宾馆差多少。紧挨着宾馆还有两家娱乐城，能吃能喝，能歌能舞，还有地方桑拿按摩。既是蔬菜集散批发之地，天南地北的商人们自是不会少聚于此，少不得灯红酒绿的去处。

刘成吉入夜后的时光常在酒吧里打发，他独往独来，酒吧老板一见了他，便安排他坐到一个不引人注目的幽暗去处，一包烟，一壶茶，静静独坐。进到这里来的多是酒徒，三五一聚，豪情大发，山侃海聊，嘴巴上全无遮拦。菜商们的高谈阔论，声声入耳，去了那些南山打狼北山擒虎的吹牛成分，刘成吉没少从中探得一些各地的市场信息和经商招法。这是刘成吉的一个秘密，在东林堡也只有少数几个人知道。

这一夜，刘成吉又听邻桌一位北方老客洪声亮嗓地叫，这回哥儿们回牡丹江老家去，主要是搞鲜菜批发，还望各位老兄有菜多往我那里送。我老崔，别的长处没有，就是一个仗义，从不做食亲财黑的事，挣了钱咱们一个饽饽掰两瓣，一盅酒匀着喝，利益均摊，保证亏不了诸位！立刻有人响应，酒杯碰得噼啪响，说得热烈，酒也喝得畅快。

刘成吉整天在市场上转，对各地来的菜商基本都有些印象，这个崔老板确是个粗豪的人，收菜张口一个价，不在小钱儿上计较。有一天，他的摊位收青椒，比别的菜商一斤高抬了五分钱，惹得菜农们都往他那里拥。有个菜商气不过，凑过去跟他辩争，不免冒出些不恭之词，他甩手一个耳光，打得那人口鼻流血。市场管理所的人赶过去，说他违反了市场治安管理，罚他两千元钱，不然就送他去派出所。他二话没说，从怀里摸出一沓票子，说这是两千五，多的五百，我再往他脸上吐口唾沫行不？没等工作人员做出反应，他呸的一口已向那人脸上吐去。气得管理员又罚他十天不许在市场收购蔬菜。

夜已深，刘成吉悄然起身，出门时小声吩咐服务小姐，一会儿那张桌的客人散时，请转告崔老板，就说我在乡政府等他，不见不散。

东林堡的乡政府是一幢新盖的四层大楼，坐落在市场的北侧，站在四楼窗前，百余亩的宽广市场一览无余。崔老板一身酒气赶来时，已是午夜。刘成吉端坐在老板台后，展着一张报纸在看，惹人注目的是老板台正中摆着两条红亮亮的中华烟，还有两瓶五粮液。见崔老板进来，刘成吉也不起身，只是将报纸放下，笑吟吟地说，崔老板好兴致啊。

嘿嘿，收了一天菜，浑身的筋都紧了，跟几个哥儿们乐呵乐呵。不知刘乡长找，要不早过来了。

崔老板满面通红，好似熟蟹盖，惴惴地赔着笑。别看这些人在市场上腰里绑扁担，在菜农们面前横晃，可到了刘成吉面前，先觉矮了三分。但凡想来东林堡挣大钱的，都知刘成吉就是这里天字第一号的土皇上，随便给谁紧紧鞋带找找小茬儿，都得在腰包里的票子上算计算计。强龙难压地头蛇，齐天大圣得拜土地佬，何况这刘成吉确可算得一方神圣呢。

刘成吉扬了扬下巴颏，示意对面的一张折叠椅，说坐吧。整日常听人喊崔老板，如雷贯耳啊，还不知你的大号呢。

崔长富。长久的长，富裕的富。

好名字呀。刘成吉淡淡一笑说，可究竟是长富，还是短富，可就看你自己的造化啦。

那是那是。崔长富随口应着，又觉不妥，忙又说，我们这些菜贩子还不是全托刘乡长的福，要不，咋的也是毛猴子戴鬼脸，白闹腾。

这可就是你的心口不一啦，我一个不入品的土地佬，管的也就是这一亩三分地，能有多大神通？搞活市场经济，离不开你们呀。听说老家在牡丹江？

哟，乡长这也知道？

别人可马虎，不知崔老板可就有点犯官僚主义啦。我有个舅舅就在海林，离牡丹江不远吧？

不远不远，出了牡丹江，往东第一县就是海林。乡长咋不早说？我早该去拜见拜见老人家。

这么论起来，你我就算半个老乡啦。老乡见老乡，两眼泪汪汪。我那个舅舅，当年挨饿的时候，实在扛不住，就去了海林当伐木工啦。

崔长富看了桌上的烟酒，就觉心里有了底数，也不那么紧张了。看来，刘乡长这是想让我给他舅舅捎东西呀。好，有了这层关系，再跟他舅舅搭上头，好好孝敬孝敬，东林堡市场上的事可就好办多了。

牡丹江那边有啥事，乡长尽管说话。崔长富说。

听说你就要回牡丹江去了。哪天走？

就想明天呢。

后天行不行？

那咋不行哩。乡长有事，咱头拱地也办。

刘成吉将老板台上的烟酒往前推了推，说有你这句话，我就放心了。这是送你的一点儿见面礼，礼轻义重，别看不起，收下吧。

崔长富顿吃一惊，慌忙地站起身说，刘乡长，这是怎么说？我还以为是让我捎给咱大舅的呢……

现在只要有钱，什么东西买不到？我何必大老远地让你受这个累，寄去几个钱就是了。

可……我到这块地面上挣票子，本该是孝敬你才是。我早听说刘乡长跟包老爷似的，脸黑，才一直没敢……

刘成吉哈哈笑了，你没敢，就对了。你要送我东西，那叫行贿，我撅了你的秤杆子，让你从此迈不进东林堡半步。这你信吧？可你收了我的东西，就是到了最高人民法院，谁也挑不出你的半点儿毛病。

崔长富仍是看着那东西发怔，问，乡长要是让我干点儿啥，这东西我就提走。要是平白无故的，我可是说啥也不敢拿，无功不受禄啊。

刘成吉说，那我就实话实说，我确实想让你替我办点儿事。而且这事只可你知我知，不管是办成之前还是办成之后，你要敢到外面去吹五诈六给我露出半点儿口风，我刘成吉可是翻脸不认人，脸黑手也黑！

崔长富愣愣神，还是拍了胸脯子，说中，只要不让我杀人放火，咋都行！

刘成吉笑起来，什么话，雇凶杀人放火，那叫黑社会，我是共产党的基层党委书记兼乡长啊，你可怎么想得出？我嘛，只想求你受点儿委屈。

崔长富问，怎样的委屈？

刘成吉说，说大不大，说小也不小，我只想当着众人的面，打你一个嘴巴！崔长富呆住了，不知这个一乡之长是跟自己一样喝多了，还是在开玩笑。

三

第二天一早，窗外还黑着，谷秉芳上路了。附近屯落里的鸡鸣，一声声啼落了夜空里的晨星。

夜里下了小雪，寒风裹着细细碎碎的雪粉，旋搅着，直往脸上扑，刮得人透不过气来。虽已是早春，可北方料峭的春寒，砭骨彻髓，只一刻的工夫，面孔便刺疼起来。

谷秉芳坐的那辆大车，车老板是位五十多岁的老大爷。车上的鲜菜用棉被严严实实地捂盖着，可仍能依稀透出几丝鲜韭的清新。大车颠簸着跑了一程，车老板和谷秉芳忍不住腿脚的冰寒，先后跳下车，跟着四腿的牲口往前跑，待身上有了一些热乎气，再坐上车去。谷秉芳找些话题，借以打发这清晨的孤寂和清寒。

大爷，我一直没琢磨明白，咱西林堡也有现成的市场，为什么乡亲们还非得起五更爬半夜地，往东林堡那边跑啊?

嗨，庄稼人土里刨食，在又潮又热的大棚里忙活了几个月，谁不指望多往手里抓挠俩儿钱儿啊。东林堡菜卖得快，价钱也高，一斤贵个毛八分的，你算算这一车是多少?

那菜贩子也就傻了，眼看着咱西林堡的菜便宜，又为啥非往那边去?你这一车三五百斤都在算计着收入，他们往远处贩运，一家伙就是十万八万的，咋就不算计一下得多支出多少?

你这算计按说也有道理，当初咱庄稼人也都是这么笨心眼寻思的，可一来二去的，人们也就琢磨出另一个理儿了。你想想看，那菜贩子有几个是自家养大卡车的?就是自个儿有车，也要算计着多拉一车有一车的进项。人家把汽车停在东林堡，招招手动动嘴的工夫，菜就过磅了，上车了，等车上的货一满，立马开车走人，或是哈尔滨，或是长春，抢在第二天一早，就批发上市了。要是在咱西林堡呢，就得担心一时半晌能不能把车装满，装不满菜贩子们就得像雪地里的兔子似的，四处乱跑再找货源。你算算吧，那汽车误了时辰，可是得给车主掏钱的，再加上人吃马嚼，耽误一天得扔进去多少?若是再抢不上哈尔滨或长春的行市，那赔得可就更大了。时间就是票子，菜贩子可比咱们算得精呢。这也正应了你们当干部常说的那句话，叫规模出效益，人家东林堡的摊子铺得就是比咱们的大，没法子呀!

一股寒风兜地而起，裹着雪粒子，呛得人倒憋了一口气。好一阵，谷秉芳又问，那您老再说说，咱们西林堡的市场要论占地面积，也不比那边差到哪里，怎么就引不来人呢?

车老板脆脆地甩了一声响鞭，嘿嘿地笑了，说，那我就说一句不怕你们乡官心恼脸热的话，打个比方吧，咱乡里的头头儿是耍耙子的，人家东林堡的头头儿是抡金箍棒的，嘁，猪八戒能耐再大，还斗得过孙猴子呀?

说着唠着，天已蒙蒙亮了。东林堡果然又是个交易繁忙的日子，离市场还有二里多地，菜农们的牛马车和小四轮已密密地排列在道路上，想往市场里进，只好慢慢等了。

谷秉芳站在公路边，放眼望晨光里东林堡远远近近的村庄，心里不由好是一番感慨。仅是隔着一条国道，那村庄里的家家户户，几乎是清一色的新建北京平房，一排排齐齐崭崭，有的还建起了别墅式的小楼，而村外，便是连绵成片浩若湖海的大棚区。初升的朝日将金橙橙的色彩涂抹在那住房和大棚上，再加炊烟与雾霭的弥漫，如虚如幻，辉映出让人感动的油画般色彩。而回头望去，西林堡确是让人惭愧了，村庄里虽也有了一些新建筑，但陈旧的老房子灰土地杂陈其间，就像女孩子虽穿上了一件漂亮的新上衣，却掩不住裤子上的补丁，那份寒酸，不能不让她的父兄脸红心跳无地自容。也难怪项林夜里在家待不住，他是恨不得一天就赶上东林堡啊!

再想想此行的任务，谷秉芳更觉百味顿生，一言难诉。时光倒退十几年，数九隆冬里，寻常百姓哪家餐桌上吃得起水灵灵的西红柿青椒大茄子？就是过大年时吃口韭菜，那也是乡下农民舍出热烘烘的炕头，侍候月子似的忙活几个月，才割下那么几扎几捆，小心翼翼地带到市场上去卖，金贵得胜过大鱼大肉。可自从有了大棚，一切都变得稀松平常了，甚至在冬日里想吃野地里生的苦麻菜，也变得吹口气般地容易。赶到大量的大棚蔬菜下来时，虽说还是比夏天贵些，但也有限，连乡下人也很少舍不得花这份钱啦。菜农们说，乱了，乱了，一切都乱套了，连季节都乱了，这哪还讲春夏秋冬二十四节气啊！所以便把违反了季节时令下来的蔬菜统统称作乱季菜，区别于那些土豆白菜大萝卜，倒也贴切准确。可仅仅是季节时令乱了吗？比如这人与人、乡与乡、单位与单位的市场竞争，哪里还管它昔日的章法与规矩？真就是商场如战场，拼实力，也斗心智了。乱世出英雄，乱季呢，也会出豪杰吧？

谷秉芳跟老大爷告别，只身一人往市场深处走去。市场正面，醒目地高悬着一块十几平方米大的电子标牌，上面显示着当日各种蔬菜交易价格。拥挤的大市场里有条不紊，青椒、韭菜、茄子、西红柿，分门别类，各有收购点，菜农们的车辆分别排列，蔬菜过秤后，立刻装上了大卡车。满载而行的大卡车又必须经由一个出口，那里有税务人员检验交易税票。按规定，市场交易税为百分之一，一天有这么多车辆满载而出，难怪东林堡财大气粗啊！

谷秉芳挤了一阵，又一路询问，在十八号摊位的地秤前总算找到了刘成吉。刘成吉完全是一副农民装束，一件黑布面的羊皮大氅，头顶狗皮帽，脚下一双踢死牛的大头鞋，一条长围巾不扎在脖颈间，竟拦腰束在腰间。如果不是有人指点，真是很难让谷秉芳认出他呢。他孤零零地一个人蹲在那里，拿着小棍在地面上胡乱地划，那神情与等待鲜菜过秤的菜农一模一样。

目标既已锁定，谷秉芳隐在人群里，和菜农有一搭没一搭地唠上几句闲嗑，不时地逡巡刘成吉一眼，看他蹲在这里到底要干什么。

观察了足有两顿饭的工夫，天色大亮了。刘成吉仍神色不动地蹲在那里，不声不响。谷秉芳正纳闷，忽听地秤前争吵了起来。那是一个干干瘦瘦的中年菜农，听掌秤的菜商报了数目，便把脑袋凑到秤前细看。菜商仗着人高马大，一把将他拨出去好几步远，嘴里还骂，看什么看，你瞎呀！菜农委屈地说，我在家是过了秤的，怎么一下子就少了三四十斤呢？差也不能差这么多吧？说着，又要往前凑。菜商更凶了，往后重重一搡，菜农趔趄着倒退，如果不是身后有人扶住，就摔倒了。菜商凶凶地骂，想卖菜就得信我的秤，信不着痛快给我滚犊子，少添乱！

这边的骂声未落，只见刘成吉已呼地跳起身，照着菜商便将大巴掌抡过去，那菜商挨了一耳光，急往后闪，没想正绊在身后的菜筐上，一下摔了个屁股蹲儿。刘成吉也是凶凶地骂，你骂谁？还敢动手，我看你才是个彻头彻尾的正宗犊子呢！

围观的菜农们哄地笑起来。

菜商爬起来，跳起脚往前扑，骂，我跟他做买卖，关你屁事？今儿我跟你没完！

刘成吉猛地甩下帽子，喝道，凡是到东林堡市场上卖菜的菜农都是我亲爹！谁敢欺负我爹我掘他八辈祖坟！你没完那你就跟我来，我还跟你没完呢！

刘成吉露出庐山真面目，顿时振奋了周围所有的人，有人惊呼，是刘乡长啊！又见几个市场管理人员急跑过来，一声声问怎么了。那菜商顿时软下来，僵立着不知说什么好。刘成吉脚下三蹬两甩，竟将两只笨重的大头鞋都甩到地秤上，喝道，我这双鞋早经了公平秤，四斤六两，只多不少，今儿我倒要看看上了你的这盘黑心秤，到底是个啥分量！

菜商忙去地秤上提鞋，说乡长消消气，快把鞋穿上，冰天雪地的，别冻着。

刘成吉两脚立地，不动，说，你少跟我玩儿虚头巴脑的，你让定盘星给我说话。

今儿是我财迷心窍，我认错，还不行吗？菜贩子赔着小心说。

你叫什么名字？

刘乡长，我认错了……

问你叫啥呢？食亲财黑的东西，连你爹给你起的名字都忘啦？

崔长富。

屁，就这德行，你就吹吧，还想长富呢？除非老天瞎了眼！

围观的人们又哄地笑起来。

刘成吉说，那你就给我说明白，今儿你是怎么财迷心窍，耍鬼儿骗人的？崔长富用脚尖做了个往上挑的姿势，说，过秤的时候，我趁人不注意，脚丫子在菜筐底下，嘿嘿，就这么了一下子……

刘成吉冷笑，这几天我就听说市场上有几盘秤不地道，我让你奸，我让你耍！说，耍了几天了？

哎呀，刘乡长，这可屈死人了，我是大姑娘上轿，头一回呀！

刘成吉骂，不定偷养过多少汉子了，还装处女！

人们哄地笑翻了天。

那一刻，地秤前已围了上百人。刘成吉抓过管理人员的电喇叭，大声宣布：把崔长富带到管理所去。一、弄虚作假，坑骗菜农，依照规定，罚！二、在市场上逞凶称霸，打骂菜农，罚！当然，对所有为发展东林堡市场做出贡献的经纪人和各地来的商客，我代表乡党委、乡政府和东林堡的父老乡亲深表感谢，可谁要胆敢胡作非为，坑农骗农，可别怪我们不客气，抓一个惩治一个，抓一对惩治一双。农民永远是我们的衣食父母，这一条东林堡市场啥时也不会忘！

人们欢呼着，感慨着，很快散去。眼见了这一幕的谷秉芳站在那里发怔，心里不得不佩服刘成吉处理问题痛快淋漓，而且恰到好处地借题发挥，作了一篇让人传颂的好文章。

当天午后，谷秉芳回到乡里，把所见的一切都讲给了项林。项林不吭声，好一阵，才将信将疑地说，刘成吉敢这么整，菜农们当然会喊他几声青天，可他就不怕得罪了那些经纪人和菜贩子？谷秉芳说，人家东林堡现在是店大欺客，菜商们心里想的头一条是发财挣票子，自然也就不会计较别的了。项林思忖良久，才说，搞市场经济，总得有买有卖，他心顾着咱四乡八邻的菜农，这一条咱们要学，但咱们也不能坐翘翘板，抬起了那头就压下了这头。你说是不是这个理？

四

此后的几天，谷秉芳每天起大早，连续去了东林堡，却再没见到刘成吉的影子。他是外出了？开会了？还是他本来就没把市场管理当作每日的必修课，只是偶尔过问一下呢？谷秉芳把自己的疑惑讲了，项林笑说，我知道这几天他在忙什么，他蹲坑去了。蹲坑？谷秉芳吃了一惊，说他还亲自去抓小偷啊？项林说，我说的蹲坑跟你说的可不是一个意思。他是到 102 线和外县的交界处蹲着去了，专门统计一天南来北往有多少拉菜车。谷秉芳说，公路上的汽车都连成了串，又是这大冷的天，这个数可咋统计得过来？项林说，要不我咋说刘成吉难斗呢，别人看来难办的事，他就肯办，敢办，还一定要办成。我听说他带人在路边，一守就是一天一宿不合眼，饿了啃面包渴了喝饮料，见到拉菜车就去拦，客客气气又递烟又递火的，非得让人家告诉他是哪来的，到哪去，菜是哪装的，都是什么价。听说他光香烟就递出去了好几条。谷秉芳有些不解地问，他这是图个啥呀？项林说，这老兄的胃口，海大，恨不得把咱全县的乱季蔬菜都弄到他们东林堡去卖呢。人家既有吞象之心，咱们不能不防，不然西林堡就得等着黄摊了。

几天后，谷秉芳又在东林堡市场见到了更为精彩的一幕。如果说上次看到的惩治黑心菜商是刘成吉登台唱主角的话，那这一幕就是他躲在幕后当导演；前一幕有浪花翻卷，追光灯照，不乏光彩照人的效果，后一幕便是大潮暗涌，幕后清唱，于平静中更见出了一种惊人的气势。

那天，谷秉芳一进市场，就明显感觉到了一种与往日不同的气氛。虽然市场上的车辆仍是排列有序，菜农们平平静静地等待交易，可大车小辆只是不往前移动，也不见有满载的大卡车开出市场。菜农们三三五五地凑在一起，交头接耳，眼睛则睃着高悬的价格标牌。那蓝色底板上的鲜红电子数字在不见变化的固执中，闪烁出一种让人难以捉摸的诡秘与深邃。

谷秉芳凑到一伙菜农跟前去，问：怎么，今天没人收菜呀？

菜农说，今儿上市的主要是头刀韭菜，菜贩子们拧着劲压价，就是不动秤，绷住了。

价格牌上显示得清楚，头刀韭菜：2.60 元。那是以公斤论，也就是一块三一斤了。

谷秉芳问，菜贩们开的价是多少？

一块一。

谷秉芳倒吸一口冷气。她虽说来乡下工作不久，可也知道，在蔬菜批发市场上，买方和卖方，各成营垒，拧成一股劲互相对峙是常有的事，在西林堡也没少出过。一旦出现这种局面，就得看市场管理人员调解水平，如何斡旋了。

就这么僵下去呀？谷秉芳不无担心地问。

没事，大老板早把话传下来了，让大家稳住神，谁也不要自作主张。他说邻近几个县的头刀韭菜近几天都是一块三，只要大家齐心咬住，菜贩们早晚得认账。

谷秉芳问，大老板是谁？

菜农说，刘乡长刘成吉呀。你不是咱东林堡的呀？

谷秉芳忙掩饰地说，我不大到市场上来。大老板现在在哪儿呢？

菜农诡秘一笑，说这种时候，他哪能露面。八成正在乡政府的小楼里稳坐钓鱼台哪。你没见到处都有管理所的人吗，腰里都有家什，那叫遥控，懂了吧？

菜农说的家什就是手机。四面望去，果然见分散各处的管理人员们看似漫不经心，四处游走，实则不时走到菜农们面前小声嘀咕几句什么，那显然是在安抚，让人们稳住情绪，静待胜势。

刘成吉在乡民心目中的威望，谷秉芳早有耳闻，来东林堡观察了几天，更有感触，但似这般切实地体察，还是让她心生感叹。都说农民们是散兵游勇，尤其是土地承包给各家各户后，似这般一声暗中叮嘱，便生出三军号令般的威势，那需要的是真心的信赖，而不仅仅是一乡之长的权威呀！

又僵持了足有一个多钟头，管理人员们忽然有所动作了，挨车掀起捂在菜筐上面的棉被看，从中找出几车略显成色差的，叫他们把车赶到前面去过秤。那几位菜农有些不放心，问给的啥价？管理人员说，你报价还是一块三，菜贩子必还一块一，你让到一块二，他点头你就卖，他不答应你还等着。菜农还有些不放心，问，大老板怎么说？管理人员说，这就是他的主意，你快去吧，亏不了你。

很快有话传出来，说菜商们松口了，那些车上的菜开始过秤，果然是一块二成交。菜农们脸上露出了喜色，说他们那种成色的韭菜都能卖到一块二，咱们一块三是老太太擤鼻涕，手拿把掐了。

几车菜很快过完了秤，市场上再一次出现僵局。趁那工夫，谷秉芳满市场转，见数十盘地秤前都空落静寂，菜贩子们同样凑成一堆一伙，神色紧张地商量着对策。买卖双方在沉默中较劲，就好似在拔河，那紧握在双方手中的大绳又岂止仅仅是价格呢。

突然，市场上一直在唱着《愚公移山》的高音大喇叭静了下来，一个清脆的女声平静地宣布："现在发布一个通知：为了保护广大菜农的利益，东林堡市场管理所决定，从即时起，以保护价收购鲜韭。价格是，一等每公斤二元六角，二等每公斤二元四角，一至五号秤马上开始收购，请菜农们凭检斤单到乡信用社领取现金。再播放一遍……"

市场上空顿时响起一片欢呼声，赶车来的车老板们喊着叫着，叭、叭地甩起了脆鞭，那划破天空的一声声炸响，不亚于除夕之夜的爆竹。那一刻，谷秉芳特别注意了那些菜商们，只见他们惊惊慌慌地一碰头，立刻向四处分散开。一元三，他们也急着开秤收购了，不然，他们若再想从管理所手里直接进菜，就要再交管理费，起码一斤得加五分钱呢。

谷秉芳回到西林堡，把这一幕再讲给项乡长，项林又是好一阵闷头不说话。谷秉芳说，刘成吉胆大包天，让我想来都难免有些后怕，要是菜商们真的齐心罢市，他可怎么收拾这个大摊子？我粗略算了一下，今儿东林堡市场上的韭菜少说也有五十万斤，收完怎么存放？冻坏了不说，怕是让信用社现印票子都来不及。项林说，这叫艺高人胆大，胆大人艺高，说句时髦话，那老兄玩儿的就是心跳。谷秉芳说，玩儿心跳也不是这么个玩儿法，菜农们拿不到现金，可要闹事啊，那不是玩儿火吗？项林摇头说，咱们看到的也许还只是其一，表面现象，不知的还有其二其三，在魔巾下捂着呢。戏法人人会变，各有奥妙不同。我看这样，这几天你干脆扮作菜商，在那边宾馆包间房。看来咱们光看市场早晨热闹的那一阵不行了，那只是前台，幕后的故事才是真的呢。你现在的侦察重点是夜幕下的东林堡。

刘成吉就像一只山林中的机警豹子，领地外的飒飒风响和他身边的枝摇叶动，不能不引起他的警觉。有人报告，说这两天入夜后见有陌生警察到东林堡宾馆和歌舞厅找人，都是一身警装，威威武武，惊得宾馆和舞厅老板以为又要搞什么扫黄打非行动，客人们眼看见少。刘成吉急把派出所长找去，批评说我早有言在先，即使夜间有什么任务也尽量不要张扬，要内紧外松，这点儿道理你不懂？派出所长委屈地说，这几天我们根本没有行动，我也正纳闷，怎么突然冒出了警察？刘成吉怦然心跳，吩咐说，今夜你把人都派出去，但都换上便装，注意那些警察的动向，看看他们到底要干什么。第二天，所长报告，说那些警察都认识，是西林堡派出所的，谁知他们在搞什么名堂？刘成吉心里暗笑，情知这是项林玩的疑兵惑众之计，意在把客商往西林堡那边挤，以此推想，项林可能还往这边派了探子。心里这般想，也不说破，只让所长将近些天各家宾馆旅店的客人登记名单送来。所长大惑不解，问是不是西林堡那边出了什么案子，他们怀疑潜在了我们这里？刘成吉冷笑不语，只说你快去办，看过名单便知。

很快，所长将名单送来，刘成吉匆匆扫过两眼，便圈定了几个身份证号码是本地区的客人，说你马上跟县公安局户籍科联系，把这几个人给我搞清楚。所长很快又将调查结果呈到案前。刘成吉望着谷秉芳的名字，把两月前曾来乡里参观的那些市里下派干部在脑子里过了一遍电影，便笑了，下派的那批干部中，男多女少，听说还为安排女干部抓过阄，一切已是秃子头上的虱子，一清二楚。他对所长说，你去忙去吧，西林堡的警察今晚不会来了。

刘成吉是特意选在午饭时间去了宾馆。服务员说，谷女士去吃饭了。刘成吉说，你把房间打开，我在里面等她。服务员认识乡长，不敢怠慢，沏上热茶，又开了电视，退出去了。

谷秉芳用过午餐，又在外面市场上转了一圈，刚回宾馆，便听服务员说刘乡长正在房间里等她。谷秉芳心一惊，想不出刘成吉怎么就知自己住在这里。可事已至此，只好硬着头皮回房间。刘成吉笑哈哈迎上来，说秉芳书记，这可就是你的不对，怎么到了东林堡，也不打声招呼？是市里大机关来的人看不起我这穷乡僻壤啊，还是咱两家界壁子（邻居）似的紧挨着，反倒生分了？这事要是传出去，还不让人骂我刘成吉万人臭没人理呀？

谷秉芳说，我从市里下来前搞过一个农村青年现状调查，因走得急，没来得及整理。最近团市委催着要材料，我只好躲个清静地方闭门造车。知道刘乡长忙，没敢打扰，只想写完时一并告别呢。

刘成吉笑道，你下来时间短，情有可原。可项林这事的毛病可就大了，女同志面子矮，拿深沉抹不开，他也该给我打声招呼嘛。咱两家，一条国道隔着，差哪儿呀？你锻炼两年，再接任命书时，就是管咱的大干部了，一点儿感情投资的机会都不给呀？这是他项林在搞垄断嘛。

谷秉芳笑说，这事要说失礼，也只怪我。项乡长本来说要找您的，电话都抓起来了，是我一挡再挡。我这就赔礼还不行吗？

刘成吉仰面大笑，说这个项林啊，没想还把秉芳书记当成大熊猫了，实行一级保护。还派了警察在各处转，这眼见是怕你在我的地面上被绑架啊。

谷秉芳大窘，情知刘成吉这是含沙射影，武林里的话，这叫虚晃一枪，点到为止。她到东林堡住了两天后，给项林打过电话去，说这边的夜生活要比西林堡那边活跃开放得多，娱乐城通宵达旦，宾馆旅店管理得也不那么严格，时见有年轻女子出入。项林在电话里沉吟了一下，说这事我早有耳闻，他刘成吉也不怕按下葫芦浮起瓢，在精神文明上栽跟头？谷秉芳说，不管怎么说，人家在投资环境方面，还是比咱们那边多动了心思。没想当晚项林就派了警察过来，谷秉芳心里还暗叹此招虽说损点，可也不失为一手狠棋。没料到这么快就被刘成吉看出了破绽，而且不动声色，迫你收鹰。

谷秉芳只好佯作不知地说，刘乡长开玩笑了，哪能呢？是派出所那边有什么案子吧？

刘成吉不在这个话题上纠缠，说这样吧，从现在起，你的吃住可就得听我的安排了。马上调换房间，我的贵宾安排这个档次不行。晚上，叫接风洗尘也好，叫聊补欠情也罢，我把乡里的几个书记乡长都叫上，咱们好好聚一聚。

谷秉芳忙说，晚上聚的事听您的，可房间就不要换了。我的材料只差个收尾了，再有半天的时间足以利索，团市委又追得紧，我已经准备回去了。

刘成吉摇头说，我要不来，你就深居简出，躲在这里连个面都不给我见，我刚一说尽尽地主之谊，你又立马走人。不行，就算我罚你，你也老老实实地再给我在这里休息两天。项林那边由我说，他还真把市里下派的干部当长工使呀？

谷秉芳装出很诚恳的样子说，我已经跟团市委打了电话，明天就得把材料送回去，那边急等着用呢。过些日子我专跟刘乡长取取真经还不行吗？

这一晚，谷秉芳回到西林堡已是夜深，是刘成吉派的车。第二天一早，谷秉芳就将在东林堡的情况都讲给了项林，又说我的情报工作看来只好到此告一段落了，但愿我没扮演蒋干盗书的角色。项林意味深长地一笑说，刘成吉口口声声说自己是粗人，却事事精细得鬼难拿。你慢慢品吧。

可还没等谷秉芳品出个子午卯酉，两个乡的工作人员突然打了起来，而且还动了拳脚。说起来事情也挺简单，因为拉菜的车辆主要来自吉林、黑龙江，所以东林堡早就在 102 国道北边来车的方向竖起了许多路标牌。标牌是给车上人看的，自然要竖公路右侧，而右侧又偏偏贴着西林堡。有一天，在给市场管理人员开会时，项林讲，东林堡的市场为啥比我们搞得好？其中一条重要的原因就是人家的市场意识强，广告宣传比我们出手快，抢去了许多滩头阵地和制高点。比方说，人家早就把广告做到十几公里以外的公路两侧，连我们的一侧都占去了，我们为啥没想到这一点？这就叫差距。当天夜里，就有几个年轻人提着油漆刷子，架着高脚梯，去公路上改画广告牌了。那种改画倒也简单便捷，只把每个牌子上的“东”字统统改成“西”，便立竿见影地为己所用了。东林堡的人闻讯赶去，自是不让。一方说你们为什么改我们的牌子？另一方说你们为什么把牌子竖到我们这边？一方说公路是国家的，哪是你们那边？另一方说以道心为界，这边就是我们的。这般争着吵着，就在公路上动起了手脚，一下了堵了好几百辆车，好一阵才疏导开。

项林在电话里挨了县长好一顿训，心里恼火，就把那些惹事的人召在一起，狠狠训骂了一顿，说你们都是猪脑子呀，我叫你们学学人家的市场意识，谁叫你们去捅猫蛋啦？我要夸一声谁家的祖坟有风水，你们是不是还得去扒人家祖坟，把自家老祖宗的骨头棒子往里埋呀？看你们一个个白挨打的这个熊样，我看活该，该打！直骂得几个年轻人坐在那里耷拉着头，委屈得不知说什么好。

这里正训着，房门开处，突然走进了刘成吉，身后还跟着两个人，一个提着一大袋子烧鸡，一个抱了一箱白酒。项林怔了怔，急敛起脸上的怒色，说稀客稀客，你老兄怎么来了？

刘成吉笑道，我不能不来啊，我们家里的那帮混球子们冒犯了好邻居，我得给弟兄们压惊请罪呀。

项林不无尴尬地说，我也正批评这些人呢。事是我们先惹起来的，我随后就去你们那边道歉呢。

哪里话嘛。刘成吉仍是笑说，我们占了西林堡的地利，已经得了实惠，弟兄们要收回主权，本在情理之中。我们没说一个谢字，还出手打人，该挨骂挨批评的是我嘛。

项林使眼色，叫屋里的那些人撤出去，刘成吉却一伸手，拦住了，指指带来的东西说，赔罪总得有点赔罪的表示，我也没时间挨个给各位敬酒了，就这点小意思，带过去。

众人不动，为难地望着乡长。项林脸上越发挂不住，只好讪笑地说，那还客气什么，就谢谢刘乡长吧。

人们离去，经过刘成吉身旁时，不由感激地望上他一眼。项林看在眼里，心里更是窝了火，眼见是又被人家抢了上风头，所以一待人走尽，他就对刘成吉说，你老兄这是刘备摔孩子，收买人心。反倒弄得我猪八戒照镜子，里外不是人了。

刘成吉不愠不恼，仍是一副大大咧咧的样子，说，我买这些人的好有什么用？你非要说收买，我也是为老兄。照笨理说，孩子在外面捅了娄子，家长是该关上门教训他们一顿，可黑下脸吓唬几句也就是了，切不可下手太狠，不然两家孩子心里结了疙瘩，往后碰到一起，难说又会闹出些什么事，最后还得咱哥儿俩去揩那个臭腚。我刚才也把我们那些人狠狠教训了一顿，叫他们立马把公路边上的那些牌子都改过来，就照你们那样改，差一点儿也不行！项林怔了一下，说，这……合适吗？

怎么不合适？刘成吉说，西林堡的市场比我们那边晚起一步，自然就更需要多做些宣传，我没为老兄做些什么，要是再在前面打横捣乱，岂不是太不仁义了？远亲不如近邻，近邻不如界壁子，总不能让别人看咱的笑话，是吧？项林只好笑道，那我就啥也不说了，谢谢老兄吧。眼看这就傍晌儿了，晌午咱俩好好喝喝。

刘成吉说，喝就喝，咱俩也有些日子没在一起碰碰杯了。那饭前这一阵是不是还得来点啥节目？

项林对一直愣在旁边的谷秉芳说，去，帮我把棋盘搬过来，我和刘乡长支巴两盘。你观阵，见识见识刘乡长的邪招怪招加损招。

几人都笑，笑里含了很多内容。谷秉芳心里说，这次过招，又让刘成吉在嘻嘻哈哈之间胜了一筹，果然像菜农所说，他是使金箍棒的，不服不行啊！

六

这一天，项林和谷秉芳一起在市场上转，边走边小声商议着什么。

若是没有紧邻的东林堡比着，其实西林堡市场也算有了些规模，每天早晨那一阵，交易额也有几十万元。如果真能知足者常乐，项林额头下的两个大眉疙瘩本也可舒展许多了。

一辆摩托车突突驰过来，是乡里的一个干部，从怀里摸出一张绿纸片片，项林接过看了，随手递给谷秉芳，不无讥嘲地冷笑道，你看看，这老兄是豁牙子啃西瓜，道儿多着呢，明着高姿态，底下小动作。那天我一看他进屋，就猜他必是又有沉底炮高吊马等着咱们了。

是一张广告宣传单：

批发蔬菜哪里去　敬请君临西林堡

前方路口往西五公里，即是远近闻名的西林堡蔬菜批发市场，时令鲜菜，品种齐全，价格合理，交通方便，手续便捷，并可为客商提供全套餐饮、住宿、娱乐服务，保君客至如归，生意顺达。

这似乎是在给西林堡做广告，可再下面的一行黑体字却奇峰陡耸，江水回旋，可见马奔卧槽，另有所图了：

如君尚有不如意，紧邻还有东林堡！

这是明褒暗贬，意在陪衬，硬往哑巴嘴里塞黄连！谷秉芳心里恨，看项林脸阴得快滴了水，便低声问，乡长，这事……就忍啦？

项林说，不忍了还咋整？怪也只能怪咱们缺高人，没能耐，人家这是一枪打两眼，既打宣传战，又打心理战，故意气咱们呢。

这事，刘成吉不会不知道吧？

项林冷笑说，山大王不点头，那边人谁还长了倭瓜大的胆子？

俩人都不再说话，只是感到憋闷和窝囊，是那种暗中叫人踹了一脚，还不得不龇牙咧嘴对人家赔笑的窝囊。谷秉芳想责怪几句刘成吉什么，又想安慰安慰项林，却一时不知该从哪里开口。责怪深了，似有挑拨之嫌，也显得自己小家子气，毕竟还都是兄弟乡镇之间的同僚嘛。便只好跟在项林身后，在拥杂的人群车队中巡走。

突然，她发现了一个身影，忙捅了捅身边的项林，小声说，乡长，那人就是崔长富。

项林停下来，问，崔长富是谁？

谷秉芳说，就是刘成吉在市场上当众收拾过的那个菜商，我跟你说过的。项林眼睛一亮，问，你不是说，第二天就再见不着他的面了吗？东林堡那边待不住，才跑到咱们这边来了吧。

项林摇摇头，未必这么简单。依我看，此人和刘成吉，若没结仇成怨，暗中就另有交易。

谷秉芳将信将疑地说，能吗？

项林低声说，先别管能不能，机不可失，难得他自己送上门。你先回乡里去，我去跟他会会，想法儿跟他拉拉近乎，看能不能从他嘴里掏出点啥玩意儿。

谷秉芳悄然离去，项林跟在了崔长富的后面，心里已给自己设想了能跟他套上近乎的身份。那崔长富一路走过，挨车掀棉苫帘看茄子辣椒西红柿，然后小声和菜农嘀咕着，啥价？一块六。你想往黄了要啊？东西都拉到这儿了，二百五才涮自个呢，我昨儿卖的就是这个价。你要送到东林堡，这价我就收了。在这儿不行，不信你就守着。东林堡市场大了，我哪去找你？十八号秤，好记，幺八，要发，我发，你也发。我就这二三百斤菜，还值得送一趟呀？不够磨鞋底钱呢。那这样，你送到东林堡，我一斤再给你加一毛钱的运输费。这事你自个儿知道就拉倒啦，可千万不许往外再给我瞎咧咧。嗯，这还差不多，我这就去，你不在我找谁呀？你就跟掌秤的人说是我姓崔的让你去的。好使啊？嗨，蛆子来例假，多大的事，这还值得我诳你一回呀？

都说买卖人是属耗子的，无洞不钻，妈的，拉主道（买卖）

竟拉到人家秤杆子底下来了！说不许瞎咧咧，这种事，菜农们还不立时一传十，十传百呀！项林心里骂，又眼见那菜农开始摸车往外走，还一边小声跟其他菜农嘀咕。

项林正琢磨要不要立马采取什么措施时，崔长富突然侧转身，直奔项林而来，瞪着眼睛问，哎，你跟着我干什么？

项林忙收神，赔笑说，想跟崔老板学学本事。

你认识我？

久仰大名。我没少听人提起过崔老板，说买卖能做到大哥你那份儿上，上上下下都能摆平整明白，就算修行到家了。

崔长富笑起来，老弟这倒是句实话。这么说，你也不是本地人了？项林掏出烟递上去，老家吉林白城子。想来这里倒倒菜，来了好些日子了，只是摸不准门路，想求老兄仙人指路，点拨点拨呢。

两个市场都看了？

看了。西林堡这边的菜确实便宜点，可东林堡进手出手都比这边快。

就看出这一点？

可不，所以才这边一车那边两车的，一直拿不准主意在哪边立脚坐庄呢。那你还真是个雏儿。这里面的弯弯绕儿，够你琢磨两冬加一夏的了。

崔长富说完抬脚就要走，项林一把拉住他，哎崔大哥，这样好不好，大冷的天，小弟请大哥赏脸，去喝两盅。咱酒桌上慢慢聊，大哥多少指教指教。

崔长富说，我还有事，改日吧。

项林扯住他的袖子不放，说，我知道崔大哥忙，不定哪天才能再遇上。大哥今儿就少挣几个，等日后小弟真要有点出息，给大哥补上也行啊。

崔长富见他黏皮糖似的缠得实在，只好说，好，今儿就让老弟破费，我也算又交了一个朋友，你找地方吧。

项林心中暗喜，为自己的这一番表演，也为即将揭开的深一层次面纱后面的“干货”，竟颇有了一种智斗小炉匠般的兴奋与得意……

七

酒桌上的角逐，项林和崔长富显得都很豪爽。进饭店时，老板急迎过来，张口刚叫了一声项……项林便急忙使眼色制止住他别再往下说，说我今天请来的可是真正大老板，我狗屁都不算，马上安排个地方，我和崔老板整几杯。开饭店的都是何等精明的人，立刻就看明白了，再不敢跟乡长当面献殷勤。项林叫把最好的酒拿上来，老板送进五粮液。崔长富竟大手一摆，说这叫花大头钱买名堂，还拿不准是不是真货，是爷儿们就喝高度的，落肚过瘾，满身通泰。烧刀子不能没有吧？老板再送进一瓶，还问一瓶够不够。崔长富说先喝着，不够再说。项林抓过酒瓶看了看，上面标明60度，心里暗叫不好，情知今儿是自投罗网在劫难逃啦。

接着点菜，项林把菜谱推到崔长富跟前去，说我也不知大哥啥口味儿，别让大哥再笑话我虚虚泡泡地玩嘴耍花腔。那崔长富也不看菜谱，说切一盘五香肘子肉，两叠干豆腐卷大葱，只要正宗农家酱，再来一盆酸菜炖肉粉，多给我下点儿血肠。中了，就这些。项林说，大哥这是寒碜我呢，你怕小弟掏不起钱啊？咱大小也算个买卖人，总得吉庆有余。就又点了清蒸鱼、香酥鸡什么的，还特意叮嘱来一盘油闷辣椒。崔长富问，你能吃辣的？这可不像咱东北老客。项林顺嘴胡诌，说我祖上是从南方跑关东过来的，我可能是遗传，随根。其实，项林要这道菜是藏了心眼，以他这些年当乡镇长陪客人喝酒的经验，若是遇到难以脱逃的酒官司，最好的办法就是在酒没下肚前先硬着头皮嚼下几口辣东西，把满身的汗毛孔辣得张开，随后再喝酒。酒随汗走，大汗淋漓，下面不管是多大的阵仗，都好对付了。

酒就这样喝起来，一边喝一边南朝北国地扯。项林的吉林白城子也不完全是信口开河，他有个叔叔在那边，读书的时候，假期里没少到那里跟叔伯弟兄们砸冰捕鱼提枪打兔，前些年机关里闹腾经商做买卖，他还求本家弟兄们帮助收购发运过粮食。项林把这些往事都当作亲身经历，添枝加叶地一白话，那崔长富果然深信不疑。项林很快发现，如果抛开在东林堡市场上要秤杆子那个事，崔长富其实是很粗豪很实在的一个人，他说眼下他在牡丹江那边管批发，这边有朋友负责收购运输，他这次来，就是专为送两个朋友，帮他们铺摊打场，顺便看看蔬菜行情。崔长富趁着酒兴还讲了许多菜商之间又合手又斗心眼的故事，俩人醉眼迷迷，敞开喝，放开聊，很有点相见恨晚的意思。

这一顿酒直喝过了正晌，两瓶烧刀子没剩下多少。崔长富说东林堡那边还有事，留下了手机号，说有事尽管去找他。项林说等我把这边的客房结账退掉也移到那边去，也好常讨大哥的指教。俩人亲亲热热地分了手。项林趁着酒兴，踉踉跄跄地回了乡政府。谷秉芳见他如此神态，忙起身斟茶，笑说，这回是主将亲自出阵，收获不小吧？

项林舌头难打弯，乱乱地说，大大的……大大的。黑白两道，真真假假，两、两手抓，两手都得硬。

谷秉芳笑，说你就别跟我卖关子啦，捞干的说。

项林说，刘成吉跟崔长富那些人，背后都有钩儿，互相利用，各取所需。比方说，那回整崔长富那个事，就是周瑜打黄盖，一个愿打，一个愿挨，演戏给人们看的，既镇唬了新来的菜贩子，又收买了菜农的心，一石二鸟。崔长富也没白吃亏，这回他另送两个同伙的菜商来，刘成吉就特意安排了两个最好的收购摊位。还有那回收韭菜，崔长富说这种事更是后娘打孩子，常有的事。刘成吉私下里养了一批铁杆保皇派，他们先得了指令，只要市场一说按保护价收购，他们也立马开秤，别的菜贩子想抱团儿罢市，玩勺子去，没门儿！刘成吉跟那些保皇派有言在先，只要好好配合市场管理所，保证不让他们吃亏。再说今儿，崔长富也是刘成吉亲自派来的，说就是先吃点儿亏，也要把菜农们拉过去，拉过去一个是一个，有一个就能带一帮，只要让菜农们认准东林堡，不愁大利不跟在后面……

项林说着说着，酒劲儿上来，眼皮黏得睁不开。办公室里备着床，谷秉芳催他去睡，还替他扯开被子盖好才离去，还叮嘱乡政府里的人谁也不要去惊扰。项林这一觉睡得昏天黑地，直到有人推他，才迷迷糊糊地爬起来。看窗外，已是黑沉沉一片，乡机关里静悄悄的，地心火炉上，大饭盒里正咕嘟着白菜冻豆腐，炉盖上还烤着几个焦黄的黏豆包。

项林问，哟，什么时候了？

谷秉芳说，夜里十点多了。起来吃点东西吧，还没睡够就吃完东西再睡。

项林说，哟，半夜啦？司机还等着吧？叫他一声，送我回家。

谷秉芳说，我给你家大嫂打过电话了，汽车我也打发走了，这么晚，就别回去了。你好歹吃一口，垫补垫补，酒后空腹，不好。我也回屋去休息，有什么吩咐，明早再说。

谷秉芳说完就走了。项林抓湿毛巾擦了擦脸，真觉肚子有些饿了，抓起一个黏豆包就咬，想想白天的事，不由又发起呆来。那个刘成吉，真是办法想尽，让你防不胜防，亏没少吃，还让你说不出什么来，人家确是高手，不服不行啊！再不能总让他牵着鼻子走了，得想办法玩点儿绝的啦……

早晨，在食堂再见面，项林问谷秉芳，你在市里有没有能写文章的朋友？得是高手。

谷秉芳问，想写什么样的文章吧?

项林说，要大块儿的，比如报告文学通讯什么的，巴掌大的豆腐块不行，没意思。

谷秉芳明白了，乡长后半夜睡不着，这是想在宣传攻势上下力量做文章了。便说，我那口子有个老同学，在市文联的《雄关文学》杂志社当编辑部主任，写小说，也写报告文学，在省里也算有些名气的，笔名叫闷雷。

项林笑，闷雷?咋叫了这么个怪名字?

笔名嘛，越怪越容易叫响。你没看眼下走红的作家，鬼子啊，东西啊，笔名怪怪的不少。

以你的面子，还请得动吧?

谷秉芳犹豫地说，我要说声请，他肯定能来，只是……

项林说，你有啥就直说，是不是得有啥条件?谷秉芳说，我下来前，他还请我们两口子喝过送行酒。眼下文联那样的单位，市财政只拨人头费，能按月开工资，已是很不错了。尤其是他们那个刊物，自筹自支，想维持下来都难。主编就给编辑们下任务，每人一年至少得拉进一万元钱的广告。闷雷当着部门头头，比别人还得多些。他听说我到乡里锻炼，让我在这方面帮他找些门路。其实乡长的这个想法我也不是没想过，只是操作起来就要花钱，所以一直没敢张这个口。我把他请来没问题，他也能给咱们写，可能不能发表出去，我可不敢打包票，终审权不在他手里，尤其是这种稿件。

项林说，发不出去咱费劲巴拉地写它干什么？文人圈子里的事我虽不懂，也多少听说些，也算听过猪哼哼。别说他们爬格子的，眼下办事不上油，哪根轴能给你白转？你说得多少钱吧？

谷秉芳说，一篇万字左右的报告文学，封面或封二封三再配上照片，我听他说，开价是一万，凭我的面子，估计七八千能拿下来。

那个《雄关文学》发行多少？

他们自己对外号称一万，现在办文学刊物的有几个不是打肿脸充胖子，硬撑架子吹呗。咱给他对半打折，我估计不会超过五千。

项林说，也太少了点。他能不能在市报、省报上再给发发？

谷秉芳说，把报告文学压缩成通讯特写，也不是不能发，可那样一来，就得另有些别的辅助性动作了。虽说现在上上下下都在喊反对有偿新闻，可这种稿，明的说不要钱，暗地吃吃喝喝，去外地走走玩玩，或者送点土特产，总得跟手里有发稿权的人联络联络感情。

你说吧，这一笔又得多少钱？

总得三五千吧。

项林想了想说，四千，给咱登出来就行。

谷秉芳又犹豫地说，这四千可不同前一笔。前一笔他们编辑部能给出收据，叫赞助款。这一笔可是私下里的小动作，什么手续都不能给出。

项林把手松了攥，攥了松，弄得指关节叭叭直响，好一阵才说，不出就不出，小鸡不撒尿，自有别的道，还没见过憋死的。可咱也得有点儿条件，要干就鸡蛋壳子揩屁股，嘁里喀嚓，要拖个一年半载的，就不值了。

谷秉芳说，这个要求估计不会有问题。咱们不妨把丑话说在前头，不见兔子不撒鹰，不见稿件正式发表不付费，他们杂志正愁米下锅呢，就是把正在厂里印刷的稿子撤下一两篇，也得把咱们的先挤上去。报纸更好办，天天要出报，只要关键人物点了头，挤进个一两篇稿子，更是小菜一碟。

项林说，刊物出来后，你叫他们以编辑部的名义，给市县主要领导一人寄去一份儿，还有县里的各部委办局，各乡镇，最好都能寄去。

谷秉芳点头说，这都容易办到。你定个时间吧，什么时候接待采访，我吃完饭就给他打电话。

项林突然诡秘地笑起来，说，不是写我，是写东林堡，重点是写好刘成吉。你跟闷雷说，请他把十八般本事都使出来，只要宣传到位，西林堡日后对他另有答谢。

谷秉芳这一惊可好比头顶炸声雷，不相信似的望定项林问，乡长，这事……咱花钱买润肤霜增白粉蜜，却给别人往脸上搽，你不是昨天的酒还没醒吧？

项林意味深长地一笑，说这事，先别多问，我就全权拜托你了。记住，你知我知，没有扩散传达的任务。跟你的那位作家朋友也这样叮嘱。我看过一个条幅，一直也没琢磨透是咋个意思，“只管和烟和月写，不知是雪是梅花”。他的任务就是写，放开手脚写，有谁问到他，只说是深入生活，宣传先进就是了。

项林不让问，却不能让谷秉芳不想，可想得脑仁子生疼，也咂摸不出个所以然来。项林这是怎么了？不是接连受挫气糊涂了吧？可看他那神态，却分明是个深思熟虑胸有成竹的样子。千万不要搞得大伯哥背兄弟媳妇，受了累不说，还让人看了笑话呀……

八

自从东林堡的蔬菜大市场搞起来后，电台、报社、电视台的记者没少来，隔三岔五就是一伙，经历多了也就习以为常，宠辱不惊。初时刘成吉还挤时间亲自接待，唯恐招待不周，惹恼了无冕之王，可一旦觉了是负担，他就指派乡党委的宣传委员专门负责接待，嘱咐说，只要是来为东林堡大市场做宣传的，一定要安排好，咱不巴结，但也绝不可怠慢。宣传委员有此指示，接待工作自然格外在心在意。东林堡的知名度与声誉与日俱增，跟各路记者们的摇旗呐喊不无关系。

这一天，宣传委员张际辉找到刘成吉，递过一张名片，说来了一位作家。刘成吉接过名片看了，潇洒道劲手书体两个字，“闷雷”，显得与众不同。刘成吉说，按理说，作家的笔头子可比记者更高一筹，只是我听说眼下办刊物的，穷得四处乱窜，被嘴损的称作文丐，是不是想借写文章拉赞助啊？张际辉说，我防着这一手呢，可这个作家可比那些记者还显得清高，连食宿都没让咱安排，先住下才找到的我，见面先声明是深入生活抓创作素材，只尽责任和义务，不取任何报酬。刘成吉说，这却难得，人家不提条件，咱们更得热情，先送过两条烟去，写文章的离不开那口累。张际辉说，作家非要见你，说要和你作彻夜长谈。刘成吉说，他不是斯诺，我也不是毛泽东，谈什么？乡里的情况你都熟，给他多介绍介绍，再找几份材料复印给他，必要的话，你再陪他走走转转。张际辉说，作家说你是创建东林堡大市场的第一号功臣，写文学作品跟写通讯报道不一样，作家的笔要跟着感觉走，他要写出独特的“这一个”，不见面绝对不行，找不到感觉。刘成吉突然有了警觉，问，他要宣传我个人啊？那你可要把丑话说在前头，宣传东林堡咱欢迎，若是专来写我刘成吉，还是请驾回府吧。张际辉坚持说，人家也没说一定要写你，只是说想跟你见见面，坚持不见是不是有失礼貌？刘成吉想了想说，那你就安排一桌饭，我去敬他两杯酒，算作表示欢迎，至于他的感觉找到找不到，我可再不管了。

宣传委员便安排刘成吉和作家见了面。闷雷精精壮壮，正是人入中年的好年华，丝毫不见文化人的那种矜持，极健谈，不拘礼节，到了酒桌先抓酒瓶给各位倒酒，喝起来也不讲个斯文，竟比久经酒海肉山的乡镇干部还来得冲猛，讲奇闻逸事，讲各地的风土人情，各种顺口溜俏皮话更是卖瓦盆的一般，一套一套的，什么酒鬼系列，什么病人系列，什么土老帽儿系列，荤荤素素，让人捧腹，全没个采访的样子。

刘成吉见作家不似那些记者们手不离笔，身边也没放什么录音机，两巡酒一过，便渐渐放松警惕，打开了话匣子，顺着闷雷的话头也讲了不少乡间和大市场上的故事，竟把家里的趣事也当作下酒菜，只博一笑。

“X，要说喝高了丢人现眼的事，那可海了去了。刚建大市场那阵，为跟县里的工商税务套近乎，没少请那些头头脑脑。那一次，我喝得五迷三道儿，进了家里院门，竟哩溜歪斜地摸进了驴棚子，黑灯瞎火的只觉槽子里的草料软和，还以为是媳妇铺好的被窝呢，一歪身躺了进去，就呼呼大睡。碍了毛驴子吃草啊，那东西就用长嘴巴拱我，左一下右一下的，把胯裆里的小二哥都拱得支棱起来了，又对着腮帮脖子吐热气。我睡得迷迷瞪瞪的，以为是媳妇想让咱怎么样呢，就说，算了算了，今儿喝多了，就饶了我，拉倒吧，明天再补，中不？”

话没说完，早引得众人笑塌了天，把饭都喷了出来。张际辉叫，乡长，你这事咋从没跟我们说过？刘成吉笑道，啥光彩事呀，叫我说？闷雷笑过了，也问，这故事乍听奇巧，细琢磨却明显有细节上的漏洞，你既喝得把毛驴子都当成了媳妇，自己说的这番醉话怎么还记得如此清楚？刘成吉说，那晚我媳妇只听院门响，不见我进屋，还以为进了贼呢，就披了衣裳出来瞧，人家是在驴槽子里找到的我，那番话是她亲耳听的，过后没少埋汰我，臊得我差点儿钻了耗子洞。闷雷不依不饶地追问，说我仍有所不懂，你堂堂的一乡之长，家里还养毛驴呀？刘成吉讲，不养咋整？我念乡中学时是六月鲜，六月鲜懂不？是一个玉米品种，到了阴历六月就能烀吃啃青了，早熟。我刚到二十就把媳妇娶进门了，老婆和孩子一直是农村户口，家里有责任田呢，不养条毛驴帮她做些田里活，还拿我当毛驴子使啊？众人又笑，说不是她拿你当毛驴子使，是你把毛驴子当她使。闷雷抓起酒瓶子，说帝王将相，宁有种乎？就为了这位驴槽子里爬出来的精明乡长，咱们再干一杯！

此后的几天，刘成吉听说这位作家从早到晚地奔忙，和乡里的干部谈，和市场货栈里的经纪人聊，还钻进附近村屯又潮又闷的蔬菜大棚里和菜农一起施肥下菜，不由心发感慨，看来各行各业，要想干出点名堂，都得舍得付出心血！过去只以为作家必是坐在家里舞文弄墨闭门造车，哪知也须这般辛苦。他嘱咐宣传委员再买上好的茶叶和咖啡送去，聊补心中的一份敬意。

其实闷雷在东林堡的行止进展，也尽在谷秉芳的掌握之中，俩人常有电话联系。闷雷自鸣得意，说刘成吉不接受采访，可我自有办法诱他就范。谷秉芳说，那是那是，这点小沟小坎还难得住你圣手书生了？闷雷问，刘成吉不肯提供个人照片，是不是刊物封面上就发个东林堡市场的全景照啊？谷秉芳说，那可绝对不行，他不提供你就偷拍一个，我帮你找个带长焦镜头的照相机。谷秉芳又把这些话说给项林，项林连说好，就是这个意思，你办事，我放心。

九

这天早晨，谷秉芳吃完早饭走出食堂，正见乡里那辆桑塔纳开进了院子。乡里的干部有一半住在县城，天天都是这个时辰上班，本也没什么大惊小怪的。可车门开处，跟在项林后面的还有一位中年女士，细看，不是项林的夫人又是谁？项大嫂在县百货商场当柜台组长，见过面的。谷秉芳忙迎上去，本想说两句寒暄话，可蓦地发现项大嫂的脸色阴沉着，项林虽强作笑脸，却掩饰不住内心的尴尬与无奈。谷秉芳心里沉了沉，还是招呼说，大嫂来啦？

项大嫂点点头，算是答应了，可那心事重重的样子反倒让谷秉芳不知说什么好。旁边还站着乡政府别的人，项林便说，谷书记，你大嫂跟了来，是找你有事。

谷秉芳忙说，好啊，大嫂有吩咐，不胜荣幸，进屋坐吧。可心里却嘀咕，她找我什么事？和乡长天天低头不见抬头见，怎么从没听他提起过？

几人一起往办公室走。进门的时候，谷秉芳掀棉门帘让乡长和嫂夫人先进，项林装作也来掀门帘，手在谷秉芳胳膊上重重碰了一下。谷秉芳便猜知项大嫂此来，定是非比寻常有些来头，需格外小心才是。

项大嫂一直沉着脸，径自跟谷秉芳进了办公室。谷秉芳忙着让座倒水，又问孩子问大人，只是不让大嫂开口。这般磨蹭了一会儿，仍是心里没底，便从抽屉里揪出一块手纸，说大嫂先坐一会儿，这两天我肚子不好，去方便一下。没想大嫂也站起身，说我也去。谷秉芳情知她这是在采取人盯人战术，不肯放她单独行动了。

俩人一起进了卫生间，各寻厕位蹲下，谷秉芳便将手机掏出来，将来电铃声和信息提示音都调为振动，心里叨念，项林若是真有什么在夫人那里掰不开瓤子的事，理应想到发个信息，也不知项先生能否心有灵犀？

手机果然很快振动，信息是：你父生病，我借四千。谷秉芳明白了，心里暗笑，这是项林在家对不上账，财务总管不让，跟他出来搞审计了。天下真奇妙，好玩又好笑，真是家家都有八出戏呀！

俩人重回房间。大嫂问，谷书记到乡下来，生活还习惯吧？

谷秉芳说，乡里把一切都安排得妥妥帖帖的，比在家里还舒服呢。

大嫂又问，家里那头还好吧？

谷秉芳暗笑，这是把我往道上引呢，便顺风扯旗，故意叹了一口气，说，就那样吧，说不上好，也说不上不好。

大嫂问，咦，这话是怎么说？

谷秉芳说，要说不好吧，一个月两口子三千来元收入，养着一个不大的孩子，倒也应该吃穿不愁了。说是好吧，家里人真要碰上个天灾病祸的，还真就一时没办法。比如前些天吧，我老爸住院做手术，医院张口就要两万块钱作押金。我爸那个单位效益不好，工资都欠好几个月了，平时就没少往那边接济，家里又刚买了按揭房，哪还有这笔钱？我急得只好临时抱佛脚，求项林大哥帮忙了。

大嫂问，他帮了吗？

谷秉芳说，大哥真是热心人，一甩手就借给了我四千。

大嫂叮问，他真借了你四千啊？

谷秉芳故作吃惊地反问，怎么，这事我大哥没跟你说呀？

大嫂掩饰地笑笑，说，那啥……说是说了，只是他没说是你爸爸住院生病，要不，我们两口子总该去医院看看老人家。

谷秉芳只好继续把谎圆下去，说，我怕大哥和乡里同志知道了，必是要跑市里去看望，就跟谁也没说。乡里这一阵忙，光市场这一摊就整天脚打后脑勺的，一而再再而三地全体总动员。我初来乍到，本来就没做什么工作，怎好意思再惊动各位大驾？所以我跟项大哥也只说手头一时紧，没敢提我老爸生病的事。要不是我爸已经出院了，这话我跟大嫂也不能说。

大嫂笑起来，眉宇间骤然变得明媚灿烂，说你呀，这事还拿什么深沉，谁跟谁呀？要知道是你老爸住院，别说四千，就是四万，咱们也得想法帮着张罗。你大哥在家是饭来张口的主儿，钱财上的事从来不管不问。以后有事，你直接跟我说，一辈子谁没个老，养儿养女图个啥呀？

谷秉芳说，就凭大嫂这几句话，也保佑我们一家子以后都平平安安的。咱们还是书归正传，大哥不是说大嫂找我有事吗？

大嫂脸一红，窘住了，这事……可咋说呢？

谷秉芳说，大嫂外道了不是？拿我还当外人啊？

大嫂想了想说，是这样，我有个娘家侄女，大学眼看快毕业了。我寻思你是市里下来的干部，认识的人多，想请你帮忙，给她找个效益好点儿的单位。

谷秉芳已听出这不过是虚晃一枪莫须有的事，便也玩儿上一把吹牛不上税的把戏，说，就这事，还用得着大嫂亲自出马呀？让大哥跟我说一声不就行了嘛。我把这事记下了。大侄女学的是什么专业？

大嫂越发窘促地说，啥专业我也没记清，我打电话再问吧。你大哥那人，可咋说呢……一提我们娘家的事，他总是爱搭不理的。让他传话，还不如我自个儿跑来一趟呢。

俩人又说笑一阵，大嫂扒窗往外瞅了瞅，说，就是这事，大妹子答应帮忙，我就放心了。正好车在，你跟司机说一声，商场九点钟开门营业，我还得抓紧赶回去上班呢。

俩人到了走廊里，项林急急跑出来，对着夫人怪模怪样地笑，说这回放心啦？大嫂用鼻子哼，说谷书记说话我放心，你说话，那我可得另琢磨琢磨，哼，你自个儿咂摸去吧你。

小汽车开出乡政府。项林转过身，对着谷秉芳嘿嘿笑。谷秉芳说，乡长大人往后在家庭财政上有什么猫腻的事，请早点通报，也免得嫂夫人搞突然袭击，打得我措手不及。项林说，这败家老娘儿们，昨儿一夜闹腾我好苦。她发现家里一张四千元的定期存款单不见了，非逼我交代哪儿去了咋花了。我说借给了你，她还不信，一口咬定我在外面有了相好的，要不就问我是不是在外面嫖了娼，叫公安局抓住交了罚款。反正翻来覆去，胡说八道，就是不往好道上给我想。这不，今儿一大早非要跟我一块坐车到乡里来，要当面鼓对面锣跟你问明白。

谷秉芳忍不住笑，说，家有贤妻，男人在外不做横事。这样好，保证乡座的大后方一辈子风平浪静，家和万事兴。要说毛病，我也得替大嫂直直罗锅。四千块钱在一个平常人家，不算小数，你要用，总该先跟大嫂商量好，不然日子长了，容易伤感情的。

项林苦笑说，我在家可是模范丈夫，工资全交，平日别说四千，就是四百，我也得先看看人家脸色。这回不是特殊嘛！咱求作家写文章，人家要拿钱出去疏通关系，又不肯出发票，你说我不这么整又有啥招法？跟你大嫂照本实说吧，老娘儿们哪掂得出这种事情的分量？一听是咱出钱办席给别人娶媳妇，怕是立马就得炸了营，破马张飞似的闹得满城风雨，且不说面子上好看不好看，兴许把咱们的全盘计划都得搅砸了。

谷秉芳吃惊地说，闹半天，那四千块钱，还是掏的你个人腰包啊？

项林忙使眼色，说你小点儿声行不行？我不掏个人腰包，咋变出四千块钱来？咱又不能犯经济错误。

谷秉芳说，这个大窟窿，可够你填补一阵的了。

项林说，年底不是还有点儿奖金什么的嘛，咱是甘愿当本分丈夫，不然，要想蒙她，啥道儿想不出？这回，有你作掩护，我更不怕她了，慢慢来，慢慢来吧。

谷秉芳说，这事是你我共谋，众人拾柴火焰高，我也承担一半。

项林说，不用，这份功劳，你还是都给了我吧。

十

先是最新的一期《雄关文学》放在了老板台上，让刘成吉看了不免脸红心跳，不是因为文章胡编乱造水分太多或随意拔高玄天舞地一味吹捧，倒是那位能侃能喝的作家的活儿做得实在漂亮。封面鲜亮抢眼，在车水马龙人潮涌动的蔬菜大市场背景下，刘成吉戴着一顶毛烘烘的狗皮帽子，手里拿着一只通红的大西红柿，正跟菜农谈笑，朴实中透着豪气，神采奕奕又不失生活气息，身份与场景都恰到好处。翻开正文，头题位置便是两万来字的报告文学《东林堡蔬菜大市场和一个人的名字》，文章也写得好，不知怎么就让闷雷挖出了那么多连刘成吉自己都已忘却的故事，在写到大市场创业之初的艰辛时，还讲了刘成吉那个让人喷饭的把毛驴当媳妇的趣事。文章里时不时地引经据典，纵论古今，评点中外，笔触深刻而不失活泼，凝重中又透着灵俏。

这是在写我吗？不是我又是谁呢？刘成吉怔怔地望着封面上自己的光辉形象，心里不得不叹服闷雷确是高人，且不论他妙笔生花的本事，单说空口套白狼，硬是能不动声色地让你放下思想武装，又在你不经意间，“逗”你往外“交代”往事！只是……

这文章做得太大了，有失张扬，让那些不明真相的人看了去，还以为咱不定花了多少票子，又请作家又买版面的，在玩儿沽名钓誉的把戏呢。

这般想着，刘成吉便大声喊过宣传委员，劈头就问，早跟你讲过，不许宣传我个人，这算什么？

张际辉说，文章我看过了，与事实基本没大的出入。作家也打过电话来，说文责自负。

刘成吉说，他自负？他负得了吗？这么一整，就好像我刘成吉独贪了天功，乡里的弟兄们谁没为这个市场出力？让我以后还咋跟大家见面嘛。

张际辉说，乡长不妨换个角度想。这篇文章虽说是拿你说事，但受益的还是咱东林堡大市场，不然，咱得花多少钱，才能做来这么大篇幅的广告？

刘成吉说，我宁可花钱做广告，也不占这个便宜。你手上是不是还有这期刊物？都给我锁起来。

张际辉说，一共寄来五本，我手上还有两本，另两本让别人抢去看了。既然公开发行了，咱还管得了啊？

刘成吉说，那是他们的事，反正到了咱们这儿的，一本也不许再往外扩散。你把那两本也赶快收回来，谁也不许再给看了。

《雄关文学》在同一天也摆上了西林堡乡长的案头。项林高兴，哈哈笑说，不错不错，正合吾意。瞧着吧，这回刘成吉可要有追星族了，真要碰上两个傻丫头，那老兄还得费一番心思粉碎围剿呢。谷秉芳给闷雷打去电话，闷雷不无得意地说，拙作极有可能变闷雷为惊雷，一炮打响，市里的《黑土地时报》已告知要全文连载，这个活儿，真是一手抓了票子，一手抓了面子，两手都硬了起来。我要好好谢你呀!

很快，省报上的文章也登出来了，是那篇报告文学的精缩版，还配发了照片。这一下，就好似在东林堡上空爆炸了一颗原子弹，强劲的冲击波由乡而县，由县而市，刘成吉一下成了名人。有人告诉项林，说近些天去东林堡参观学习的人，就好像麻将桌上庄家自摸杠开花，翻了一番又一番，连外省市都有人跑来了，而且来了就一定要刘成吉亲自出面传授经验。项林嘿嘿笑，说这叫名人多累，刘成吉有一壶喝了，等着吧，下面还有好戏呢。

最先感知这场好戏震撼力的是刘成吉。县委组织部的一位好友夜里跑到他家，关切中透着愠恼，责怪他浮躁张扬，怎么就忘了枪打出头鸟、出头的椽子先烂的道理？怎么就没想到上封面、出大名可能带来的负面影响？说这几天，县委县政府的人都在议论这个事，虽然谁都否认不了东林堡为县里的产业化农业起了龙头作用的事实，可也有人提出，推进产业化大农业是县里的总体战略规划，上上下下方方面面都在为此献策献力，刘成吉如此突出自己，把县委县政府的领导作用放在了哪里？甚至有人说，上封面发表这样的文章，没有不动钱财的，刘成吉花公家的钱扬自己的名，其政治品质令人怀疑。刘成吉大叫委屈，说我根本没让谁来写我，又哪花了什么钱？有账不怕查，此事一问杂志社便知。

好友讲，此事查又何用？像酒后把毛驴子当媳妇的事，你自个儿不讲，要笔杆子的人又怎么会知道？还有更不好听的话呢。有人说，今年县委班子要换届，刘成吉选在此时搞动作，是司马昭之心，路人皆知。刘成吉这一惊更是非同小可，张着嘴巴好半天说不出话，脑子里混沌一团，一时难理出个头绪。

这一夜，刘成吉大睁了两眼，一宿没睡。官场风云，远比市场险恶。细想想几篇文章发出后的这段日子，县里的领导确实比以前少来东林堡了，就是见面，也只是表面嘻哈敷衍，少了许多实质性的交谈内容。这个跟头摔得如此狠重，让你哭不得，说不得，连声冤枉都喊不出……他将事情的来龙去脉又从头想一想，虽说送了作家烟茶，还请喝过一顿酒，可那也是我们自愿，即使不送，想来闷雷也断没有文章写完弃之不发的道理，那个书生看起来豪爽坦荡，不似卑琐小人。可他们的刊物真就甘做无私奉献吗？这其中是否还有未知的其他背景呢？

这般一想，刘成吉不顾夜深人静，翻出闷雷的名片就抓起了电话。当然，刘成吉毕竟是刘成吉，他不会莽汉一般出马一条枪，直捅捅地直逼要害，在按下号键的那一刻，他已想好了试探的借口。

真是不好意思，半夜三更的，惊扰作家了吧？

我是夜猫子，刚睡。难得刘乡长打电话来，惊跑了梦中的毛驴子也是不胜荣幸。闷雷从睡意蒙眬中醒来，很快恢复了爽快与幽默。

刘成吉笑说，毛驴子的故事叫你这么一散播，流毒甚广，都成了糟踏酒鬼们的典故了。现在我是连上老婆的床都难，人家让我还是跟毛驴子睡去。

闷雷也笑，说我罪该万死，等以后有机会，当面向嫂夫人请罪，千万不要为了这点儿小事伤害夫妻感情，悠悠万事，唯此为大呀。

刘成吉说，太晚了，不敢多打扰，我还是快说正事吧。我有位企业家朋友，看了你写我的那篇文章，对老兄的文笔和学识都大加赞赏，让我引见，也想请老兄劳神用笔，不知老兄能不能赏我这个面子？

闷雷犹豫了，说这事嘛，我得和主编请示。和企业家交朋友是求之不得，开阔眼界嘛。只是……这里面还有些实质性的问题，我个人不好自作主张。

闷雷的迟疑，验证了刘成吉心中的疑惑。他问，是不是还需些费用啊？

我的朋友说了，我怎么出，他就怎么出，而且只高不低。至于作家本人，他也心里有数，市场经济嘛，按劳取酬，情理之中。

闷雷说，有刘乡长这句话，我就心里有底了。我随时恭候调遣。

刘成吉问，可到眼下为止，我还不知若是出资，我们东林堡该是个什么价呢？

闷雷说，你们嘛，另当别论。

刘成吉说，可别，我总不能说我一分钱没花，那你还让我怎么一手托两家？

你们嘛……也不是一分钱没花，有人愿给你们出，也就行了嘛。

刘成吉心头不由咯噔一下，问，是谁出的？

闷雷又犹豫了，说这个事……朋友有嘱在先，你最好就别问了。

惊惑的刘成吉故作轻松地哈哈笑起来，说，有人不光给我保了媒，还给我娶了媳妇，眼下我已入了洞房当了新郎官，再保密还有什么意义？总不能让我备了供品，还不知进哪个庙门去烧香磕头吧？

闷雷狠狠心说，这样吧，我只能点到为止，你自己去猜。一、你的同行；二、远在天边，近在眼前。

刘成吉怔了，我们乡里的？

总得隔条马路吧。

刘成吉顿悟，怎么就没想到是他？那老兄在官场比我混得年头多，混成了白尾巴尖的狐狸，在市场上跟我斗不过，才出此邪招损招。此一招是蘸了蜂蜜的辣椒，初入口，甜甜可口，可等你嚼了两口，才知道了其中的厉害呀！

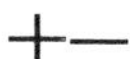

十一

刘成吉心里窝囊，找了个时间，将自己听到和想到的都跟宣传委员张际辉说了。张际辉也很是吃了一惊，恨项林是白脸曹操，出招阴狠，也恨自己脑袋简单，怎么就没想到世上本无免费的午餐。当初，闷雷来乡里采访，先找的是自己，自己只以为这对宣传东林堡有好处，是白拣的便宜，便热情接待，还力促刘成吉和闷雷见面喝酒。要说责任，这事主要在自己。他说，这事怪我，你骂我吧。刘成吉说，算了，往后多加些小心就是了，我心无鬼，也无愧，不怕见太阳，大不了让别人多嚼几天舌头。

可刘成吉越这样说，张际辉心里越是不安。刘成吉对自己不薄，自己高中毕业后，没考上大学，是刘成吉让他来乡里当通讯员，又跑上跑下地将他转为乡干部的正式编制，后来又向县里力举让他当了乡党委宣传委员。士为知己者死，可自己这是做了什么呀？没帮上乡长什么忙，反倒帮别人往乡长身上泼了一盆难洗难刷的污水。平时，乡里的同事们没少私下议论，说刘乡长要人品有人品，要政绩有政绩，迟早要去县城挑大梁的，可这么一来，起码这一届换届，怕是要往旁边靠靠，没戏了。再深想，那项林也太不地道，下了血本地夸你，目的却是不把你夸走，就把你夸倒，让东林堡的领军主帅没了心思做文章，他们的西林堡就可乘虚而上了。张际辉越想越恨，吃不香，睡不安，便要想个办法报复一下项林，也让他尝尝遭人暗算的滋味。思来想去的，脑子一热，真就想出一个主意，这个主意也许更损更不地道，但这叫以其人之道还治其人之身，活该！这个主意不能跟刘成吉说，说了他肯定不同意，日后可能还要承担责任，那就自己天马行空，独往独来好了，即使日后闹出满天风雨山高水低，也好一人蛰伏避开追究，谅他项林手无证据，只好去吃哑巴亏！只是，此计一出，那个谷秉芳总要沾些埋汰，尤其年轻女士，最怕的就是这种绯闻，但谁让你帮着项林为虎作伥呢？她要不是个女的，这个主意还想不出来呢。

张际辉主意拿定，便不管天不顾地地依计而行了。县委机关门厅里有个信箱，靠墙而立，长长的一排，每个乡镇和部委办局各置一屉，县里有什么不太急的文件或宣传材料，便都塞进那里，各部门再定期派人去取。东林堡乡取送文件的差事就是张际辉兼着。那天，张际辉用钥匙打开信屉时，见身边没人，便鬼鬼祟祟地塞进几家信屉一片纸笺。他没挨家都塞，有那么几张就足够了。他也没敢往纪检委和监察局塞，真要查起来，动静可就闹大了。

纸笺上的文字是电脑打印的，只寥寥六行，是打油诗。

有个乡长叫项林，来个副手玉佳人，项林本性天蓬帅，见了嫦娥丢了魂。丢魂就要有故事，不信请您去西林。

那些来县委取文件的人，本都是一些普通干部，再加传单是赤裸裸无遮无掩的，顺口溜又上口好记，所以一传十，十传百，立刻风一般传遍了各乡镇。

那几日，项林和谷秉芳只觉人们投过来的眼神都怪怪的，躲躲闪闪含了许多内容。俩人奇怪，掩上门，悄然交流探询，没想，这越发给猜测的人们提供了佐证，话儿传出去，好像西林堡乡的两位领导真是关系暧昧了。

这天，县委主管组织干部的副书记亲自打电话，把谷秉芳找到县里去，先是问了几句她在乡里的工作和生活情况，话头一转，便说县委准备将她另派一个乡去工作，征求她的意见。谷秉芳虽年轻，也是有一些领导工作经验的，自己刚去西林堡几个月，这么突然调动，显然很不正常，又联想到乡里干部近几天的不正常，便问，能不能将县委领导的真实意图告诉我？副书记犹豫了一下，便将传单的事委委婉婉地说了，又说这样调动，也是出于对下来锻炼的年轻干部的爱护。谷秉芳气红了脸，忍着，再问，县委领导是相信那样的传言，还是相信我的党性和人格？副书记说，如果我们真相信那种传言，就不会仅仅是将你的工作调动一下了。谷秉芳说，有领导这话，我就放心了。我的态度是，不动，坚决不动。如果我同意去别的乡，那就等于默认了自己行为的不检点，也默认了某些别有用心的人对项林同志的诽谤。

谷秉芳回到乡里，关上门，委屈得好流了一阵眼泪。项林奇怪县委领导为什么突然将她找去谈话，又奇怪她为什么一回来就关在屋子里不肯见人，便几次敲门想询问和安慰。谷秉芳不开门，只是隔门对他说，项乡长很快会明白的，你也有些心理准备吧，我们遭人暗算了。

项林晚上回到家里，见厨房里冷清清，夫人却捂着大被在床上鼻涕一把泪一把地哭，急上前问是不是病了。没想夫人突然掀被而起，破马张飞似的跳下地，抓起枕头往他身上摔，抓起杯子也是摔，还疯了一样地吼，你这个猪八戒，你这个老骚猪，你去风流吧！姓谷的年轻，姓谷的是嫦娥，你去围她转吧，你去跟她过日子吧，你还回家干什么？项林怔了怔，旋即明白了谷秉芳为什么从县里一回到乡里就有了异常表现。他知道这种时候越是劝，女人越要逞性，也越发相信不定从哪里听来的那些混账话，便干脆采取了以硬治硬、以牙还牙的策略，你吼我也吼，你摔我也摔，你摔枕头我干脆掀床铺，你摔杯子我就摔茶壶，甚至做出要砸电视机的样子。

这一招果然见效，夫人立刻扑上前死死按住他的手，说你先把话给我说明白，再砸再摔随你便！

项林吼，你让我说什么？

夫人说，你为什么这几个月总是夜里往外跑？为什么动不动就夜里不回家？为什么你偷拿了家里的钱，偏去找姓谷的帮你撒谎骗人？说，你说呀！项林听夫人提出这样的一连串问题，想想还真像是些寻花问柳的蛛丝马迹，如果让局外人听去，不能不让人心里划魂儿，看来夫人听了传言，确是信以为真了。但这种时候，越解释女人越不相信，不如干脆破罐子破摔，且等她冷静时再从容应对，便瞪着眼睛喊，你家爷儿们在外面被人扣了屎盆子，没想回家你还帮着胡搅蛮缠，这个家我还要它干什么！你要信得着我，就好好跟我过日子，你要相信外人的，那好，我现在就走，你休想让我再回来！夫人死抓住他的手不让走，说，你敢发誓没有那些破烂事吗？

项林说，我要做了半点儿对不起你和家里的事，立时变成王八爬出去，再叫大卡车从我身上轧过去，碾死，碾碎，碾成泥，这你满意了吧？

夫人听了此言，便趴到床上呜呜地放声哭起来。

这一夜，夫妇俩平静下来，却彻夜难眠。夫人问，有人下这样的黑手整你，你知不知道是谁？你真就想当灶坑里的王八，憋气又窝火的就这样忍了？

事情闹到这种地步，项林也不想再遮瞒妻子什么，便将如何与东林堡竞争，自己又如何让谷秉芳请作家宣传刘成吉的事都讲了，连擅动家里存款的事也一并和盘托出。他说，这事，我估计必是刘成吉所为，我料到他迟早会有报复，但万万没想到，一个堂堂国家干部，会使出这种无法无天的卑鄙手段。

夫人说，这叫诬陷，这叫人身攻击，是犯罪，起码也是严重违纪，你去告他！

项林苦笑，说我只是猜测，一无人证，二无物证，怎么告他？刘成吉这个人，狐狸一条还成了精，他既存心撒了一泡骚尿恶心你，就早把退身之步想好了。慢慢等机会吧，我绝不会轻放过他！

十二

眼观六路耳听八方的刘成吉不可能没听说传单顺口溜的事，他还知道项林回到家里，夫人跟他大哭大闹撒了一场泼。一个小小县城，县直机关和乡镇干部基本都住在县里统一建造的那几幢住宅楼里，一家有事，众人关注，尤其是夫妇间这种你猜我疑的打闹，历来都是热点中的核心。初时，刘成吉还起疑，说项林和谷秉芳如何如何，能吗？虽说项林为市场竞争，急得乱挠墙根子，恨不得请出诸葛亮为他当军师，可这种事，还不至于让他乱了分寸吧？

一乡之长真要起了花心，西林堡市场也是莺歌燕舞，年轻漂亮的小姐投怀送抱的自不会少，还用得着去吃窝边草吗？再说那谷秉芳，听说先生是市水利局的副局长，新提拔起来不久，年轻干练，前程无限，她会移情到项林那个土包子身上吗？她不要家庭和政治前途了啊？她敢断然拒绝县委调她去别的乡镇的动议，已足可见出此女子的坚毅、自信和不听邪。再细想，此事恰恰发生在自己与张际辉谈论了对闷雷文章的疑惑之后，刘成吉只觉脑门刷地冒出一层冷汗。娘的，这个张际辉，此事若真是他所为，那可彻底臭了我刘成吉的为人了，司法纪检部门可能暂时无凭无据难以追究，但让人们把怀疑的目光盯向自己，那种内心深处埋藏的轻蔑可比受了什么样的法纪处理，都更难消除影响也更具潜在的祸患啊！

刘成吉把张际辉叫到自己办公室，关门，落锁，冷着脸说，我现在不是乡党委书记，也不是乡长，我只是你大哥。我问你，大哥这些年对你怎么样？

张际辉躲闪着刘成吉如锋如炬的目光，惴惴地说，这辈子除了我爸我妈，也就大哥对我恩重如山了。

刘成吉说，少扯那恩重如山的淡，我不爱听。我只问你一句话，你要真把我当大哥，你就实话实说；你要想跟我扯犊子，那好，从今往后，你走你的阳关道，我走我的独木桥，咱俩井水不犯河水，你也别再跟我套近乎，我嫌丢人！

张际辉说，大哥别说问一句话，就是让我去死，我立马头撞南墙。我知道我做错了事，我也知道大哥要问什么。

刘成吉问，臭项林的那个事，真是你干的？

张际辉点头说，我实在是为大哥咽不下这口窝囊气……

刘成吉虽说早有思想准备，可听张际辉认了账，一股怒火还是直从心底窜上来，大巴掌抡出去，惊天动地一声脆响，重重地落在张际辉的脸颊上。刘成吉骂，你个混账王八蛋！大哥今天就教训教训你！

张际辉不动，只是用手轻轻抹了一下鼻孔流出的血，说，大哥，你别生气，我一人做事一人当。你派车吧，我马上去县里，是去公安局，还是纪检委，你定，我一定如实把事情说清楚。

刘成吉长叹了一口气，说，你呀，你呀，你把你大哥当小人了，你以为那样我心里就好受啦？这样吧，你抓紧在县里最有档次的饭店安排一桌饭，把项乡长两口子和谷书记都请去，到时我也去当面请罪。这一步先走下，人家不原谅，再说下一步吧。

张际辉为难地说，要是人家不肯赏这个脸，可怎么好？

刘成吉说，你就是头拱地，挨个儿把他们背去，也一定要把他们都请到位。后面的戏，我主唱，你随着就是了。

张际辉恭恭敬敬登门一声请，虽没明说请客因由，但项林和谷秉芳都估摸到可能是什么事了。俩人商量一番，都想知道此番事端的来龙去脉，也都想看看刘成吉还会变化出怎样一种嘴脸，而且，也极可能借此机会抓到反击控告的证据，便答应了。用项林的话说，就是鸿门宴，也要去闯一闯。张际辉还要登门去请项林的夫人，项林说，你要出面她极可能不去，这事交我吧，不管好说歹说我把她拉去就是了。

那一天，项林夫妇和谷秉芳端坐正席，冷若冰霜。刘成吉亲自斟酒布菜，满面诚恐，躬身捧杯说，今天请几位来，只为一件事，请罪。前些天，我刘成吉一时心里不痛快，就走火入魔，闹了一出疯狗咬人的丑剧，伤害了项老兄和谷书记的人格，也伤害了项老兄和大嫂的夫妻感情。为此，我悔青了肠子，愧披了人皮，所以特把几位请来……

张际辉忙起身，打断刘成吉的话，说，那个事，完全是我一人所为，刘乡长事先根本不知道，事后又狠狠批评教训了我，他是替我受罪。

刘成吉喝道，你旁边给我待着去，今天没你说话的地方！

项林冷笑说，你们二位不用唱双簧，还是先把责任说清楚，那个事到底是谁干的？是一人所为，还是俩人共谋？

张际辉抢着说，这事，确实跟刘乡长一点关系都没有。我要是说一句假话，判坐十年牢我也绝无怨言。刘乡长要是知道，他也不会把几位请到这儿来。

刘成吉说，是不是共谋，我也难逃罪责。于公，我是他的直接领导，有失察之责；于私，我们情同手足，我为兄长，纵容姑息也是一罪。而且，际辉做出此事，也完全是为了我。所以，这件事，无论是党纪还是国法，追究起来，我都甘愿随张际辉一块接受惩罚。好，我们二人现在就啥也不说了，只喝认罪酒，只要项老兄和大嫂，还有谷书记不点头，我们就一直喝下去。

那是五十多度的五粮液，二两的杯子，刘成吉和张际辉一饮而尽；再斟，又是一饮而尽；等饮下第三杯，张际辉已是满面红紫，身子都开始打晃了。谷秉芳怕再喝下去，喝出人命可就是塌天的祸事了，报纸上没少有这方面的报道，况且那件事事出有因，自己和项林都是始作俑者，人家又是主动认错，便急上前按住刘成吉还要斟酒的手，说刘乡长，我们看出你们是真心知错了，无论同志之间，还是兄弟姐妹，还是以和为贵，到此为止吧。

那张际辉闻此言，扑通一声跌坐在椅上，伏在桌上抱头痛哭，我不是人……我脑袋一热咋就做出了那样的事呀，真是对不起各位啦，还让刘乡长陪我遭这么大的罪……

那是男人发自心底的真切的痛悔，哭得几个人心里都有些酸楚。项林夫人还有些不肯依饶，说，这事闹的，一座县城谁不知呀？我一个半老婆娘，无所谓了，可谷书记年纪轻轻，又是上边派下来锻炼的，往后，还让人咋出门见人？几杯酒，还能盖了一辈子的脸呀？

刘成吉沉吟一下，说出已存在心里的主意：想消除影响，却也不难。后天就是星期天，我请嫂夫人和谷书记豁出点儿时间，也休闲一下，手拉手在公园里亲亲热热走一走，再去商场转转，满天云说散也就散了。还是那句话，小小县城，多大的地方，随便是谁放个屁，满县城都闻得到臭味。只要几位宰相肚里行了船，这也算不得什么了不得的大事。

项林不由心里一动。四两拨千斤，如此简单而见效的办法，怎么又叫他抢先想了去？人比人得死，不能只怪自己这些天只知一味憋气窝火当局者迷吧？

谷秉芳心中也佩服刘成吉的举重若轻，便有意借了话题轻松气氛，笑说，刘乡长，你别刚认了罪就转着弯儿地骂人，我和大嫂去大街上转一转，怎么就成了一人放屁满城臭？

众人便忍俊不禁，哄地笑了，连张际辉都急忙捂住了嘴巴。刘成吉忙做掌嘴状，说该打该打，比喻不当。应该说，是我刘成吉放个屁满城臭，嫂夫人和谷书记打个喷嚏就满城芳香啊。

众人又笑。项林有意矜持着，端起杯说，管他臭与香呢，喝酒喝酒。

十三

羽扇一挥，烟消灰灭。谷秉芳和项林夫人在县城大街上亲如姐妹地一走，那些传言果然很快风一般吹散而去。有人还当面逗项林，说老项行啊，后宫平静，母仪天下，给介绍介绍经验吧。项林初时心里还高兴，也佩服刘成吉的谋划，但很快心里又不平了起来。不管怎么说，事情是刘成吉手下的人闹腾起来的，他指挥我的夫人和西林堡乡党委副书记大庭广众面前本色出演一次，就这么拉倒啦？是不是也太便宜他们啦？起码，他们也把西林堡的三军帅帐折腾得一度乌烟瘴气，损失还是有的，这笔账总还是要算一算。

可还没等项林想出这笔账要怎样算的办法，一天，刘成吉突然亲自驱车，再一次光临西林堡，对项林说，咱们东西两个大市场，总这么你争我斗的不行，且不说让外人看笑话，就这般内耗窝里斗，也自伤精力财力。这些天，我一直在琢磨这件事，总算想出个主意，你看看行不行？乱季蔬菜主要就是那么几个品种，茄子、辣椒、西红柿，还有韭菜、豆角、茼蒿菜，几乎占了销售总额的百分之九十以上。我的想法是把这几个主打品种二一添作五，分开，你们西林堡负责销售一半品种，我们东林堡负责另一半，两个拳手同时出击，各有侧重，不信咱们两个大市场还有争斗。项林听了，心里不由一怔。如果按以前的销售总额计算，东林堡和西林堡大致应在七三开，西林堡有时还要低些，这么一调度，就是二五对折，东林堡明显是吃了大亏的。市场经济，赢利是杠杆，刘成吉这么整，傻啦？他冷冷一笑说，说是好说，可事情办到什么程度，可就难啦。你我定下西林堡只管收购批发辣椒西红柿，可菜农还是往你们那边送，我还能拦着不让你们做生意呀？刘成吉说，这好办，你派上督察员去我们那边，我也可以派个人过来，既定下来，就得按规矩办，谁违规谁受罚。依我看，只要坚持半个月，就不成为问题了。项林说，这么一来，你老兄可就眼看着吃亏了。刘成吉说，什么吃亏占便宜的，咱们是为谁干？挣了钱还能揣进自己腰包啊？两个乡同时发展起来，乡民们共同富裕，这是好事嘛。你可能还怀疑我的真心，那我就再说一句深层次的话，上回那件事，怎么说，也是我们那边不地道，如此协商，共同发展，也算小弟表示歉意吧。项林心里高兴，再问一句，你可真想好了？刘成吉点头，想好了，你也再想一想，如果没别的异议，那就马上启动。两乡各派一名分管副乡长，大方向定下来，具体协作细节让他们去商量。

西林堡市场很快热闹起来，销售额明显攀升。市县的新闻记者们闻风而动，又做出不少好文章，说这是强强联合，共同发展的精彩乐章。难免有些抱怨的是东林堡来卖菜的菜农们，说家门口放着现成的大市场，凭空让我们多跑二三十里路，不知精明透顶的刘成吉脑子里的哪根筋扭了，怎么做出了这种胳膊肘往外扭的决定，让人难琢磨呀！可抱怨归抱怨，过了几天，也就没人再提这些话了。

项林和谷秉芳也没少为这事犯嘀咕。谷秉芳说，以刘成吉的精明，他主动有此动议，肯定还另有深层次的考虑。项林说，他说了，有作为对那件诬陷之事的补偿。谷秉芳说，你信吗？项林笑说，不可不信，也不能全信。依我推想，他一定还有更深层次的打算。听说市委组织部很快就要派人下来考核干部了，县委县政府两个班子的领导都要有调整，他老兄是不是一想进一步堵住咱们的嘴，二想争取更多人的选票啊？谷秉芳想了想，摇头说，也未必这么简单，刘成吉想再进一步，这是人之常情，可他还不至于这么急功近利吧？项林说，那你就再留留心，看这老兄到底还要有什么举动。

几天后，市委组织部的人到了县里，单把项林找去谈话，三盘两转，就问到了对刘成吉的看法，又问西林堡为什么不惜出资，做宣传东林堡的事？项林谨慎作答，说我一直很佩服刘成吉，他如果能把东林堡做得更好，或者说，他能到县里担更重的担子，对我们西林堡的发展一定大有好处。又问，听说有人散发了很不利于你的传单，你对这事怎么看？项林坦率地说，这事是东林堡的个别干部所为，跟刘成吉完全无关，但刘成吉严于律己，深刻自省，对那位同志严肃批评，又主动想办法平息了那些传言，这也是很让我感动的地方。再问，刘成吉主动建议，两家大市场既联合又分工，分品种销售，作为直接获得好处的一方，你怎么看这件事情？项林说，刘成吉办事，历来深思熟虑，西林堡得了好处，作为乡长和乡党委书记，我深表感谢，至于他还有什么别的想法，组织上最好去找他本人谈，我不好妄加评议。

又过了一些日子，谷秉芳急匆匆地从市场上跑回来，神情有些古怪，透着兴奋，又透着沮丧，对项林说，知道了，总算知道了。项林起身替她倒了一杯水，说你别急，先润润嗓子再说，知道什么了？谷秉芳说，总算知道刘成吉为什么主张分品种经销，把利润跟咱们平分秋色了。从去年一入冬，他就在东林堡最东边的两个村子搞起了大棚花卉种植实验，还从外地请来两位种植花卉的专家，就住在两个村子里指导，听说挺成功，眼下已经打了花骨朵，准备往沈阳那边销售了。有郁金香、百合、睡莲什么的，这都是常规品种，还有鹤望兰、花烛，一枝能卖上二三十元。花卉眼下在咱们北方可是抢手货，种植和交易的利润都比蔬菜大得多，据说至少在一倍以上。刘成吉在这件事上，是分三步走，一步是去冬的小范围实验；成功后今年开春就要大面积耕种，这是第二步；到今年入冬，他就要发动更多的东林堡菜农弃菜改花，东林堡市场也将辟出一半的力量交易花卉，这是第三步。项林听得瞪大了眼睛，问你是听谁说的？谷秉芳说，有两个菜农因为磕磕绊绊的事，在市场上打起来了，我去劝解。有一位是东林堡来的，正在气头上，便把这事骂了出来，说谁稀罕受你们这份臭气，等我们的花卉市场搞起来，就是八抬大轿抬我，老子还不见得来呢。我听他话里有话，就把他请到茶馆里去，好烟好茶，好言安慰，他这才断断续续地把这些话告诉了我。他说刘成吉早有话叮嘱，这是商业机密，谁露出去就找谁算账，让他一年在东林堡卖不出去菜。菜农说这是看近来两个乡的领导关系不错，一个饼子两家都掰开分了吃，花卉也很快要出棚上市了，才肯把话告诉我，还说这回更不怕了，东林堡不让卖菜，我还有西林堡，大不了多跑几步路。项林听得发呆，好一阵才恨恨地拍腿说，这个老兄，高手下棋看三步，他却看五步。他是家里有了金凤凰，快下蛋了，要抱窝了，才将下蛋的母鸡往别人家窝里分。市场经济嘛，归根结底一句话，无利谁也不起早！谷秉芳说，不管怎么说，刘成吉这一步，对咱西林堡也是个促进。项林点头说，那是那是，咱们一要感谢，二还是要想办法往上追，他想五步，咱们就得想七步，不然总跟在人家后面，拣人家让出来的蛋，总不是致富发展的根本之计呀。

十四

过了谷雨，天气一天天热起来，乡民们开始忙于种大田了。

有消息传来，刘成吉升任副县长，主管农业。那天中午，在食堂吃饭时，项林特意要了一瓶酒，亲自给大家斟上，说为了刘成吉高升，也为了咱们西林堡日后的大发展，干杯！谷秉芳突觉天目顿开，竟不由多看了项林两眼。

刘成吉去县里报到那天，项林带乡里的干部坐车早早赶到路口去送行。远远见东林堡的那辆黑色奥迪开过来，后面还跟着一个长长的摩托车队，足有上百辆。刘成吉坐在小车里不断往后挥手，示意不要再送，可那车队紧追不舍，只是不散。项林见了这一幕，感慨道，一个干部在一块地面上工作几年，能干到这个份儿上，少活几年也值啦！

刘成吉看到西林堡的人，把车停下，钻出车，大步而来。项林笑道，往后，刘老兄就是县里的父母官了，东林堡和西林堡是一奶同胞两兄弟，可得一碗水端平，再来不得有厚有薄啊！

刘成吉却说，龙生九子，各有不同，能负重的叫它驮碑，能下雨的叫它播霖，还是各尽其能、各尽其才的好。来日方长，再作计议吧。

众人一时不解，都没有接话。

刘成吉又握住谷秉芳的手，低声说，好事坏事你都做，你说我是该骂你还是该谢你？

谷秉芳笑说，好事坏事相辅相成，一言两语怎说得清？正如刘副县长所说，来日方长随你怎么想吧。

刘成吉使劲摇了摇谷秉芳的手，回转身去，坚决地拦住了那些还要骑摩托给他送行的菜农们，说，到了国道，就出了东林堡地界，各位千万不要再送。我刘成吉知恩必报，多谢了。

刘成吉乘车远去。西林堡的人也返身上了汽车。项林小声问谷秉芳，刚才刘成吉跟你说的那句话，什么意思？

谷秉芳想了想，说，现在社会上有一句话，“要想臭人，就上新闻；夸比骂好，夸多必倒。”你没听过吗？

项林似很惊诧地说，哦，还有这话？

谷秉芳又说，闷雷写刘成吉的那几篇文章发出后，听说没少有人提出异议。闷雷给我打来电话，说市委组织部考核时，专找过他，详细地问了文章写作前后的经过，问他是不是从刘成吉手里拿过赞助或酬劳，还查过账。闷雷不敢隐讳，以实相告。市委组织部还听说了有人散传单污蔑咱们俩的事，一度怀疑刘成吉的政治品质，在我休假回家时，特意找我谈了话。我按所知道的，也是如实反映。不然，刘成吉差点跌了大跟斗呢。

哦，是吗？项林应了一声，脸就扭向窗外去了。“是吗”两字的语调淡淡的，让谷秉芳听得心里怦然一动，听那语气，项林对此似乎并没感到多大的意外，如果真是那样，或将刘成吉吹捧出局远离东林堡，或让刘成吉腹背受敌无暇顾及大市场，他都早有考虑，此一招是两面刃，都足以伤人不轻，出此招术的人袖里乾坤，令人暗怕啊！

小车往西林堡飞奔，车里的人一时没话。大地已是一片如烟如雾的绿色。好一阵，项林才自言自语地说，一朝权在手，便把令来行，刘成吉可能要有大动作了！

原野又起青纱帐的时候，一纸命令下来，调项林去东林堡乡任党委书记兼乡长，听说这个动议是刘成吉提出来的，说要保持东林堡蔬菜批发市场的优势并力求更大发展，非项林难当此任。项林拿着任命书好发了一阵呆，问谷秉芳，你说我这算不算搬起石头，砸了自己的脚？

紧接着，县里开会，重新调整全县的产业化格局。刘成吉在会上讲，全县大棚蔬菜已初具规模，但要取得更大发展，光在自家门前你争我斗不行，得想办法占领并扩展更广阔的发展空间。县里决定，东林堡除了继续保持乱季蔬菜优势外，还要尽快扩大花卉种植和销售规模，力争在两年内，销售数量和税收总额都要翻上一番。而西林堡则在种植和销售大棚蔬菜的基础上，再增加生猪和肉用牛羊的养殖和销售，要大上快上，争分夺秒要效益。两个拳头都要打出去，打出全县的名气与声望！

会后，谷秉芳和项林一起坐车往回赶。到了路口，俩人下了车。项林说，这回，我得往东去了。

谷秉芳说，别忘了西林堡，往后还请手下留情。

项林说，大目标虽说一致，但涉及各乡利益，却得寸土必争寸金必得，市场经济嘛，光想友情义气也不行。

谷秉芳点头说，很好，也对。我想起一句刚学来的乡间老话，那就吃着谁，向着谁吧。

长篇存目

迟子建《额尔古纳河右岸》

迟子建《群山之巅》

迟子建《候鸟的勇敢》

孙惠芬《上塘书》

王祥夫《米谷》

老藤《战国红》

金仁顺《春香》

后　记

《百年乡愁：中国乡土小说经典大系》是张丽军教授作为首席专家的 2021 年度国家社科基金重大项目“百年中国乡土文学与农村建设运动关系研究”的资料选编成果。项目团队核心成员田振华、李君君等参与了全过程选编工作，张娟、沈萍、彭嘉凝、陈嘉慧、姚若凡、胡跃、林雪柔、徐晓文、宣庭祯等参与了编校工作，在此对他们的辛勤劳动表示感谢！

在具体编撰过程中，本套“大系”还得到了张炜、韩少功、周燕芬、王春林、何平、孔会侠、苏北、育邦、刘玉栋、刘青、乔叶、朱山坡、项静等作家与学者的大力支持与帮助，在此深深致谢！

需要特别说明的是，因为选入本套“大系”的作品跨越百年之久，在文字、标点等方面，我们在充分尊重作家初版本的基础上，依据现代语言文字规范统一做了修订。

编　者

2023 年 7 月 4 日